O LUSTRE

clarice

lispector

O LUSTRE

POSFÁCIO DE
PARUL SEHGAL

Rocco

Copyright © 2019 *by* Paulo Gurgel Valente

Texto do posfácio: "'The Chandelier' Offers an
Early Glimpse of Clarice Lispector's Power", de Parul Sehgal.
Publicado no *New York Times*, 27/03/2018.
Reproduzido na edição brasileira desta obra com
a autorização de PARS International Corp.
Tradução de Ryta Vinagre

Direitos desta edição reservados à
EDITORA ROCCO LTDA.
Rua Evaristo da Veiga, 65 – 11º andar
Passeio Corporate – Torre 1
20031-040 – Rio de Janeiro, RJ
Tel.: (21) 3525-2000 – Fax: (21) 3525-2001
rocco@rocco.com.br | www.rocco.com.br

Printed in Brazil/Impresso no Brasil

Preparação de originais
Pedro Karp Vasquez

Projeto gráfico
Victor Burton e Anderson Junqueira

CIP-Brasil. Catalogação na publicação.
Sindicato Nacional dos Editores de Livros, RJ.

L753L	Lispector, Clarice, 1920-1977
	O lustre / Clarice Lispector. – 1. ed.
	– Rio de Janeiro: Rocco, 2019.
	Inclui posfácio
	ISBN 978-85-325-3160-5
	ISBN 978-85-8122-582-1 (e-book)
	1. Romance brasileiro. I. Título.

19-60364	CDD-869.3
	CDU-82-31(81)

Meri Gleice Rodrigues de Souza – Bibliotecária CRB-7/6439

O texto deste livro obedece às normas
do Acordo Ortográfico da Língua Portuguesa.

Impressão e Acabamento Geográfica.

À minha irmã Tania

la seria fluida durante toda a vida. Porém o que dominara seus contornos e os atraíra a um centro, o que a iluminara contra o mundo e lhe dera íntimo poder fora o segredo. Nunca saberia pensar nele em termos claros temendo invadir e dissolver a sua imagem. No entanto ele formara no seu interior um núcleo longínquo e vivo e jamais perdera a magia – sustentava-a na sua vaguidão insolúvel como a única realidade que para ela sempre deveria ser a perdida. Os dois se debruçavam sobre a ponte frágil e Virgínia sentia os pés nus vacilarem de insegurança como se estivessem soltos sobre o redemoinho calmo das águas. Era um dia violento e seco, em largas cores fixas; as árvores rangiam sob o vento morno crispado de céleres friagens. O vestido ralo e rasgado de menina era atravessado por estremecimentos de frescura. A boca séria premida contra o galho morto da ponte, Virgínia mergulhava os olhos distraídos nas águas. De súbito imobilizara-se tensa e leve:

– Olhe!

Daniel voltara a cabeça rapidamente – preso a uma pedra estava um chapéu molhado, pesado e escuro de água. O rio correndo arrastava-o com brutalidade e ele resistia. Até que perdendo a última força foi levado pela correnteza ligeira e em saltos sumiu entre espumas quase alegre. Eles hesitavam surpresos.

– Não podemos contar a ninguém, sussurrou finalmente Virgínia, a voz distante e vertiginosa.

– Sim... – mesmo Daniel se assustara e concordava... as águas continuavam correndo. – Nem que nos perguntem sobre o afog...

– Sim! quase gritou Virgínia... calaram-se com força, os olhos engrandecidos e ferozes.

– Virgínia..., disse o irmão devagar numa crueza que deixava seu rosto cheio de ângulos, vou jurar.

– Sim... meu Deus, mas sempre se jura...

Daniel pensava olhando-a e ela não movia o rosto à espera de que ele encontrasse nela a resposta.

– Por exemplo... que tudo o que a gente é... vire nada... se a gente falar disso a alguém.

Ele falara tão grave, ele falara tão belo, o rio rolava, o rio rolava. As folhas cobertas de poeira, as folhas espessas e úmidas das margens, o rio rolava. Quis responder e dizer que sim, que sim! ardentemente, quase feliz, rindo com os lábios secos... mas não podia falar, não sabia respirar; como perturbava. Com os olhos dilatados, o rosto de súbito pequeno e sem cor, ela assentiu cautelosamente com a cabeça. Daniel afastou-se, Daniel afastava-se. Não! queria ela gritar e dizer que esperasse, que não a deixasse sozinha sobre o rio; mas ele continuava. O coração batendo num corpo subitamente vazio de sangue, o coração jogando, caindo furiosamente, as águas correndo, ela tentou entreabrir os lábios, soprar uma palavra pálida que fosse. Como o grito impossível num pesadelo, nenhum som se ouviu e as nuvens deslizavam rápidas no céu para um destino. Sob os seus pés rumorejavam as águas – numa clara alucinação ela pensava: ah sim, então ia cair e afogar-se, ah sim. Alguma coisa intensa e lívida como o terror mas triunfante, certa alegria doida e atenta enchia-lhe agora o corpo e ela esperava para morrer, a mão cerrada como para sempre no galho da ponte. Daniel voltou-se então.

– Vem, disse ele surpreendido.

Ela olhou-o do fundo tranquilo de seu silêncio.

– Venha, sua idiota, repetiu ele colérico.

Um instante morto estendeu longamente as coisas. Ela e Daniel eram dois pontos quietos e imóveis para sempre. Mas eu já morri, parecia pensar enquanto se desprendia da ponte como se dela fosse cortada com uma foice. Eu já morri, ainda pensava e sobre pés estranhos seu rosto branco corria pesadamente até Daniel.

Andando pela estrada, o sangue voltara a bater com ritmo nas suas veias, eles se adiantavam depressa, juntos. Na poeira via-se a marca hesitante do único automóvel de Brejo Alto. Sob o céu brilhante o dia vibrava no seu último momento antes da noite, nos atalhos e nas árvores o silêncio se concentrava pesado de mormaço – ela sentia nas costas os últimos raios mornos de sol, as nuvens grossas tensamente douradas. Fazia um vago frio no entanto, como se viesse do bosque em sombra. Eles olhavam para a frente o corpo aguçado – havia uma ameaça de transição no ar que se respirava... o próximo instante traria um grito e alguma coisa perplexamente se destruiria, ou a noite leve amansaria de súbito aquela existência excessiva, bruta e solitária. Eles caminhavam rápidos. Fazia um perfume que dilatava o coração. As sombras iam aos poucos cobrindo o caminho e quando Daniel empurrou o pesado portão do jardim a noite repousava. Os vaga-lumes abriam pontos lívidos na penumbra. Pararam um momento indecisos na escuridão antes de se misturarem aos que não sabiam, olhando-se como pela última vez.

– Daniel..., murmurou Virgínia, nem com você eu posso falar?

– Não, disse ele surpreendido com a própria resposta. Hesitaram um instante, delicados, quietos. Não, não!..., negava ela o medo que se aproximava, como para ganhar tempo antes de se precipitar. Não, não, dizia evitando olhar ao redor. A noite descera, a noite descera. Não se precipitar! mas de repente algo não se conteve e principiou a suceder... Sim, ali mesmo iam-se erguer os vapores da madrugada doentia, pálida, como um fim de dor – enxergava Virgínia de súbito calma, submissa e absorta. Cada galho seco se esconderia sob uma luminosidade de caverna. Aquela terra além das árvores, castrada nos brotos pela queimada, seria vista através da mole neblina, enegrecida e difícil como através de um passado – via ela agora quieta e inexpressiva como sem memória. O homem morto deslizaria pela última vez entre as árvores adormecidas e geladas. Como horas soando de longe, Virgínia sentiria no corpo o toque de sua presença, levantar-se-ia da cama vagarosamente, sábia e cega como uma sonâmbula, e dentro de seu coração um ponto pulsaria fraco quase desfalecido. Ergueria a vidraça da janela, os pulmões envolvidos pela névoa fria. Mergulhando os olhos na cegueira da escuridão, os sentidos pulsando no espaço gelado e cortante; nada perceberia senão a quietude em sombra, os galhos retorcidos e imóveis... a longa extensão perdendo os limites em súbita e insondável neblina – lá estava o limite do mundo possível! Então, frágil como uma lembrança, vislumbraria a mancha cansada do afogado afastando-se, sumindo e reaparecendo entre brumas, mergulhando enfim na brancura. Para sempre! sopraria o largo vento nas árvores. Ela chamaria quase muda:

homem, mas homem!, para retê-lo, para trazê-lo de volta! Mas era para sempre, Virgínia, ouça, para sempre e mesmo que Granja Quieta murche e novas terras surjam indefinidamente jamais o homem voltará. Virgínia, jamais, jamais, Virgínia. Jamais. Sacudiu-se do sono em que deslizara, os olhos ganharam uma vida perspicaz e cintilante, exclamações contidas doíam no seu peito estreito; a incompreensão árdua e asfixiada precipitava seu coração no escuro da noite. Não quero que a coruja pie, gritou-se num soluço sem som. E a coruja imediatamente piou negro num galho. Sobressaltou-se – ou piara antes de seu pensamento? ou no mesmo instante? Não quero ouvir as árvores, dizia-se tateando dentro de si própria, avançando estupefata. E as árvores a um súbito vento mexiam-se num rumor vagaroso de vida estranha e alta. Ou não fora um pressentimento? implorava-se ela. Não quero que Daniel se mova. E Daniel movia-se. A respiração leve, os ouvidos novos e surpresos, ela parecia poder penetrar e fugir das coisas em silêncio como uma sombra; fraca e cega, sentia a cor e o som do que quase sucedia. Avançava trêmula adiante de si mesma, voava com os sentidos para a frente atravessando o ar tenso e perfumado da noite nova. Não quero que o pássaro voe, dizia-se agora quase uma luz no peito apesar do terror, e numa percepção cansada e difícil pressentia os movimentos futuros das coisas um instante antes deles soarem. E se quisesse diria: não quero ouvir o rolar do rio, e não havia perto nenhum rio mas ela ouviria seu choro surdo sobre pequenas pedras... e agora... agora... sim...!

– Virgínia! Daniel!

Em confusão tudo se precipitava assustado e escuro, o chamado da mãe brotava dos fundos do casarão e rebentava entre os dois numa nova presença. A voz não altera o silêncio da noite mas repartira sua escuridão como se o grito fosse um raio branco. Antes que tivesse consciência de seus movimentos, Virgínia achou-se dentro de casa, atrás da porta cerrada. A sala, a escadaria estendiam-se em silêncio indistinto e sombrio. Os candeeiros acesos vacilavam no fio sob o vento num prolongado movimento mudo. Ao seu lado estava Daniel, os lábios exangues, duros e irônicos. Na quietude da Granja algum cavalo solto movia vagaroso as ervas com pernas finas. Na cozinha mexiam em talheres, um súbito som de sino e os passos de Esmeralda atravessaram rapidamente um quarto... o candeeiro aceso vacilando calmo, a escadaria dormente respirando. Então – não era o alívio nem de fim de susto, mas em si mesmo inexplicável, vivo e misterioso – então ela sentiu um longo, claro, alto instante aberto dentro de si. Alisando com os dedos frios a velha aldraba da porta, entrecerrou os olhos sorrindo com malícia e profunda satisfação.

ranja Quieta e suas terras estendiam-se a algumas milhas das casas que se agrupavam em torno da escola e do posto de saúde, afastando-se do centro comercial do município de Brejo Alto, sob cuja circunscrição se achavam. O casarão pertencia à avó; seus filhos haviam casado e moravam longe. O filho mais moço trouxera para lá a mulher e em Granja Quieta haviam nascido Esmeralda, Daniel e Virgínia. Aos poucos os móveis desertavam, vendidos, quebrados ou envelhecidos e os quartos se esvaziavam pálidos. O de Virgínia, frio, leve e quadrado, possuía apenas a cama. No espaldar ela depositava o vestido antes de dormir metida na rala combinação, os pés sujos de terra, escondia-se sob os enormes lençóis de casal com um longo prazer.

— Seria preferível mais móveis e menos quartos, queixava-se Esmeralda com os olhos baixos de raiva e aborrecimento, os grandes pés descalços.

— Exatamente o contrário, respondia o pai quando não silenciava. A escadaria no entanto cobria-se com um grosso tapete de veludo púrpura, ainda do casamento da avó, ramificando-se pelos corredores até os aposentos num súbito luxo seguro e grave. Abriam-se as portas e em vez da aconchegante riqueza que o tapete anunciava encontravam-se o vazio, o silêncio e a sombra, o vento comunicando-se com o mundo pelas janelas sem cortinas. Da vidraça alta via-se além do jardim de plantas emaranhadas e ramos secos o longo trecho de terra de um silêncio triste sussurrado. A própria sala de jantar, o aposento maior do casarão, estendia-se embaixo em longas sombras úmidas, quase deserta: a pesada mesa de carvalho, as cadeiras leves e douradas de uma mobília antiga, uma estante de finas pernas recurvas, o ar rápido nos trincos lustrosos, e um guarda-louça comprido onde translucidamente brilhavam em gritos abafados alguns vidros e cristais adormecidos em poeira. Sobre a prateleira desse móvel pousava a bacia de louça rosada, a água fria na penumbra refrescando a bacia onde se debatia preso um anjo gordo, torto e sensual. Frisos altos erguiam-se das paredes riscando sombras verticais e silenciosas sobre o chão. Nas tardes em que o vento rodava pela Granja – as mulheres nos aposentos, o pai no trabalho, Daniel no mato – nas tardes lisas em que um vento cheio de sol soprava como sobre ruínas, desnudando as paredes comidas nas caliças, Virgínia vagava na limpidez abandonada. Caminhava olhando, numa distração séria. Era dia, os campos se estendiam claros sem manchas e ela se movia insone. Sentia uma difusa náusea nos nervos calmos – pequena e magra, as pernas marcadas de mosquitos e quedas, ela parava junto à escadaria olhando. Os degraus subindo sinuosos alcançavam uma graça firme tão leve que Virgínia perdia a sua percepção quase ao possuí-la e interrompia-se à sua frente vendo apenas madeira empoeirada e veludo encarnado, degrau, degrau, ângulos secos. Sem saber por que, detinha-se no entanto, abanando os braços nus e finos; ela vivia à beira das coisas. A sala. A sala cheia de pontos neutros. O cheiro de casa vazia. Mas o lustre! Havia o lustre. A grande aranha escandescia. Olhava-o imóvel, inquieta, parecia pressentir uma vida terrível. Aquela existência de gelo. Uma vez! uma vez a um relance – o lustre se espargia em crisântemos e alegria. Outra vez – enquanto ela corria atravessando a sala – ela era uma casta semente. O lustre. Saía pulando sem olhar para trás.

De noite a sala se alumiava numa claridade piscante e doce. Dois candeeiros pousavam sobre o aparador à disposição dos que iam se recolher. Antes de entrar no quarto a luz devia ser apagada. De madrugada um galo cantava uma límpida cruz no espaço escuro – o risco úmido espalhava um cheiro frio pela distância, o som de um passarinho arranhava a superfície da penumbra sem penetrá-la. Virgínia entreerguia os sentidos mornos, os olhos cerrados. Os gritos sanguinolentos e jovens dos galos repetiam-se dispersos pelos arredores de Brejo Alto. Uma crista vermelha sacudia-se em tremor, enquanto pernas delicadas e decididas avançavam lentos passos no chão pálido, o grito era lançado – e longe como o voo de uma seta outro galo duro e vivo abria o bico feroz e respondia – enquanto os ouvidos ainda adormecidos esperavam em vaga atenção. A manhã extasiada e fraca ia se propagando numa notícia. Virgínia erguia-se, metia-se no curto vestido, empurrava as altas janelas do quarto, a névoa penetrava lenta e opressa; ela mergulhava a cabeça, o rosto doce como o de um animal que come na mão. O nariz movia-se úmido, a face fria afinada em claridade adiantava-se num impulso tateante, livre e assustado. Enxergava apenas um ou outro ferro da grade do jardim. O arame farpado apontava seco de dentro da bruma gelada; as árvores emergiam negras, de raízes ocultas. Ela abria grandes olhos. Lá estava a pedra escorrendo em orvalho. E depois do jardim a terra sumindo bruscamente. Toda a casa flutuava, flutuava em nuvens, desligada de Brejo Alto. Mesmo o mato descuidado distanciava-se pálido e quieto e em vão Virgínia buscava na sua imobilidade a linha familiar; os gravetos soltos sob a janela, perto do arco decadente da entrada, jaziam nítidos e sem vida. Daí a instantes porém o sol surgia esbranquiçado como uma lua. Daí a instantes as névoas sumiam com uma rapidez de sonho disperso e todo o jardim, o casarão, a planície, a mataria rebrilhavam emitindo pequenos sons finos, quebradiços, ainda cansados. Um frio inteligente, lúcido e seco percorria o jardim, insuflava-se na carne do corpo. Um grito de café fresco subia da cozinha misturado ao cheiro suave e ofegante de capim molhado. O coração batia num alvoroço doloroso e úmido como se fosse atravessado por um desejo impossível. E a vida do dia começava perplexa. A face tenra e gelada como de uma lebre, os lábios duros de frio, Virgínia continuava num vago segundo à janela escutando com algum ponto de seu corpo o espaço adiante. Hesitava entre o desapontamento e um encanto difícil – como uma louca a noite mentia de dia...

Como uma louca a noite mentia, como uma louca a noite mentia – descia ela descalça as escadas poeirentas, os passos amornados pelo veludo. Eles sentavam à mesa para tomar café e se Virgínia não comia bastante apanhava no mesmo momento – como era bom, a mão espalmada voava rápida e estalava com um ruído alegre numa das faces resfriando a sala sombria com a delicadeza de um espirro. O rosto acordava como um formigueiro ao sol e então ela pedia mais pão de milho, cheia de uma mentira de fome. O pai continuava a mastigar, os lábios úmidos de leite, enquanto com o vento uma certa alegria hesitava no ar; um ruído fresco no fundo do casarão enchia de leve a sala. Mas Esmeralda sempre escapava, as costas eretas, o busto alto. Porque a mãe se erguia pálida e gaga e dizia – enquanto um pouco de frio penetrava pelo vazio claro da janela e olhando o rosto duro e amado de Daniel uma vontade de fugir com ele e correr fazia o coração de Virgínia inchar tonto e leve num impulso adiante – enquanto a mãe dizia:

– Não tenho direito nem mesmo a um filho?

– A uma filha, deveria ela dizer – pensava Virgínia sem levantar os olhos da xícara porque nesses momentos mesmo o relinchar de algum cavalo no pasto feria como uma audácia triste e pensativa. Esmeralda e a mãe conversariam longamente no quarto, os olhos brilhando em rápidas compreensões. Uma ou outra vez as duas trabalhavam no corte de um vestido como se desafiassem o mundo. O pai jamais falava com Esmeralda e ninguém tocava senão de longe no que lhe sucedera. Nem Virgínia jamais indagara a respeito; ela poderia viver com um segredo irrevelado nas mãos sem ansiedade como se esta fosse a verdadeira vida das coisas. Esmeralda segurava a longa saia que usava em casa, subia a escadaria, queimava no quarto um perfume irritado, insistente e solene; não se podia permanecer no seu aposento senão alguns minutos, de súbito o cheiro saciava e entorpecia num enjoo de capela. Mas ela própria ficava absorta diante da cuia que servia de urna, parecia aspirar a chama quente com seus olhos fortes, femininos e hipócritas. Toda a sua roupa interna era bordada à mão; o pai não olhava para Esmeralda como se ela fosse morta. A última vez em que a tocara fora exatamente quando falara de novo na viagem que Daniel e Virgínia fariam um dia à cidade para estudar línguas, comércio e piano – Daniel que tinha tão bom ouvido e praticava algumas vezes num piano de Brejo Alto. Com a outra filha, dissera ele, não faria o mesmo porque "animal só se solta de casa sem dentes". Esmeralda sentava junto da mãe na hora das refeições; descia sempre um pouco atrasada e lenta, mas o pai nada dizia. E ela também poderia aparecer pálida e de olheiras porque dançara na casa de uma família de Brejo Alto. A mãe então descia revivescida de cansaço, o corpo assustado, tal a excitação que a tomava por tornar a frequentar festas. Seus olhos se ausentavam, e revia o salão enquanto mastigava. Doces e brilhantes as moças se espalhavam de novo pelas varandas, pela sala, em poses calmas e contidas, esperando a vez de serem enlaçadas; depois dançavam, o rosto quase sério; as mais imorais arfavam o seio com inocência, todas penteadas e contentes, nos olhos um só e indecifrável pensamento; mas os homens, como sempre, eram inferiores, pálidos e galantes; eles suavam muito; como eram pouco numerosos, algumas moças terminavam dançando com outras, animadas, rindo, pulando, os olhos surpresos. Ela mastiga, o olhar fixo, sentindo a realidade incompreensível do baile flutuar como uma mentira. O pai fitava-as em silêncio. Antes de se pôr a comer e permitir que todos começassem, afirmava com certa tristeza.

– Pois sim.

Virgínia amava-o tanto nesses momentos que desejaria chorar de esperança e de confusão no prato. A mãe suspirava com olhos pensativos:

– Sei lá, meu Deus.

Mas ela passaria os dias como uma visita na própria casa, não daria ordens, de nada cuidaria. Seu vestido florido e gasto vestia-a molemente, deixava entrever os longos seios gordos e aborrecidos. Ela já fora viva, com pequenas resoluções a cada minuto – brilhava seu olho fatigado e colérico. Assim vivera, casara e fizera Esmeralda nascer. E depois sobreviera uma perda lenta, ela não abrangia com o olhar sua própria vida, embora seu corpo ainda continuasse a viver separado dos outros corpos. Preguiçosa, cansada e vaga, Daniel nascera e depois Virgínia, formados na parte inferior de seu corpo, incontroláveis – um pouco magros, cabeludos, os olhos até bonitos. Apegava-se a Esmeralda como ao resto de sua última existência, daquele tempo em que respirava para a frente dizendo-se: vou ter uma filha, meu marido vai comprar um grupo estofado, hoje é segunda-feira... Do tempo de solteira guardaria com amor uma camisola fina pelo uso como se a época sem homem e sem filhos fosse gloriosa. Assim defendia-se do marido, de Virgínia e de Daniel – os olhos piscando. O marido aos poucos impusera certa espécie de silêncio com seu corpo astuto e quieto. E aos poucos, depois do auge da proibição de compras e gastos, ela soubera numa alegria remoída, num dos maiores motivos de sua vida, que não vivia no seu próprio lar, mas no do marido, no da velha sogra. Sim, sim; antes ligava-se por meio de alegres fios ao que sucedia e agora os fios engrossavam pegajosos ou rompiam-se e ela se chocava bruscamente com as coisas. Tudo era tão irremediável, e ela vivia tão segregada, mas tão segregada, Maria – dirigia-se em pensamento a uma amiguinha da escola, perdida de vista. Simplesmente continuava, Maria. Olhava para Daniel e Virgínia, calmamente surpresa e altiva; eles haviam nascido. Até o parto fora fácil, ela não podia recordar mesmo a dor, sua parte inferior era bem sadia, pensava confusamente lançando um rápido olhar a si própria; não se ligavam ao seu passado. Dizia fracamente: come, Virgínia... – e estacava. Virgínia... Nem fora ela quem escolhera o nome, Maria. Gostava dos apelidos brilhantes e irônicos como quem se abana com um leque recusando: Esmeralda, dois abanos, Rosicler, três abanos rápidos... E a menina, como um galho, crescia sem ela ter decorado suas feições anteriores, sempre nova, estranha e séria, coçando a cabeça suja, tendo sono, pouco apetite, desenhando tolices em folhas de papel. Sim, a mãe não comia muito mas seu modo abandonado de estar à mesa dava a impressão de que chafurdava na comida. Quase nada fazia mas de algum modo parecia sentir-se tão enrolada na sua própria vida que mal poderia desvencilhar um braço e acenar sequer. Vendo-a largada sobre a mesa; seu pai mastigando de olhos fixos; Esmeralda aguda, rígida e ávida dizendo: por onde passear?! por esses pântanos?!; Daniel escurecer-se orgulhoso e quase estupidificado de tanto poder contido; e, ao fechar os olhos, vendo em si mesma uma pequena sensação cerrada, alegríssima, firme, misteriosa e indefinida, Virgínia jamais saberia que se indagava se uma qualidade numa pessoa excluía a possibilidade de outras, se o que havia dentro do corpo era bastante vivo e estranho a ponto de ser também o seu contrário. Quanto a si própria ela não sabia sequer adivinhar o que podia e o que não podia, o que conseguiria apenas com um bater de pálpebras e o que jamais obteria, mesmo cedendo a vida. Mas a si própria concedia o privilégio de não exigir gestos e palavras para se manifestar. Sentia que embora sem um pensamento, um desejo ou uma lembrança, ela era imponderavelmente aquilo que ela era e que consistia Deus sabe em quê.

Os dias na Granja Quieta respiravam largos e vazios como o casarão. A família não recebia visitas em conjunto. A mãe rara vez animava-se com a vinda de duas vizinhas, levava-as depressa para o próprio quarto como se procurasse guardá-las dos longos corredores. E Esmeralda iluminava-se com agitação e certa brutalidade quando suas amigas, pálidas e altas sob chapéus cor de milho, vinham vê-la. Calçava depressa sapatos, conduzia-as corada ao seu aposento trancando a porta a chave, o tempo decorrendo. E às vezes vinha do sul algum membro da família paterna visitar a avó e o pai. O tio sentava-se à mesa, sorria a todos com sua surdez e comia. E também tia Margarida, magra, as peles flácidas, o rosto agudo de passarinho seco mas os lábios sempre rosados e úmidos como um fígado; usava num só dedo os dois anéis de viuvez e mais três com pedras. O pai renascia nesses dias e Virgínia assistia-o assustada, com um desgosto inquieto. Ele mesmo queria servir a mesa, dispensava a negra da cozinha – Virgínia olhava-o agitada e muda, a boca cheia de uma água de náusea e atenção. Com os olhos molhados ele conduzia a avó para perto da mesa, dizia:

– A dona da casa deve jantar com seus filhos, a dona da casa deve jantar com seus filhos... – e mal se percebia que isso era um gracejo. Virgínia ria. O olhar de tia Margarida era apressado e na fração de segundo em que durava parecia sorrir. Quando terminava, porém, e seu rosto já se achava voltado para outro lado, pairava no ar algo como o depois de um medo revelado. Com a cabeça de passarinho de penas penteadas, oblíqua ao prato, comia quase sem falar. Via-se que um dia ela ia morrer, via-se isso. O tio dizia com ar profundo e calmo:

– Mas isto está tão gostoso.

– Sirva-se mais! gritava o pai pestanejando de alegria.

O tio fitava o pai bem nos olhos com um sorriso imóvel. Amassava uma bolinha de miolo de pão e respondia com delicadeza e bonomia como se devesse apaziguar sua própria surdez:

– Pois então, pois então.

O pai olhava um instante com uma perplexidade excedida. Segurava subitamente o prato do irmão, enchia-o de comida e empurrava-o, emocionado e contente:

– Toma, come de uma vez.

O tio fazia um ligeiro cumprimento sacudindo a mão diante da própria cabeça em saudação militar. O pai assistia-o com braços estatelados como os de um boneco, exagerando-se feliz.

– Ah vida triste, vida triste, dizia rindo muito.

Quando depois de alguns dias as visitas se retiravam, a vida no casarão era novamente aspirada pelo ar do campo e as moscas zuniam mais alto, brilhando à luz. O pai retomava sua solidão sem tristeza, empurrava a toalha e os talheres, aproximava um candeeiro, lia o jornal e jamais abria o livro. Subia depois para dormir, galgando as escadas devagar como para escutar o rincho dos degraus, uma esperança escura e calma, quase uma falta de desejo. Às vezes, de ceroulas arregaçadas – ele se transformava subitamente num homem engraçado e Virgínia custava a adormecer nessas noites – de ceroulas arregaçadas ele ia vivendo e lá ficava até duas, três horas da madrugada vendo as aves porem os pequenos, pequenos ovos. Com o corpo coberto de praga de galinha metia-se depois numa tina cheia de água e querosene posta no pátio e, iluminado fracamente pelo candeeiro, lavava-se, enxaguava-se calado, a escuridão era salpicada de ruídos molhados e bruscos, ele ia dormir. A mãe perguntava no meio do esquecimento do jantar, no centro do casarão:

– E a papelaria?

– Vai, respondia o pai.

Virgínia passava pela porta da avó, parava contente por um instante para ouvir o seu roncar. Ela não roncava em linha reta e aguda mas por um par de asas. O som começava largo, reunia-se num centro fino e alargava-se de novo. Uma asa voando era o seu ronco satisfeito e estranho. Virgínia entrava no seu quarto de olhos fechados, sentia-se no meio de um ruflar de asas tenras, roucas e rápidas, como se a velha soltasse um passarinho assustado a cada sopro. E quando ela acordava – sempre acordava subitamente, olhava aterrorizada ao redor de si mesma como se pudessem tê-la transportado para um outro mundo enquanto dormia, e olhava com maldade para Virgínia – quando ela acordava o rumor cortava-se numa linha reta, um passarinho a meio solto em uma boca vacilava trêmulo e luminoso e era sorvido num murmúrio. A avó não saía mais do quarto, onde a negra que ela criara levava-lhe as refeições. Só descia quando a família do sul a visitava. Esmeralda, Daniel e Virgínia tinham o dever de entrar no seu aposento pelo menos uma vez por dia para tomar-lhe a bênção e dar-lhe uma espécie de rápido beijo no rosto. E nunca a visitavam o mais do que essa vez. Quando a negra adoecia mandavam Virgínia ficar no seu quarto atendendo-a. Ela ia animada. A avó sentada não falava, não ria, quase não olhava como se agora lhe bastasse viver. Às vezes renascia numa rápida expressão de rosto sabido e indecente. Virgínia falava-lhe baixo para ela não ouvir e irritar-se. Seu maior gesto de raiva ou desprezo era cuspir para o lado; a boca seca, ela sentia dificuldade em reunir bastante saliva; e então, distraída da cólera, procurava apenas cuspir – encostada à porta, o rosto profundamente quieto e magro. Virgínia espiava. A velha parecia meditar um instante, a cabeça inclinada para o lado, na posição a que a raiva a levara; depois desistia com um ar satisfeito e ágil como se tivesse economizado saliva contra todos; imobilizava-se de novo, os olhos brilhantes piscando nas fendas e intervalos. Virgínia tremia de desagrado e medo. Assistia-a mover a mão vagarosamente com uma lentidão trôpega coçar o nariz seco. "Não morre não, velha danada", repetia para si mesma colérica a frase da criada. Mas a avó de repente dava um espirro de gato ao sol e alguma coisa se misturava ao medo de Virgínia, pesava-lhe no peito uma piedade envergonhada e irritada. "Não morre não, velhinha do meu coração", repetia. O quarto escurecia aos seus olhos abertos e fixos enquanto ela encostava inteiramente o corpo à porta. E de repente um movimento de vida parecia precipitar-se e cair no mesmo plano – a sensação de queda quando se dorme. Imutável, imutável.

Mas às vezes era tão rápida a sua vida. Luzes caminham sem direção, Virgínia espia o céu, as cores brilham sob o ar. Virgínia caminha sem direção, a claridade é o ar, Virgínia respira claridade, folhas tremem sem saber, Virgínia não pensa, as luzes caminham sem direção, Virgínia espia o céu... Às vezes era tão rápida a sua vida. Sua pequena cabeça de menina tonteava, ela fitava o campo à sua frente, espiava

Granja Quieta já perdida na distância e olhava sem procurar entender. Em Brejo Alto não havia mar, porém uma pessoa podia olhar rapidamente para a extensa campina, fechar logo os olhos, apertar o próprio coração e como um filho, como um filho nascendo, sentir o cheiro docemente podre do mar. E mesmo que nesse instante o dia fosse duro e novo, as plantas secas de poeira, nuvens vermelhas e quentes de verão, os girassóis ásperos sacudindo-se no final do grosso talo contra o espaço, mesmo que não houvesse a feliz umidade das terras próximas às águas... uma vez um pássaro desabrochou da campina para o ar em voo súbito, fez o coração bater depressa num susto pálido. E isso era livre e leve como se alguém andasse ao longo da praia. Ela nunca estivera perto do mar, mas sabia como era o mar, nem forçava sua vida a exprimi-lo em pensamento, ela sabia, isso bastava. Quando menos se esperava chegava a noite, a coruja piava. Daniel podia de um instante para outro chamá-la a passear, alguém podia aparecer à porta dando algum recado, ela e Daniel corriam para saber o quê, a criada podia adoecer, ela mesma de repente acordar uma vez mais tarde – ela era tão finalmente simples naquele tempo. Não havia o inesperado e o milagre era o movimento revelado das coisas; que brotasse uma rosa em seu corpo, Virgínia a colheria com cuidado e com ela enfeitaria os cabelos sem sorrir. Havia certa alegria admirada e tênue sem notas cômicas – aonde? ah, uma cor, as plantas frias que pareciam destilar sons pequenos, vagos e claros no ar, diminutos sopros tremulamente vivos. Sua vida era minuciosa mas ao mesmo tempo ela vivia apenas um só traço esboçado sem força e sem fim, raso e estarrecido como o vestígio de outra vida; e o mais que poderia fazer era seguir cautelosamente os seus vislumbres. Será que todo o mundo sabe o que eu sei? indagava-se com o ar obstinado e sem inteligência que era um sinal comum da família, a cabeça inclinada. Parava um instante à borda do campo e imobilizava-se à espera atentando para suas próprias possibilidades. Um longo minuto se desenrolava, da mesma cor e no mesmo plano como um ponto saindo fora de si em linha reta e vagarosa. Enquanto ele durava tudo o que existia fora dela era visto apenas pelos seus olhos numa constatação límpida e curiosa. Mas de um momento para outro, sem nenhum aviso, ela estremecia delicadamente recolhendo de uma só vez os movimentos contidos nas coisas ao seu redor. Instantaneamente transmitia seus próprios movimentos para o exterior em mistura com a carga recebida; em breve no ar do campo havia mais um elemento que ela criava emitindo com os pequenos sorrisos mudos sua própria força. Avançava e penetrava livremente pelo capinzal molhado, as pernas estreitas umedeciam-se. Tudo rodava de leve ao redor de si mesmo, o vento sobre as folhas do pátio. Uma vez ou outra, como um pequeno grito quase inaudível e depois o silêncio desmentindo-o, ela possuía rapidamente a sensação de poder viver e em seguida perdia-a para sempre numa surpresa tonta: o que houve? Embora a sensação valesse como um perfume enquanto se corre, quase uma mentira, fora aquilo mesmo, poder viver... Disse a Daniel:

– O que é bom e o que assusta a gente é que... por exemplo, eu posso fazer minhas coisas... que eu tenho daqui para diante uma coisa que ainda não existe, sabe?

Daniel olhou para a frente inflexível:

– Pois então? o futuro...

– Sim, mas é horrível, não é? dizia ela ardente e risonha.

Fazia profundamente ignorante pequenos exercícios e compreensões sobre coisas como andar, olhar para árvores altas, esperar de manhã clara pelo fim da tarde mas esperar só um instante, acompanhar uma formiga igual às outras no meio de muitas, passear devagar, prestar atenção ao silêncio quase pegando com o ouvido um rumor, respirar depressa, pôr a mão expectante sobre o coração que não parava, olhar com força para uma pedra, para um pássaro, para o próprio pé, oscilar de olhos fechados, rir alto quando estava sozinha e escutar então, abandonar o corpo na cama sem a menor força quase doendo toda de tanto esforço por se anular, experimentar café sem açúcar, olhar o sol até chorar sem dor – o espaço em seguida tonto como antes de uma terrível chuva –, carregar na palma da mão um pouco de rio sem derramar, postar-se debaixo de um mastro para olhar para cima e ficar tonta de si mesma – variando com cuidado o modo de viver. O que a inspirava era tão curto. Vagamente, vagamente, se tivesse nascido, mergulhado as mãos nágua e morrido, esgotaria sua força e teria sido completo o seu mover-se – era essa a impressão sem pensamentos.

De tarde as palmeiras foram derrubadas por um motivo e grandes palmas duras e verdentas cobriram-se nervosamente de formigas que subiam e desciam cumprindo misteriosamente uma missão ou divertindo-se por um motivo. Virgínia ajoelhou-se espiando. Levantou os olhos e viu fumaça branca erguendo-se ao longe, do meio de gravetos negros. Um rápido movimento do calidoscópio e formava-se uma imagem parada, insolúvel e sem além: ervas diretas ao sol, sol quente e calmo, fileiras mornas de formigas, talos grossos de palmas, a terra picando os joelhos, os cabelos caindo nos olhos, o vento penetrando pelo rasgão do vestido e clareando frescamente seu braço, fumaça velada dissolvendo-se no ar e tudo isso ligado pelo mesmo misterioso intervalo – um instante depois de ela erguer a cabeça e enxergar a fumaça ao longe, um instante antes de abaixar a cabeça e sentir novas coisas. E também sabia vagamente, quase como se inventasse, que dentro daquele intervalo havia ainda outro instante, pequeno, pálido e plácido, sem ter no seu interior nenhuma das coisas que ela estava vendo, assim, assim. E como ela e Daniel eram pobres e soltos.

O mundo inteiro poderia rir de ambos e eles nada fariam, de nada saberiam. Dizia-se que os dois eram tristes mas os dois eram alegres. Às vezes Daniel vinha falar com ela de fugir um dia – ambos sabiam que não o desejavam propriamente. Ela erguia a cabeça da terra e via sobre os seus lábios trêmulos de imaginação nascente um arco malfeito de café com leite já seco! Desviava os olhos subitamente ferida no mais tenro do coração e altiva, assustada, tropeçava entre a repugnância, as lágrimas e o desprezo, perplexa, vivendo, vivendo. Caía afinal numa piedade profunda e intolerável, brutal contra si mesma e que terminava por conduzi-la a uma espécie de glória íntima, um pouco miserável também. Naquele tempo ela se apiedava muito, com violência quase voluptuosa, sentindo na boca um gosto fugitivo de sangue. Com segredo, tinha pena de tudo, das coisas mais fortes. Às vezes, aterrorizada diante de um grito do pai, seus olhos baixos e amedrontados pousavam naquelas botinas grossas onde um cordão cinzento hesitava em servir. E de súbito, sem esperar, toda a carne doendo como se um doce ácido a percorresse instantaneamente, deslizava para um martírio de compreensão e seus olhos se cobriam de úmida ternura. As pessoas eram tão ridículas!, tinha ela vontade de chorar de alegria e de vergonha de viver. Era essa a impressão. O pai vinha na charrete, perguntava:

– O que é isso? Virgínia está chorando?

– Não, cantando, respondia a negra. Tem umas horas em que ela canta cantigas altas, altas, sem graça nenhuma.

Magra e suja, as veias do pescoço tremiam longas – ela cantava sem graça, puro som gritando, ultrapassando as coisas nos seus próprios termos. O importante eram os planos que a voz atingia. Em primeiro lugar, ela continuava pequena em pé na soleira da porta; enquanto isso as notas subiam como bolhas de sabão, brilhantes e cheias, e perdiam-se na claridade do ar; e enquanto isso, essas bolhas de sabão eram dela, dela que estava pequena em pé na soleira da porta. Era assim. E era também de sua qualidade saber imitar choros de bichos, às vezes de bichos que não existiam mas poderiam existir. Eram vozes guardadas, redondas na garganta, uivadas, doídas e bem pequenas. Podia ainda fazer apelos agudos e doces como de animais perdidos. Mas de súbito as coisas se precipitavam numa realidade resistente. O pai encontrou-a um dia chorando; ela era quase uma mocinha olhando distraída as nuvens que se moviam. Estupefato ele perguntara:

– Mas por quê? Por quê?

Tudo ficara difícil então, ele viera e cansava. E como ela não soubesse responder inventou:

– Eu e Daniel não podemos viver sempre aqui...

Estarrecido o pai ouviu como se ouvisse uma árvore falar. E então numa estranha e súbita compreensão que a assustou porque ela nada entendera, ele encheu-se de uma cólera que o fazia vermelho e tenso, numa comoção quase perigosa.

– Mentira, doida! doida! doida!

Como ela o olhasse surpreendida, o rosto jovem já brilhando sem lágrimas, ele fitou-a com as sobrancelhas franzidas, concluiu mais calma alçando os ombros quase com indiferença:

– Doida.

Daniel era um menino estranho, sensível e orgulhoso, difícil de se amar. Ele não sabia dar um pretexto para esconder. Mesmo quando caía em fantasias estas eram precavidas, familiares; ele não tinha coragem de inventar e era sempre ela quem numa facilidade surpreendente mentia pelos dois; ele era sincero e duro, detestava o que não via. Com seus olhos limpos e secos vivia como só com Virgínia dentro da Granja. Desde que a irmã nascera ele a tomara e secretamente ela era apenas sua. Ainda muito pequena, os cabelos compridos e sujos nos olhos, as pernas curtas hesitando sobre os pés descalços, ela agarrava com uma das mãos os fundos das calças de Daniel e o irmão, o rosto queimado e sem doçura, os olhos seguros, subia pelas encostas das montanhas, com movimentos obstinados como se não sentisse o peso de Virgínia, a inclinação resistente dos morros, o vento que soprava firme e frio contra o seu corpo. Não a amava sequer mas ela era doce e tola, fácil de se conduzir a qualquer ideia. E mesmo nas épocas em que ele se fechava severo e bruto dando-lhe ordens, ela obedecia porque sentia-o perto de si, ocupando-se dela – ele era a criatura mais perfeita que ela conhecia. Passava então os dias numa estranha euforia, como o vento, alta, calma e silenciosa. Deus meu, não sabia ela que pensava, ela só tinha ardor, nada mais, nem mesmo um motivo. E ele – ele só tinha raiva, nada mais, nem mesmo um motivo. Apesar de tudo Daniel pisava sem força, permitia que nela vivesse aquele seu desespero desajeitado e atento, uma aguda fraqueza, a possibilidade de perceber pelo nariz, de pressentir dentro do silêncio, de viver profundamente sem executar um movimento. E de fechada num quarto estar em perigo. Sim, sim, aos poucos, baixo, de sua ignorância ia nascendo a ideia de que possuía uma vida. Era uma sensação sem pensamentos anteriores nem posteriores, súbita, completa e una, que não poderia se acrescentar nem alterar com a idade ou com a sabedoria. Não era como viver, viver e então saber que possuía uma vida, mas era como olhar e ver de uma só vez. A sensação não vinha dos fatos presentes nem passados mas dela mesmo como um movimento. E se morresse cedo ou se enclausurasse, o aviso de ter uma vida valia como ter vivido. Por isso também ela era um pouco cansada talvez, desde sempre; às vezes só por um esforço imperceptível mantinha-se à tona. E acima de tudo, sempre fora séria e falsa.

De tarde vestiram uma roupa limpa, e molharam e pentearam os cabelos e foram com o pai à papelaria. Era um lugar bom de se ficar, com uma porta e uma janela, quase escuro e agradável por dentro. Vendiam-se livros, cadernos, santos e medalhas religiosas. Em todos os aniversários de Granja Quieta o presente era uma medalhinha com um santo que variava, em geral o menos procurado pela freguesia de Brejo Alto. Vendiam também cartões-postais com namorados em beijo, anjos e cupidos, paisagens de neve. Esmeralda trouxera um deles onde um rapaz oferecia uma flor a uma moça que pensava com uma das mãos na fronte, o cotovelo solto no espaço. O que tinha mais saída porém eram os artigos religiosos. A rua da papelaria subia estreita e com esforço até a Igreja do Bom Jesus, de pátio branco circundado por grades enferrujadas. Saindo da igreja compravam-se medalhinhas. Daniel e Virgínia, enquanto esperavam pelo pai, entraram na igreja. Era curta e limpa, escura; o exterior fora caiado de branco. Dentro a lamparina queimava no óleo e um sombrio arroxeado e solitário abafava-se em tapetes velhos "Rogai por nós", disseram eles rapidamente, espiaram a pequena pia de água benta e saíram depressa pisando sem violência no chão de tijolos úmidos. Ouviu-se um trovão de longe. Já anoitecia mas o pai estava com a loja cheia de homens que tratavam de negócios. Virgínia e Daniel saíram de novo andando pelas ruas quase escuras; olhavam por alguma janela esquecida de fechar o interior poeirento das casas; os móveis, os pequenos jarros velhos e concentrados pareciam de matéria viva e expectante como árvores. As ruas apertadas desciam ou subiam ligeiramente com eles. Entre as pedras a Prefeitura esquecera ervas. As coisas em certo momento ficaram intensamente de alguma cor imprecisa, talvez azulada sem que o ar que as banhava de tom e transparência parecesse existir e tocá-las. Os braços eram translúcidos e esgazeados, o rosto vago e suavemente desperto. As casas baixas prendiam-se diretamente à calçada, pegadas umas às outras, com pequenas varandas de ferro sem saliência. Os sobrados cor-de-rosa eram largos e chatos, os vidros coloridos. Caminharam até o parque, cansados e com fome. Sentaram juntos num banco. Através da bruma fina do parque os postes já acendiam luzes redondas, amarelas e assustadas. Pela extensão calma e sem árvores aquele silêncio surpreendente, um som simples e fremente piscando sereno. Um novo trovão rolou abafado, distante. Uma rã saltava da sombra, dourava-se um instante na claridade e mergulhava na escuridão da noite. De súbito Daniel olhando-a, cansou-se de Virgínia agudamente, enquanto ela cabeceava de sono. Ergueu-se e sentou-se noutro banco sem que ela protestasse. Ali o chafariz espargia água, sempre nova e macia, ruidosa. O cheiro das plantas rasteiras era carregado pelo vento, o frio da água espalhava-se no ar em gotas. Ele começou a pensar com violência em nada. Um desejo de matar, de conquistar, enquanto a formiga lenta e ruiva movia-se sobre as pernas longas no cimento do banco. Daniel não sabia o que fazer e o ruído molhado da água refrescava seu enorme espírito. Uma grande vontade como de ironia tomou-o e ele já tinha mesmo perto de quinze anos. Pegou num capim alto, arrancou-o, mastigando-o e com desafio engoliu-o. Mas isso era pouco. Parecia-lhe que devia morrer como uma resposta. Precisava da cólera para viver, ela lhe dava uma eloquência. Respirou com ímpeto sentindo o verde duro e inflexível da vida no coração – o novo ânimo insinuou-lhe um pensamento, ele a assustaria, diria que ia morrer! O pequeno impulso deu-lhe uma vida mais apressada enquanto seus olhos alegravam-se. Voltou ao banco onde Virgínia sentada mergulhava os olhos sonolentos no chão. Um fino xale de lã resguardava seus ombros magros do frio.

– Você está corcunda, disse ele para começar.

Ela aprumou um instante as costas e retornou à posição antiga com fraqueza. Ele agastou-se; mas com sabedoria transformava seu ímpeto, em força lenta de paciência. Disse:

– Vamos andar.

Obrigou-a a correr quase. Rapidamente certa alegria tomou-a, o sono desapareceu.

– Vou morrer, disse ele num tom qualquer porque não podia mais conter-se.

Ela empalideceu.

– Não.

Virgínia jamais o desapontava... Ele perscrutou-a com curiosidade, notou que ela estava emocionada, riu alto com desprezo e veemência, sacudia-se como espargindo-se na água.

– Vou morrer assim... – fez um rosto de morto mas observou que nesse instante sua violência decaíra e sem interesse ele olhava o jardim. Ela não se assustou. E ele começou a sentir sono à medida que andavam. Permaneceram calados mas talvez ambos pensassem levemente no mesmo. Será que todos sabem o que eu sei? refletia Virgínia. Porque ela acabara de pensar quase com certeza, sem sobressalto, no morrer.

Daniel também sabia de uma brincadeira a princípio calma e clara mas que depois fora assustando ninguém soube por quê. Ele cavava o chão resistente e seco de sol até encontrar terra úmida, nova, esfarelada mas bem passível de ser reunida numa só matéria. Abria uma vala, Virgínia entrava. Era com um rosto de prazer grave e minucioso que ela sentia a frescura morna da terra no corpo, aquele agasalho macio, delicado e pesado. Pelas plantas dos pés subia um estremecimento de medo, o sussurro de que a terra poderia aprofundar-se. E de dentro erguiam-se certas borboletas batendo asas por todo o corpo.

– Você está fechada, dizia-lhe Daniel com brutalidade, mas ela ria baixinho sem se amedrontar. Aos poucos porém, se assustava, o vento curvando ervas, dispersando folhas. E os dois não falaram mais nisso, procuraram esquecer e esqueceram para sempre sem sinal. Ele fazia uma pequena ameaça para a frente como se fosse saltar: olhe, Virgínia, vou pular para fora! Era para fora do mundo o que ele queria dizer – e custara a fazê-la entender. Quando ela o compreendera, um pavor branco e trêmulo surgira no rosto de repente diminuindo como perdendo-se para trás. Os olhos de Daniel brilhavam num prazer quente, escuro e terrivelmente excitante: olhe, Virgínia, vou pular para fora! Ameaçava o pulo que o lançaria além da terra. Não, não – dizia ela rouca, as palmas das mãos se umedeciam rapidamente, ela agarrava com dedos gelados a roupa do irmão, sentia os próprios movimentos enrijecidos sobre a fazenda áspera. Ele jamais levava adiante a brincadeira, como poupando Virgínia para uma próxima vez. Ela abria os lábios secos na dificuldade de um sorriso de alívio.

Naquele tempo o pai ia cedo para a papelaria. Mal ele saía rumo ao centro a casa tornava-se menos comprimida, um grande espaço com algumas paredes porque quanto à mãe não havia o que ligar e Esmeralda só sairia do quarto à hora do almoço. Ela e Daniel. Mas ela não era como Daniel, tão cheio de pensamentos que não se podiam adivinhar, tão orgulhoso. Jamais ele pedira desculpas, ele sabia que isto era a marca de um poder. Entre o filho e o pai vagava uma sinceridade cuidadosa e perturbada. E ele era tão obstinado que ainda pequeno, não dava mais uma palavra depois que o sol se punha, interrompendo mesmo uma frase ou um riso. Sentava-se a um canto, os olhos opacos de raiva e tristeza. Só amansava no dia seguinte. Perguntavam-lhe com aborrecimento por que e ele dizia como ofendido por alguém:

– Eu gosto quando está claro.

Sim, ele sempre fora viril de um modo que irritava a família. Não quero ser um rapaz, dizia baixo sacudindo o corpo com brusquidão enquanto os olhos se concentravam escuros e ferozes. Virgínia nada respondia, ambos sabiam que era de emoção que ele gritava, tanto se devia esperar, com os olhos franzidos, o rosto móvel como a um rumor que se aproxima, tanto se devia esperar crescer. Sua cólera era também contra a família que olharia com prazer e orgulho o seu desenvolvimento, fazendo disso uma festa doméstica e como que ele queria crescer sozinho, atento. Ele possuía uma coleção de aranhas penugentas e grisalhas, apanhadas no mato.

– Papai não pode saber.

– Por quê? indagava Virgínia curiosa.

– Ele pode pensar que são venenosas, idiota.

– Mas elas são?

– Eu posso saber? posso?, suas mãos inúteis.

– Mas eu tenho medo.

– E daí? respondia ele.

Ameaçava-a de abrir a caixa de aranhas a qualquer desobediência de sua parte. E de repente, sem que ela soubesse por que, ele chamou-a, os olhos intensos, mostrando-lhe a caixinha:

– Espie só...

Ela recusou enojada. Mas terminou colando um olho no buraco da caixinha e nada vendo senão movimentos vagarosos na escuridão. Ela dizia:

– Vi, já vi, vi tudo!

Ele ria:

– Você seria até menos idiota se não fosse tão idiota.

Um dia a caixinha de aranhas afogou-se na água da chuva que invadiu o esconderijo. Um cheiro agudo, roxo nauseante subia de seu interior. Sofrendo, duro e calmo, Daniel mandou Virgínia jogá-la fora.

– Não, não empurre com os pés. Agarre com as duas mãos e ponha fora.

O olho com que ela espiara as aranhas doía. Durante dias lacrimejara torto, caído e de manhã ela não podia abri-lo até que o calor do sol e de seus próprios movimentos acorda-va-o. Inchou depois, insensível e sem sangue. Quando tudo passou, já não era o mesmo, tornara-se imperceptivelmente vesgo e menos vivo, mais lento e úmido, mais amortecido que o outro. E se escondia com uma mão o olho são, via as coisas separadas dos lugares onde pousavam, soltas no espaço como numa assombração.

– Não é que a aranha tenha cuspido em você, você sempre gostou de mentir. O que aconteceu com teu olho foi idiotice. Você e tia Margarida são feitas de quase nada, um espirro e pronto! vocês ficam cheias de dores, aleijadas, pois morra de uma vez.

Ela sentia na sua voz um certo medo. Não era o receio de ser denunciado, ele sabia que a irmã jamais falaria. Arrependimento? – isso fazia com que ela o amasse com um amor cheio de alegria doída, uma vontade animada de se salvarem os dois, de passearem, o coração brilhante. Seu ardor nobre aumentava em mistério e seriedade quando o pai dizia:

– O Baio hoje espantou-se no meio do caminho.

Ninguém retrucava palavra. Às vezes prosseguia:

– E não havia nada no caminho que pudesse assustar o bicho. O tempo claro, nenhum ruído senão o das rodas da charrete. Foi preciso eu dizer: sossega, Baio. Deus está conosco. Ele sossegou.

E quando chegou a noite, no meio do jantar, ele respirou, disse:

– Daniel.

Daniel ergueu a cabeça, hesitou e fitou-o com resistência e desprezo. Perplexos e assustados todos esperavam. O pai disse devagar fixando-lhe os olhos, como prendendo a força do filho.

– Você está proibido de ficar na estrada fazendo gestos... infames para as senhoras que passam – uma profunda palidez tornava seu rosto informe e opaco. Daniel parecia fixo no próprio corpo. Todos aguardavam contritos, interrompidos por um longo instante que jamais iniciaria um fim. Então Daniel desviou os olhos. A mãe abandonou-se à cadeira, amolecendo as pálpebras num desfalecimento de alívio. O pai acrescentou rouco e baixo, como exausto:

– Me fizeram queixa.

Na manhã seguinte uma folha despregou de uma árvore alta e durante enormes minutos planou no ar até repousar na terra. Virgínia não compreendia donde vinha a doçura: o chão era negro e coberto de folhas secas, donde então vinha a doçura? um desejo formava-se no ar, palpitava atentamente, dissolvia-se e nunca tinha existido. Ela afastou as folhas e com um graveto escreveu em letras tortas Império do Sol Nascente. Depois apagou-as com o pé e escreveu Virgínia. Afinou o ser como se afina uma ponta de lápis e deixou com o graveto um leve risco pela terra. Apagou novamente e quis desenhar uma coisa com maior intensidade, numa seriedade cheia de fulgor. Concentrou-se e uma onda nervosa percorreu-a como um presságio. Numa serenidade extraordinária, os olhos fechados, ela desenhou brutalmente como se gritasse atentamente – depois abriu os olhos e viu um simples, forte, tosco círculo vulgar. (Hoje decaí) – era essa uma impressão e desde pequena ela o saberia. Sou infeliz, pensou devagar, quase deslumbrada – ela era quase uma mocinha. Deixou-se escorregar pela pedra grande no meio do jardim. Um segundo apenas até alcançar o chão. Mas enquanto durava este segundo, de olhos fechados, rosto cauteloso e móvel, ela perscrutou-o longamente, mais longamente que o próprio segundo, sentindo-o então vazio, grande como um mundo não povoado. De súbito chegou ao chão com um choque. Abriu os olhos e da escuridão para a luz seu coração se abriu para a manhã. O sol, o sol gélido. E certos lugares do jardim tão secretos, tão de olhos quase fechados, secretos como se tivessem água oculta. O ar era umidamente brilhante como pó quase brilhante. E se alguém corria para a frente sem força sentia imperceptivelmente quebrarem-se setas invisíveis, frágeis e frígidas, e o ar vibrava nos ouvidos fino, nervoso, inaudivelmente sonoro. Procurava cerrar de novo os olhos e possuir mais uma vez a surpresa. Mas a visão da manhã apenas quisera faiscar dentro dela e seria inútil tentar enxergar o vazio de outro momento. Porém se Daniel acedia eles podiam falar numa língua difícil. Os dois tinham se habituado a conversar.

– Dez é como domingo. A gente pensa que domingo é o fim da semana passada, não é? mas já é o começo da outra. A gente pensa que é o fim de nove, não é? mas já é o princípio de onze.

– Não, eu acho que dez é como domingo porque os dois são redondos, não são partidos.

– Mas domingo não é redondo, só dez é que é.

– Pois eu acho domingo redondo. Acho e vejo.

Eles riam porque sabiam que tudo estava errado, veladamente errado. Ela, sobretudo, gostava de errar. E diante do olhar de quase repugnância da mãe. Daniel lhe dizia: a pobre senhora... – Daniel gostava um pouco de ler. Ninguém os compreendia e isso era excitante como escapar. Daniel lhe dissera:

– Por que é que você está comendo?

Ela ouviu surpreendida e um dia perguntou-lhe:

– Por que é que você vai dormir? – os dois riram muito. Daniel lhe disse:

– Pense a cor mais bonita do mundo.

Ela olhava-o iluminada pela liberdade que ele lhe dava. Numa mistura fugaz e quase audível percebia pesadas cores brilhantes e tontas, tudo se movendo, correndo embora, extinguindo-se antes que ela pudesse captar uma só e contá-la a Daniel.

– Mas no mundo inteiro, inteiro? certificava-se.

– S-sim, concedia Daniel com avareza.

Então, fechando com dificuldade os olhos demasiado radiantes, ela buscava tão profundamente que lhe subia aos lábios uma cor inexistente, inventada, louca: hã!, exclamava aguda e imediatamente sua voz decrescia desapontada.

– O quê? perguntava Daniel intrigado.

Ela não sabia explicar. Para cobrir o instante dizia depressa: roxo amarelado nos bordos.

– É uma cor bonita, concordava Daniel, mas não a mais.

Para Virgínia, porém, tudo o que se pudesse dizer depois daquele grito seria pobre e usado. Hã, hã, repetia sem resultados. Hã, dizia num tom mais baixo como para surpreender. No entanto era uma palavra rebentando de compreensão como se de um momento para outro se pusesse a cantar o próprio sentido. Realmente a mãe olhava-os como se os tivesse amamentando sem saber. Evitando uma asfixiada sensação de que deveria chamar a mãe para compreender também, Virgínia sem palavras procurava dizer-se que afinal ela possuía um marido, umas raras visitas; quando a tarde caía ela penteava os finos cabelos de mulher, vivia mais devagar, olhava para a frente pela janela. Não era feia, mas seus traços sem força não hesitavam jamais, nada avisavam, numa calma vulgaridade que esconderia mesmo os momentos infelizes e vivos. Virgínia e Daniel eram depressa alegres em evitá-la:

– O que é ir comprando, comprando e guardando e abrir tudo um dia e espiar?

Virgínia não sabia: tão difícil tomar as coisas que haviam nascido bem dentro dos outros e pensá-las. Mesmo tinha certa espécie de dificuldade em raciocinar. Às vezes não era começando por nenhum pensamento que ela chegava a um pensamento. Às vezes bastava-lhe esperar um pouco e possuía-o todo. Até que Daniel dizia vitorioso, a voz fria:

– Pois é colecionar coisas, sua égua de pasto!

Virgínia retrucava:

– O que é ir andando, andando e depois dizer: ah não vamos mais, vamos passear, quer?

Ele adivinhava logo, negligente mas no fundo encantado:

– Ora, é não ir para a escola, quem não sabe?

E depois ela lhe dissera com um ardor sério:

– Olhe, um dia, sabe...

E ele entregara um olhar, aceitando o que ela própria não entendia. Mas ele raramente elogiava as descobertas de Virgínia, raramente deslumbrava-se com a sua habilidade. Costumava então dizer como se se dirigisse a alguém ausente que pudesse compreendê-lo melhor, enquanto Virgínia atenta e curiosa escutava:

– Ela é tão tola que tudo para ela é fácil.

Uma vez porém – ela estava com o rosto inchado numa dor de dentes – eles tinham se debruçado na sacada do quarto de hóspedes e olhavam a noite. Lá embaixo a escuridão estendia-se uniforme e quando o vento soprava os arbustos pareciam mover-se num mar. Ondas fugitivas de vaga-lumes acendiam desfalecidas e se apagavam.

– Olhe, Daniel, dissera Virgínia, olhe o que eu vi: o vaga-lume desaparece.

Ele olhou-a, viu seu queixo inchado e vermelho através da luz triste do candeeiro pousado no quarto.

– Como?..., perguntou sem prazer.

– Assim: quando a gente vê um vaga-lume a gente não pensa que ele apareceu, mas que desapareceu. Como se uma pessoa morresse e isso fosse a primeira coisa dessa pessoa porque ela nem tivesse nascido nem vivido, sabe como? Pergunta-se assim: como é o vaga-lume? Responde-se: ele desaparece.

Daniel compreendeu e os dois permaneceram calados e satisfeitos. Ela bem sabia às vezes amarrar uma coisa pela mão distante da outra e fazê-las perplexas dançar, malucas, doces, arrastadas. Confiante e morna, ela prosseguiu:

– Você queria ser assim, menino?

– Assim como?

– Como o vaga-lume é para a gente... Sem ninguém saber como se é, se está aparecendo ou desaparecendo, sem ninguém adivinhar, mas pensa que a gente não vive enquanto isso? vive, tendo história e tudo como o vaga-lume.

– Pela primeira vez você diz uma coisa que eu também penso: seria bom, disse Daniel e de novo silenciaram olhando.

Quando a tarde acabava e vinha a serenidade sussurrante e difusa do crepúsculo o coração de Virgínia enchia-se de uma tristeza sem expressão enquanto seu rosto se acalmava, aprofundava-se. Quietos, as almas esgazeadas, esticadas, estarrecidas, eles pareciam entrar irremediavelmente na eternidade. Ela e Daniel encostavam-se mais intimamente à sacada do quarto de hóspedes e ficavam longo tempo a ver a extensão arroxeada do campo, o azul negro das matas, a secura imóvel dos galhos.

– De que é que você gosta mais: de comer ou de dormir? perguntava ela pensativa.

Ele hesitava.

– De comer.

– Por quê?

– Porque a gente enche a barriga. E você?

– De dormir... porque a gente dorme, dorme, dorme...

Um vento frio nascia do chão e fazia as plantas pequenas cheirarem misturadas à terra ainda quente. – Vem chuva... olhe o cheiro, dizia Daniel. Mesmo que o dia tivesse sido alegre e ocupado parecia então iniciar-se de novo.

– Eu queria ter uma vida esquisita e triste, sabe, dizia Virgínia.

Havia um deslizar impossível na sua verdade, ela era como o seu próprio erro. Sentia-se estranha e preciosa, tão voluptuosamente hesitante e estranha como se hoje fosse o dia de amanhã. E não sabia corrigir-se, deixava que a cada manhã seu erro renascesse por um impulso que se equilibrava numa fatalidade imponderável.

– Pois eu queria poder dizer o que eu penso, o mundo ficava maravilhado, dizia Daniel. Só se eu pudesse, mas não custava nada eu saber! terminava em desespero.

– Eu não quero dormir sozinha, estou com medo.

– A hora de ir para a cama ainda está longe, respondia ele mais calmo e seco.

– É como se estivesse perto.

Ele sabia que ela pedia auxílio. Numa horrível bondade, como se tivesse pena de si mesmo, não fazia a irmã esperar:

– Pois fico lendo com o candeeiro na escada.

Às vezes ele a empurrava de um modo bruto, numa brincadeira que lhe deixava a penosa e surpreendente sensação de estar sendo odiada. Mas era apenas a sua força. Os jogos com Daniel sempre a cansavam, porque ela devia cuidar em não desagradá-lo. Tornavam-se sutis demais e Daniel era rigoroso, não admitia um tropeço sequer. As respostas deviam ser rápidas e ele era mais inteligente que ela. Até que uma vez ele acordou de bom humor e logo de manhã lhe disse:

– Bom dia, humano...

A surpresa iluminada de vê-lo iniciar o dia admitindo-a, imobilizou-a um instante, a alegria deu-lhe excessiva confiança e num grito agudo e feliz ela respondeu:

– Bom dia, fulano...

Ele voltou-se surpreendido, quase envergonhado, enquanto nela o sorriso morria rapidamente. Ele fitou com desgosto como se ela tivesse estragado tudo, a vida inteira:

– Você sempre tem que dizer alguma coisa tola.

É que às vezes ela pensava pensamentos tão adelgaçados que eles subitamente se quebravam no meio antes de chegar ao fim. E porque eram tão finos, mesmo sem completá--los ela os conhecia de uma só vez. Embora jamais pudesse pensá-los de novo, indicá-los com uma palavra sequer. Como não sabia transmiti-los a Daniel, ele sempre ganhava nas conversas. De algum modo misterioso seus desmaios ligavam-se a isso: às vezes ela sentia um pensamento fino tão intenso que ela própria era o pensamento e como que se quebrava, interrompia-se num desmaio.

– Mas ela não tem ab-so-lu-ta-men-te nada! dizia o velho médico de Brejo Alto contendo a impaciência sob os óculos.

Na verdade jamais sofrera. As vertigens surgiam no entanto, embora raras. Num relance o chão ameaçava subir até seus olhos, sem violência, sem pressa. Ela o esperava quieta mas antes que pudesse compreender, o solo já descera até onde não o poderia enxergar, caindo no fundo de um abismo, longe como uma pedra lançada do alto ao mar. Seus pés dissolviam-se em ar e o espaço era atravessado por fios luminosos, por um som frio e nervoso como o vento escapando violento por uma fresta. Depois grande calma envolvia o mundo leve. E depois não havia mundo. E depois, numa redução final e fresca, não havia ela. Só ar sem força e sem cor. Ela pensava numa longa linha trêmula – estou desmaiando. Nascia uma pausa sem cor, sem luz, sem força, ela esperava. O fim da pausa encontrava-a abandonada no chão, o vento claro penetrando pela janela imóvel, o sol manchando seus pés. E aquele silêncio sem peso, zumbido e sorridente de tarde de verão no campo. Ela se erguia do chão, vagamente ia tomando forma, tudo esperava ao redor mansamente inorgânico; depois andava e continuava a viver, passando horas e horas a desenhar linhas retas sem auxílio de réguas, só com o peso da mão, às vezes como só com o impulso do pensamento; conseguia aos poucos traçar linhas puras e rasas, profundamente divertida. Era um trabalho tão refrescante, tão sério; deixava o rosto liso e os olhos abertos.

Sentada à sombra de uma árvore, em breve era rodeada de instantes vazios porque há vários momentos nada sucedia e os segundos futuros nada trariam – pressentia ela. Aquietava-se – não conseguia disfarçar-se o largo bem-estar inexplicável que a aprofundava no próprio corpo pensativo, o ente inclinado para uma sensação delicada e difícil – mas dissimulava-se por algum motivo procurando ver as pedras do chão, as sobrancelhas franzidas, mentirosas, toda ela sonsa e estúpida. Alguma coisa curiosa e fria ocorria-lhe, alguma coisa um pouco sorrindo com desprezo mas atenta de ir até o fim, fazendo-a quase pensar num impulso irônico e fútil: se és como dizes uma criatura viva, move-te... e ela quase desejaria erguer-se e colher uma erva clara um pouco tenra. Dentro de seu rosto as noções sussurravam liquefazendo-se em decomposição – ela era uma menina descansando. Olhava, olhava. Fechava os olhos atentando a todos os pontos indevassáveis de seu estreito corpo, pensando-se toda sem palavras, recopiando o próprio existir. Olhava, olhava. Aos poucos, do silêncio, seu ser começava a viver mais, um instrumento abandonado que de si mesmo começasse a fazer som, os olhos enxergando porque a primeira matéria dos olhos era olhar. Nada a inspirava, ela estava isolada dentro de sua capacidade, existindo pela mesma fraca energia que a fizera nascer. Pensava simples e claro. Pensava música pequena e límpida que se alongava num só fio e enrolava-se clara, fluorescente e úmida, água em água, meditando um arpejo tolo. Pensava sensações intraduzíveis distraindo-se secretamente como se cantarolasse, profundamente inconsciente e obstinada, ela pensava um só traço fugaz: para nascer as coisas precisam ter vida, pois nascer é um movimento – se disseram que o movimento é necessário apenas à coisa que faz nascer e não à nascida não é certo porque a coisa que faz nascer não pode fazer nascer algo fora de sua natureza e assim sempre dá nascimento a uma coisa de sua própria espécie e assim com movimentos também – desse modo nasceram as pedras que não têm força própria mas já foram vivas senão não teriam nascido e agora elas estão mortas porque não têm movimento para fazer nascer uma outra pedra. Nenhum pensamento era extraordinário, as palavras é que o seriam. Ela pensava sem inteligência a própria realidade como se enxergasse e nunca poderia usar o que sentia, sua meditação era um modo de viver. Chegava-lhe informe de si mesma porém ao mesmo tempo nela tilintava alguma qualidade precisa e delicada como números finos penetrando em números finos e de súbito um novo número leve soando polido e seco – enquanto a verdadeira sensação do corpo todo era expectante. E afinal algo sucedia tão distante, ah tão distante e talvez reduzido a um sim que ela se cansava aniquilada, pensando agora em palavras: estou muito, muito cansada, sabe. Vai, vai, murmurava com certa ânsia algo profundamente saciado e já sabido no seu corpo. Mas para onde? O vento, o vento soprava. Apenas quieta e à escuta, como voltada para o norte ou para leste ela parecia dirigir-se a alguma coisa verdadeira através do grande formar-se incessante de mínimos acontecimentos mortos, guiando a delicadeza do ser para um sentimento quase exterior como se tocando a terra com o pé descalço e atento sentisse água inacessível rolando. Ultrapassava longas distâncias apenas dando-se uma direção imóvel, sincera. Mas não conseguia ser inteiramente aspirada, como por sua própria culpa. Ajudava-se sentindo uma vaga noção de viagem, do dia de partir para a cidade com

Daniel, um pouco de fome e cansaço, mal tocava no almoço. Às vezes quase aproximava de um pensamento porém jamais o alcançava embora tudo ao redor lhe soprasse o seu começo; olhava com estranheza o espaço sem mistério, a brisa levantava na sua pele arrepios de compreensão; um instante ainda penetrava no silêncio buscando no fundo dele um fio por onde se prender. E se um pássaro voava ou o grito de uma ave esguichava da mata próxima, ela era envolta por um turbilhão frio, o vento rodando folhas secas e poeira, vagos inícios inacabados, num redemoinho dela e do que já não era ela. Chegara o instante de deixar subir até os últimos nervos a onda que se formava aquém de sua fraqueza e que poderia morrer do próprio impulso. De partícula a partícula, porém, o pensamento indistinto veio descendo violentamente mudo até abrir-se no centro do corpo, nos lábios, completo, perfeito, incompreensível de tão livre de sua própria formação – preciso comer. Tomou-a então a suavidade apenas, mal pousando em seu ser, ela poderia caminhar para diante sem ser empurrada, sem ser chamada, andando simplesmente porque mover-se era a qualidade de seu corpo. Era essa a impressão e o estômago aprofundava-se alegre, faminto. Mas continuou sentada. Parecia não saber erguer-se e na verdade dirigir-se, faltava-lhe angustiosamente um sentido. Alongava-se para a distância como se aos poucos pudesse perder a forma – pretendia ouvir as vozes e os ruídos do casarão e inclinava-se para distinguir. Encostava-se de novo à árvore, esfregava um dos pés empoeirados, ultrapassava a compreensão e por uma espécie de esforço irreprimível atingia a incompreensão como uma descoberta. Já inquieta, imóvel, a realidade parecia perturbá-la. Pensava com a voz frouxa da mãe: estou nervosa. Numa apreensão sem doçura, vibrava aridamente na imobilidade caprichosa e histérica. Até que se rompia a corda mais tensa, como que uma presença abandonava seu corpo e ela restava aquém de seu próprio existir comum. Empurrada, extraordinariamente indiferente e já sem muita fome, esquecia tudo para sempre como quem é esquecida. Mas o que ela amava acima de tudo era fazer bonecos de barro, o que ninguém lhe ensinara. Trabalhava numa pequena calçada de cimento em sombra, junto à última janela do porão. Quando queria com muita força ia pela estrada até o rio. Numa de suas margens, escalável embora escorregadia, achava-se o melhor barro que alguém poderia desejar: branco, maleável, pastoso, frio. Só em pegá-lo, em sentir sua delicadeza alegrezinha e cega, aqueles pedaços timidamente vivos, o coração da pessoa se enternecia úmido, quase ridículo. Virgínia cavava com os dedos aquela terra pálida e lavada – na lata presa à cintura iam-se reunindo os trechos amorfos. O rio em pequenos gestos molhava-lhe os pés descalços e ela mexia os dedos miúdos com excitação e clareza. Com as mãos livres, então, cuidadosamente galgava a margem até a extensão plana. No pequeno pátio de cimento depunha sua riqueza. Misturava o barro à água, as pálpebras frementes de atenção – concentrada, o corpo à escuta, ela podia obter uma proporção exata e nervosa de barro e de água numa sabedoria que nascia naquele mesmo instante, fresca e progressivamente criada. Conseguia uma matéria clara e tenra de onde se poderia modelar um mundo. Como, como explicar o milagre... Amedrontava-se pensativa. Nada dizia, não se movia mas interiormente sem nenhuma palavra repetia: eu não sou nada, não tenho orgulho, tudo pode me acontecer, se – quiser me impedirá de fazer a massa de barro – se quiser pode me pisar, me estragar tudo, eu sei que não sou nada. – era menos que uma visão, era uma sensação no corpo, um pensamento assustado sobre o que lhe permitia conseguir tanto no barro e na água e diante de quem ela devia humilhar-se com seriedade.

Agradecia-lhe com uma alegria difícil, frágil e tensa, sentia em alguma coisa como o que não se vê de olhos fechados – mas o que não se vê de olhos fechados tem uma existência e uma força, como o escuro, como o escuro, como a ausência, compreendia-se ela assentindo, feroz e muda com a cabeça. Mas nada sabia de si própria, passaria inocente e distraída pela sua realidade sem reconhecê-la, como uma criança, como uma pessoa.

Depois de obtida a matéria, numa queda de cansaço ela poderia perder a vontade de fazer bonecos. Então ia vivendo para a frente como uma menina.

Um dia porém sentia seu corpo aberto e fino e no fundo uma serenidade que não se podia conter, ora se desconhecendo ora respirando em alegria, as coisas incompletas. Ela mesma insone como luz – esgazeada, fugaz, vazia, mas no fundo um ardor que era vontade de guiar-se a uma só coisa, um interesse que fazia o coração acelerar-se sem ritmo... de súbito como era vago viver. Tudo isso também poderia passar, a noite caindo subitamente, a escuridão sobre o dia morno. Mas às vezes lembrava-se do barro molhado, corria assustada para o pátio – mergulhava os dedos naquela mistura fria, muda e constante como uma espera, amassava, amassava, aos poucos ia extraindo formas. Fazia crianças, cavalos, uma mãe com um filho, uma mãe sozinha, uma menina fazendo coisas de barro, um menino descansando, uma menina contente, uma menina vendo se ia chover, uma flor, um cometa de cauda salpicada de areia lavada e faiscante, uma flor murcha com sol por cima, o cemitério de Brejo Alto, uma moça olhando... Muito mais, muito mais. Pequenas formas que nada significavam mas que eram na realidade misteriosas e calmas. Às vezes altas como uma árvore alta, mas não eram árvores, não eram nada... Às vezes como um riozinho correndo, mas não eram rio, não eram nada... Às vezes um pequeno objeto de forma quase estrelada mas cansado com uma pessoa. Um trabalho que acabaria, isso era o que de mais bonito e cuidadoso já soubera: pois se ela podia fazer o que existia e o que não existia! Depois de prontos os bonecos eram colocados ao sol. Ninguém lhe ensinara mas ela os depositava nas manchas de sol no chão, manchas sem vento nem ardor. O barro secava mansamente, conservava o tom claro, não enrugava, não rachava. Mesmo quando seco parecia delicado, evanescente e úmido. E ela própria podia confundi-lo com o barro pastoso. As figurinhas assim pareciam rápidas quase como se fossem se movimentar. Olhava o boneco imóvel. Por amor ou apenas prosseguindo no trabalho fechava os olhos e concentrava-se numa força viva e luminosa da qualidade do perigo e da esperança, numa força de seda que lhe percorria o corpo celeremente com um impulso que se destinava à figura. Quando enfim se abandonava, seu fresco e cansado bem-estar vinha de que ela podia enviar embora não soubesse o quê. – talvez. Sim, ela às vezes possuía um gosto dentro do corpo, um gosto alto e angustiante que tremia entre a força e o cansaço – era um pensamento como sons ouvidos, uma cor no coração. Antes que ele se dissolvesse maciamente rápido no seu ar interior, para sempre fugitivo, ela tocava com os dedos num objeto, entregando. E quando queria dizer algo que vinha tênue, obscuro e liso e isso poderia ser perigoso, encostava um dedo apenas, um dedo pálido, polido e transparente – um dedo trêmulo de direção. No mais fino e doído de seu sentimento ela pensava: vou ser feliz. Na verdade o era nesse instante e se em vez de pensar "sou feliz" procurava o futuro era porque obscuramente escolhia um movimento para a frente que servisse de forma à sua sensação.

Assim juntara uma procissão de coisas miúdas. Quedavam-se quase despercebidas no seu quarto. Eram bonecos magrinhos e altos como ela mesma. Minuciosos, ligeiramente desproporcionados, alegres, um pouco surpreendidos – às vezes pareciam um homem coxo rindo! Mesmo suas figurinhas mais suaves tinham uma imobilidade vigilante como a de um santo. E pareciam inclinar-se para quem as olhava como os santos. Virgínia podia fitá-las uma manhã inteira e seu amor e sua surpresa não diminuiriam.

– Bonito... bonito como uma coisinha molhada! dizia excedendo-se num ímpeto doce.

Observava: mesmo bem-acabados eles eram toscos como se pudessem ainda ser trabalhados. Mas vagamente pensava que nem ela nem ninguém poderia tentar aperfeiçoá-los sem destruir sua linha de nascimento. Era como se eles só pudessem se aperfeiçoar por eles mesmos, se isso fosse possível.

E as dificuldades surgiam como uma vida que vai crescendo. Seus bonecos, pelo efeito do barro claro, eram pálidos. Se queria sombreá-los não o conseguia com auxílio da cor e por força dessa deficiência aprendeu a dar-lhes sombra ainda por meio da forma. Depois inventou uma liberdade: com uma folhinha seca sob um fino traço de barro conseguia um vago colorido, triste e assustado, quase inteiramente morto. Misturando barro à terra obtinha outro material menos plástico, porém mais severo e solene. Mas como fazer o céu? Nem começar podia. Não queria nuvens – o que poderia obter pelo menos grosseiramente – mas o céu, o céu mesmo, com a sua inexistência, cor solta, ausência de cor. Descobriu que precisava usar matérias mais leves que não pudessem sequer ser apalpadas, sentidas, talvez apenas vistas, quem sabe. Compreendeu que isso se conseguiria com tintas.

E às vezes numa queda, como se tudo se purificasse – ela se contentava em fazer uma superfície lisa, serena, unida, numa simplicidade fina e tranquila.

Gostava também de munir-se de pedras, pedras e pedras e então atirá-las uma por uma longe, longe como um grito sem eco. E às vezes ficava apenas de cabeça baixa, os olhos entrefechados até que o chão trêmulo e confuso aproxima-se de seu rosto e se afastava preguiçosamente confundindo-se com o calor. No céu de verão um bater de asas sussurrava rápido. Ela pensava se valeria a pena levantar a cabeça e olhar. E quando finalmente resolvia, o céu já pairava limpo e azul, sem o pássaro, sem expressão, olhos apenas abertos. Movia a cabeça numa lenta procura. Adormecidos alguns galhos secos se imobilizavam contra o espaço, sons esgarçados pairavam no ar como nuvens. Num despertar tênue ela sentia que existiam naquele mesmo instante muitas coisas além das que via. Então punha-se firme e sutil querendo aspirar todas essas coisas para o seu centro após uma pequena pausa. Nada vinha, ela espiava as coisas levemente douradas de luz – sem pensamento ia ficando saciada, saciada como o ruído cada vez mais agudo e apressado da água enchendo um pote. Erguia-se e andava, andava até passar pelo grupo escolar de onde nascia docemente um cheiro de crianças misturado ao de verniz novo e de pão com manteiga. Uma ou outra menina chorava subitamente dando uma felicidade esquisita ao ar, a voz da professora subia até descer e os sussurros voltavam mansamente, cheirando. Perto as casas novas e sem sabor jaziam sob o sol expondo os pequenos jardins brilhantes e pobres. Uma mulher falava para o interior da casa, mandando. Lá estava a velha e pequena Cecília, que lhes dissera de olhos arregalados, enquanto eles tapavam a boca para não rir: morte violenta, meninos, tomem cuidado, os dois terão morte violenta, olhando as palmas sujas e vazias de suas mãos. Cecília gritou com uma voz que pairava sempre um tom acima de sua estatura – e ela se alçava sobre os pés como para alcançá-la:

– Como vai mamãe...?...

Virgínia ergueu o corpo, num momento inspirada e livre, lançou a resposta numa voz alegre como uma roupa a esvoaçar na corda:

– Bem... obrigada...!

A velha Cecília abanava o braço magro, a cabeça mostrando que ouvira, que ouvira, uma grande brisa calava tudo, carregava para longe os murmúrios da paragem, insinuava-se entre as folhas das árvores, fazia uma pessoa parar e sorrir sentindo as saias, os cabelos voarem friamente. Sim, a impressão de que alguma coisa progredia então. Continuava o caminho até afastar-se das casas e da escola. Ia penetrando de novo no campo aberto. Com a longa caminhada a cintura, as pernas, os braços renasciam leves pedindo movimento. Ela corria e pelos olhos entrecerrados o verde confundia-se numa só mancha brilhante e móvel, com faíscas de água correndo. Até que parava cansada e ofegante, retendo o riso por algum motivo. Olhava ao redor, lá estavam as ervas ralas escondendo a nudez do solo, a montanha coberta de capim novo, e perto de seu corpo um besouro cintilante vergando o talo de um arbusto – então, como se faltasse alguma coisa àquilo tudo e ela pudesse completar, punha as mãos em concha ao redor da boca, fechava os olhos, e o coração batendo furiosamente, gritava com força para além das montanhas.

– Eu!..... Daniel!..... Mundo!..... Eu!.....

O primeiro grito era difícil como uma primeira ousadia e rebentava o ar em todas as direções. Esperava palpitante, o coração precipitando-se assustado. Mas depois era o próprio campo quem gritava: Eu!..... Coisas!..... Daniel!..... Ela parava. O quê? algum pensamento rápido, um brilho que foge. Queria dizer e embora não soubesse o quê, só não dizia porque lhe faltava coragem. Murmurava baixo com uma violência surda: arrh, arrh. Esquecia da necessidade de gritar e sentava numa pedra ainda ardente, à espera de alguma coisa dentro de si. Aos poucos inclinava a cabeça para trás, as pálpebras descidas e trêmulas num sorriso, num estremecimento como se alguém a tocasse. Seu rosto se aclarava, florescia num meio riso quase encantado, flutuante acima da pele, quase repugnante, íntimo. Deixava-se ficar numa quieta festa, mansamente alvoroçada; a confusão tornava seus olhos úmidos e hesitantes como os de uma mulher. "Ah, foi isso o que aconteceu? mas eu não sabia... Ah, ah ah... Como se diz vulgarmente, isto é muito engraçado...", ensaiava ela com uma voz pequena e afetada. Assim pairava até que nada acontecendo, seu coração esfriava lentamente, ela acordava desapontada e seca, abrindo os olhos, ferindo-os na violência da luz. Espiava um instante, os lábios abertos, séria. Pouco a pouco, profundamente ofendida, recolhia a cabeça para o corpo e o rosto concentrava-se em sombras.

No inverno a vida tornava-se atenta a si mesma, compreensiva e íntima. O cheiro se amansava, a lama apaziguava o campo. A voz durante horas silenciosas soava rouca e morna. O ar era úmido, as coisas do quarto isolavam-se através do frio e só a escuridão fundia os móveis. Lá fora a chuva caía sem força, sem cessar. O vidro descido da janela iluminava-se fracamente pela luz dormente do pátio. As gotas escorriam trêmulas, brilhantes, secretas, pela vidraça. Mas as folhas se desprendiam das árvores e arrastadas pelo vento nela batiam num rumor quase imperceptível. Gostaria de contar ou de ouvir uma longa história só de palavras, mas Daniel nesses tempos mantinha-se silencioso e difícil, quase inexistente no casarão. Ela ficava mais sozinha, olhando a chuva. Sentia-se interiormente arroxeada e fria, no seu corpo era lentamente asfixiado um passarinho. Mas isso era tanto viver que as horas decorriam felizes e distantes como se já estivessem marcadas pela saudade. De sua cama larga enxergava o teto perdido nas sombras, as paredes fundindo-se em penumbra. Só a janela brilhava quieta, só o ruído molhado incessante. No ar uma respiração contida pairava no escuro como o bater contínuo de asas duma borboleta. Voltava as costas para a janela, movia-se devagar no leito de casal da avó. O existir de borboleta continuava a ofegar com os olhos fixos nela. Um vento de gritos vinha do interior da mata como almas fugindo em desespero. Era uma mistura das vozes de coruja e das águas, do esfregar das folhas, dos últimos estalidos secos antes da umidade, tudo unido na mesma aguda fuga esgazeada, um vento de gritos atravessando o casarão como um sopro. Virgínia puxava a colcha quente e grossa com um pequeno cheiro de cinza. Debaixo dela seu corpo e o estreito espaço que seu corpo ocupava tornavam-se um mundo familiar. Deixava então que o medo enfim escorresse, agora que estava abrigada. Procurava mesmo não adormecer para sentir tudo até tudo virar-se por si próprio e transformar-se em outra coisa que não o medo. Assim nada perdia do silêncio da noite de inverno. Os dias eram de uma tristeza perfeita que terminava por se ultrapassar e deslizar para uma quietude sem além. Os ramos vergavam nervosos ao vento, a água escorria rápida e brilhante pelas folhas, um impulso sem direção torturava as árvores e do rumor sem ritmo nascia como um grande vento fresco a esperança de amar e viver.

Ia para o fundo do casarão com o capote velho sobre o corpo. Um instante ainda parava diante da meia claridade da chuva correndo e depois seguia. Não via muito à sua frente, seus olhos esbarravam na chuva que parecia subir da terra numa espessa fumaça. Com o rosto frio adiantava-se e alguma coisa era pungente, alta e indecisa no seu coração. Entreabria os lábios recebendo a névoa gelada no centro morno do corpo. Caminhava afastando os galhos pesados d'água, dolorosos, trêmulos. Olhava para trás e não enxergava mais o casarão, chuva, só chuva. Então dizia numa voz que soava estranha e audaciosa entre o rumor da água escorrendo:

– Eu estou só.

Como se tivesse dito mais do que podia vergava um instante a cabeça, assustada, alegre, indagando-se. Erguia o rosto molhado e precisava dizer alguma coisa mais do que ela, mais do que tudo.

– Estou só, estou só, repetia como um pequeno galo cantando.

Depois voltava. Vestia uma roupa seca, alisava os cabelos molhados e escorridos, cuidando de si com seriedade. Sua imagem refletia-se no velho espelho amarelado entre as sombras do quarto dos hóspedes e lá estava ela hesitante e úmida como a claridade de uma chuvosa madrugada de viagem. O rosto branco vagando sobre a grossa blusa era estranho e jovem, seus olhos escondiam-se em cálida luz e os lábios respiravam calmos, inocentes. Alguma coisa nela fulgurava docemente em glória de ignorância como num deus de coração exposto, havia na sua existência o além do martírio mas ela não fora martirizada, ela fora muitas vezes criada. Olhava-se quietamente ouvindo a chuva tombar num só cântico. Lá estava ela vacilante como leves chamas lentas, os contornos em sombra e luz animando o espelho.

– Eu, disse para o vidro gelado numa voz sedosa e rouca. E seu corpo dissolveu-se com o som no ar escuro do quarto.

O fim do ano aproximava-se, as aulas chegavam a seu termo e Virgínia assistia às lições sentada entre as vadias. O orfeão da escola era ralo e trêmulo, Virgínia cantava de olhos entreabertos sem ouvir a própria voz, os dedos passeavam distraídos pela parede próxima. Sabia fingir um rosto concentrado enquanto se ausentava num instante. Às vezes a professora juntava-se ao coro vigorosa, ardente. E às vezes num fugaz momento que restava soando longamente no corpo as vozes uniam-se numa linha cheia e veloz, numa só vibração funda e tensa como se nascessem da caverna para a luz. Virgínia abria os olhos assombrada, o instante que se seguia era novo e eriçado, ela espiava o mundo de superfície lisa, o sol mais pálido e alegre, os vestidos das meninas com enfeites brancos, vermelhos, bocas abrindo úmidas, vacilando num hálito de luz. Aguçada como para surpreender todas as coisas na confissão daquele mesmo momento, ela dirigia a cabeça em um segundo, sem sinal anterior, para um móvel – para o interior da escola – para os pés das alunas... No céu, pela janela, nuvens brancas desmanchavam-se, corriam soltas do azul quieto. A vidraça isolava-se da sala e do pátio, faiscando de luz cortante. Um cone de claridade iluminava um turbilhão de poeiras que dançavam alucinadamente lentas... Virgínia acordada no instante apressado voltava-se para trás, de leve para nada destruir, e sim, lá estava a ardósia metade ardendo viva sob a quentura do sol, metade frescamente negra... morta e sombria, um lago na floresta. Virgínia respirava, o rosto móvel, solto. Sem ver, podia no entanto surpreender o campo em sombra atrás da escola, as ervas longas vibrando nervosas e verdes ao vento. Um momento depois, numa queda minúscula e silenciosa, as coisas se precipitavam na sua verdadeira cor. A sala, o céu, as meninas, comunicavam-se entre si com distâncias já marcadas, cores e sons fixos – o deslizar de uma cena muitas vezes ensaiada, Virgínia compreendia desapontada que tudo fora visto há anos. Para de novo enxergar o que vira e que agora fugira como para sempre, tentava começar pelo fim da sensação: abria os olhos bem grandes de surpresa. Mas em vão: ela não erraria mais e veria apenas a realidade. Recolhia-se. Já agora o feixe de vozes separava-se em raios frágeis e estes quebravam-se um instante antes de atingir o centro dos sons; também as outras coisas já agora restavam frouxas e nada mais tocava no ponto vivo de si mesmo. Virgínia aquietava-se durante o resto da tarde, vaga, nevoenta, distante, levemente cansada como se na verdade tivesse acontecido alguma coisa. Havia dias assim, em que ela compreendia tão bem e via tanto que terminava numa embriaguez suave e tonta, quase ansiosa, como se suas percepções sem pensamentos arrastassem-na em brilhante e doce turbilhão para onde, para onde.

Aos poucos, olhando, desmaiando, pegando, respirando, esperando, ela ia se ligando mais profundamente com o que existia e tendo prazer. Aos poucos sem palavras subcompreendia as coisas. Sem saber por quê, entendia; e a sensação íntima era de contato, de existência olhando e sendo olhada. Desse tempo é que restaria algo de uma clareza indecifrável. E donde vinha que talvez tudo merecesse a perfeição de si mesmo? E donde vinha uma inclinação quase semelhante a: ligar-se ao dia seguinte por meio de um desejo. Donde surgira? mas quase não tinha desejos... Quase não tinha desejos, quase não possuía força, vivia no final de si e no começo do que já não era, equilibrando-se no indistinto. No seu estado de fraca resistência recebia em si o que seria excessivamente frágil para lutar e vencer qualquer força do corpo ou de alma. Ela era tola demais para ter dificuldades, repetia Daniel.

Depois o tempo perdido – ele distanciando-se, avançando em brumas e regressando mais comprido mais bruto mais triste e mais inocente porém intransponível. Cada vez sua vida tornava-se mais obstinada. Ela também isolara-se em cansaços, um pouco de insônia mas em breve mostrara-se novamente lisa e quieta, a pele esticada, as pernas arranhadas pelos galhos, um olho mais cansado que o outro. Naquele tempo Daniel lhe dissera pela primeira vez, quase sem propósito:

– Por Deus e pelo Demônio...

Ela estacara. Um grande silêncio seguira-se. Olhara-o e descobrira na sua trêmula vitória a mesma perturbação. Ele lhe trouxera timidamente um grito. Fitaram-se um instante e tudo era indeciso, frágil, tão novo e nascente. E tudo era tão perigoso e revolvido que ambos desviaram quase bruscamente os olhos. Mas havia alguma coisa encantada entre eles nesse momento. Embora ela jamais se ocupasse verdadeiramente de Deus e raramente rezasse. Diante da ideia dEle permanecia surpreendentemente calma e inocente, sem um pensamento sequer. Daniel afastava-se. Naquele tempo ele começara a pensar e a dizer coisas difíceis com gosto e amor. Ela ouvia inquieta. Ele passeava de ida e de volta pelos corredores penumbrosos do casarão com os braços cruzados, abstraído. Virgínia perscrutava-lhe inutilmente o rosto de boca cerrada, os olhos escuros indecisos, aquela quase feiura que se agravava com a idade, o sofrimento e o orgulho.

– Que é que você está pensando?, não se continha ela adoçando a voz, apagando-se com humildade.

– Nada, respondia ele.

E se ousava insistir recebia uma resposta que ainda mais a intranquilizava pelo seu mistério e pelo ciúme que nela despertava.

– Estou pensando em Deus.

– Mas o quê de Deus? indagava a custo, com voz baixa e insinuante.

– Não sei! gritava ele com brutalidade, irritado como se ela o acusasse. Mesmo você é tão estúpida que morria antes de compreender – e continuava a passear pelos corredores, como se caminhar lhe aclarasse os pensamentos. O mais que ela conseguia é que ele a deixasse acompanhá-lo de ida e de volta, de ida e de volta, apressando-se se ele apressava, conservando-se ansiosa e quieta e a certa distância se ele estacava. Daniel falava demais no próprio futuro. Ela não queria, não queria... como se adiantando-se para o meio do mundo ele fosse perder seus próprios passos. Mas por amor quis compreendê-lo, inventou falsamente alegre que aquela nova inteligência de Daniel modificava-o tanto quanto modificava a própria vida de alguém saber manejar agulhas na renda. Teimava em tratá-lo como a um igual, respeitava-o como se ele fosse feito da suave massa das flores. Apesar de que ele era às vezes tão bruto que num gesto apagava uma menina. Ela ficava pálida e vertiginosa entre os instantes ofensivos. E amando-o tanto quanto jamais poderia amar.

Fora por causa do afogado que nascera a Sociedade das Sombras? Eles haviam pressentido o encantado e perigoso começo do desconhecido, o impulso que vinha do medo. Daniel lhe disse:

– Vamos criar a Sociedade das Sombras.

Antes mesmo de saber do que se tratava Virgínia já compreendera confusamente com o corpo e acedera. A Sociedade das Sombras tinha objetivos estranhos e indefinidos. Eles mesmos não os conheciam e misturavam seus mandamentos a uma ignorância quase desesperada. A Sociedade das Sombras deveria explorar a mata. Sim, sim. Mas por quê? Perto do casarão havia um caminho quase cerrado e por lá alcançava-se a escuridão. Sim, a escuridão, mas por quê?

– Porque a solidão... Solidão – é o lema da Sociedade, impunha Daniel.

– Como? custava Virgínia a entender.

– Tudo o que assustar porque deixa sozinho é o que devemos procurar, hesitava ele.

Pairava um instante, flutuando, seu pensamento cruzava-se com o dela como o arco sobre a corda do violino, ligeiras fagulhas de perspicácia e surpresa desfaziam-se no ar. Passavam-se dias sem que se acrescentasse qualquer palavra sobre a Sociedade, sem que eles ousassem tocar naquela matéria viva, informe. Mas não haviam esquecido: era necessário calar para criar uma pausa no temor que já os dominava. E na alegria que fazia Virgínia tremer, os olhos contidos. A Sociedade das Sombras aproximava-a tanto de Daniel! ele a admitia diariamente. Mesmo ela amava os segredos com ferocidade como se eles fossem da sua espécie.

– E a verdade? perguntava.

– Que verdade?

– Outro lema deve ser: A Verdade.

– Sim, irritava-se Daniel, tanto lhe custava ser guiado uma vez sequer por Virgínia.

A princípio ajustaram que haveria uma reunião aos sábados, na primeira clareira a partir do caminho da cerca. Era uma paragem onde tudo o que tinha de acontecer na vida de alguém precipitava-se e sucedia, haviam determinado. Se você tem que morrer moça, você vai para lá e morre, explicava Daniel. Era realmente a pior clareira, úmida, sombria, fechada por árvores altas e magras; entre as parasitas sem cheiro e os cipós pendentes os galhos se balançavam; pardais escuros e grandes voavam verticais como se jamais ousassem libertar-se. A terra era negra e molhada; de uma a outra chuva as pequenas poças espalhavam galhos e sombras sem que o sol as esgotasse.

A febre não lhes permitia reuniões tão espaçadas. Passaram a ver-se diariamente logo que o sol se punha. Deveriam pelo mandamento partir de caminhos diversos para a clareira e de lá voltar sozinhos. Com o correr dos dias não suportaram o regresso solitário. Na quase noite o terror se precipitava. Os passarinhos voavam como cegos e batiam nas suas faces. As folhas das árvores altas eram finas e largas, o ar preso da clareira rodava, rodava, batia nas folhas e alguma coisa como um sopro em campainhas de vidro soava no mesmo tom longamente, tranquilamente. Não, eles não suportariam a volta solitária... Regressavam juntos, falsamente calmos, pálidos. Ninguém em casa percebera a ansiedade em que eles viviam. E isso era como se ambos estivessem sós no mundo. Como era assustador e secreto pertencer à Sociedade das Sombras. Daniel, no seu comando, crescia em força. Virgínia aprofundava-se perigosamente na sua natureza fraca e enlevada. E quando Daniel a encontrava de pé no meio da clareira, à espera com as mãos frias, com olhos grandes e enegrecidos, e perguntava-lhe cumprindo um dos mandamentos da Sociedade: qual foi o seu pensamento mais forte de hoje? ela calava assustada, sem poder lhe explicar que vivera um dia de inspiração excessiva, impossível de ser guiada para um pensamento sequer, assim como o excesso de luz impedia a visão – a alma exausta, ela respirava em puro prazer sem solução e sentia-se tão viva que morreria sem saber. Daniel encolerizava-se, empurrava-a apertando-lhe o braço, chamando-a de ignorante, ameaçando dissolver a Sociedade das Sombras, o que a aterrorizava, mais do que sua brutalidade física. Daniel inquietava-a: como que ele se degradara com o poder adquirido na Sociedade das Sombras; endurecera e não perdoava jamais. Virgínia temia-o, porém não lhe ocorria sequer escapar a seu domínio. Mesmo porque ela própria se reconhecia tola e incapaz. Daniel era forte. Antes de compreender o que ele queria ela já acedera, pois:

– Virgínia, todos os dias você vendo café com leite gosta de café com leite. Vendo pai você respeita pai. Arranhando a perna você sente dor na perna, já compreendeu o que eu quero dizer? Você é vulgar e estúpida. – Sim, por Deus que ela o era. – Pois a Sociedade das Sombras deve aperfeiçoar seus membros e manda que você vire tudo ao contrário. A Sociedade das Sombras sabe que você é vulgar porque você não pensa, como se diz, com profundeza, porque você só sabe seguir o que lhe ensinaram, está entendendo? A Sociedade das Sombras manda que você amanhã entre no porão, sente-se e pense muito, muito para saber o que é de você mesma e o que é que lhe ensinaram. Amanhã você não deve se preocupar com a família nem com o mundo! A Sociedade das Sombras falou.

Ela secretamente exultava: ao contrário do que Daniel imaginara, ela amava o porão e nunca o temera. Calou-se no entanto porque se o confessasse o local para *pensar profundamente* seria transferido. Tremia à ideia de que Daniel pudesse mandá-la pensar no meio do mato ao anoitecer. Não ter uma tarefa difícil para o dia seguinte era como receber férias. Daniel perscrutou-a um pouco surpreendido nessa noite, vendo-a alegre conversar quase sozinha na mesa do jantar e receber sem tristeza uma bofetada do pai. Fora da clareira porém eles não podiam falar sobre a Sociedade das Sombras e ela assim estava livre, observando quase maliciosa e feliz a inquietação de Daniel.

Na manhã seguinte, como não devia preocupar-se com a família, fez com que a família não se preocupasse com ela. Assim não evitou o hábito de tomar café com todos e de responder às perguntas. Obediente a Daniel, no entanto, ela cerrava o coração sem raiva e sem glória, como num trabalho sincero, escondendo-o intato em zona escura e quieta. Era preciso não se misturar, nada mover ao seu redor com o pensamento para não ser imperceptivelmente movida. Distraída adivinhava: pensando profundamente ia saber o que era dela como água misturada à água do rio e o que não era, como pedras misturadas à água do rio. Ah, compreendia tanto. Suspirava de alegria e de certa incompreensão. Um dia talvez não comparecesse junto ao respeito dos pais, junto ao prazer de passear, ao gosto do café, ao pensamento de gostar de azul, à dor de ferir a perna. Embora isso jamais a tivesse preocupado. Caminhou para o porão lentamente, empurrou sua grade e mergulhou no cheiro frio de penumbra onde timidamente viviam bacias, poeiras e móveis velhos. Sentou-se perto das roupas negras de um luto antigo. O bafo dos baús arquejava, um cheiro de cemitério subia das lajes do chão. Sentou-se e esperou. Apertava a intervalos o grosso vestido contra o peito. Os pássaros lá fora cantavam mas isso era o silêncio. Para pensar profundamente alguém devia não se lembrar de nada em particular. Purificou-se de lembranças, quedou-se atenta. Como para ela era sempre fácil nada desejar, manteve-se parada sem mesmo sentir as sombras negras do porão. Foi-se distanciando como numa viagem. Aos poucos ia conseguindo um pensamento sem palavras, um céu cinzento e vasto, sem volume nem consistência, sem superfície, profundidade ou altura. Às vezes, como ligeiras nuvens soltas do fundo, o céu era atravessado pela vaga consciência da experiência e do mundo fora de si mesmo. O temor de desobedecer a Daniel – um temor que não era pensamento nem o perturbava – assaltava-a e também uma curiosidade de prosseguir sem interrupções, que a fazia mover-se acima de seus próprios conhecimentos. Sem esforço, sem alegria – como para não se deter em nenhum sentimento definido – ela afastava a percepção e ficava novamente puro o céu. Estaria pensando profundamente? Indagava nela uma consciência à parte. Linhas luminosas, secas e velozes riscavam sua visão interior, sem sentido, escapulidas de alguma fresta misteriosa, e então, fora do próprio meio do nascimento, débeis e tontas. Ela podia pensar em todos os sentidos; fechando os olhos, dirigia dentro do corpo um pensamento da qualidade do que nasce de baixo para cima ou senão do que percorre correndo o espaço aberto – isso não era palavra ou conteúdo mas o próprio modo de pensar orientando-se. Seria isto pensar profundamente – não ter sequer um pensamento a trazer à superfície... O silêncio seguia-se cinzento e leve. No céu abria-se por um segundo uma clareira hesitante, mas ela descobria confusamente que o esgarçamento era o de sua própria concentração; e continuava denso, de uma densidade sem forma nem volume, o acúmulo de uma substância mais impalpável que o ar, de um elemento mais vago que o perfume através do ar. Por um instante alegrava-se tênue e agudamente por conseguir – um instante apenas, luz que acende e apaga. Teria pensado mais do que profundamente e já estaria vendo nada? pensava assustada. O céu prosseguia monótono, monótono, decorrendo. Embora sem nenhuma imagem sobre sua superfície, ele não era imóvel, sua extensão-sem-medida ia se substituindo continuamente como o desenrolar do mar – sempre para diante sem jamais sair de si mesmo. Tentou transformá-lo mudando a posição do corpo cansado de existir com tal brutalidade. Estirou-se num canapé sem cor, a cabeça mais baixa que os membros, o rosto pálido sem expressão. Numa clarividência incômoda via roupas negras pendentes, banqueta de piano, bacia enegrecida, boneca sem pernas, lâmpadas, copo. Lentamente, num esforço concentrado que subia do centro do corpo, libertou-se do porão e pôde esperar sem sensações. O céu surgiu-lhe de novo. Fora, sobre as ervas secas de sol soaram passos. Afastavam-se... E como ela se permitira ouvir passos em vez de não ouvi-los tudo agora se resolvera subitamente numa realidade inegável. Levantou-se e ainda perturbada pela posição baixa da cabeça procurou livrar-se do porão e do seu cheiro de mala. Empurrou a grade dura, limpou a mão do limo e da ferrugem dos varões frios. Os olhos estreitos, a testa franzida, saiu da terra para a claridade com um choque ligeiramente doloroso, o rosto vagando em palidez. Um latejar sutil iniciou-se na fronte gelada. O ar castanho do porão estendia-se lá fora verde e rosa. Sorriu debilmente. Da escuridão para a luz – este um dos acontecimentos que mais a alegravam, a alegravam, a alegravam... No fundo o que a tornava contente era não ter êxito a experiência. Decerto Daniel a obrigaria a voltar no dia seguinte e de novo férias... Mas ela não sentia força para ser feliz. Cansara-se.

Caminhou para o campo devagar. Sua fronte agora ardia enquanto as mãos duras e geladas não esquentavam ao sol. Sua cabeça começava a pulsar acima de sua fraqueza e ela estremecia a cada brisa. Desistiu do passeio e dirigiu-se penosamente para casa. Subindo a escadaria sentiu alguém mover-se no patamar, viu Daniel a espreitá-la; seus olhos eram secos, firmes, não a perdoariam jamais. O que dizer-lhe à tarde na clareira? que pensamento ela lhe traria da experiência? O medo turvou-a em cansaço. Entrou no quarto, encolheu-se na cama. Tremia com um frio que parecia vir das entranhas e de um coração apertado e denegrido, sua cabeça continuava a ser martelada com uma precisão alegre. Estou doida? Ocorreu-lhe como se alguém o dissesse, mas não conseguia deixar de pensar. Devo dormir para parar – porém não podia. O que dizer a Daniel? Já agora nem sabia se vira o céu por si mesma como quem vê o que existe ou se pensara em céu e conseguira inventá-lo... Penetrara num mundo desconhecido e louco, parecia-lhe vagamente que o céu existia em todos os instantes como sempre anterior, sempre presente e quieto... e que sobre ele flutuavam seus desejos de coisas, suas visões, as lembranças, as palavras... sua vida. E era ele ainda que subia e avultava em momentos de silêncio, dando-lhe também um silêncio de pensamentos... ou tudo isso valia apenas como uma de suas ideias, uma invenção? ver a verdade seria diferente de inventar a verdade? sua cabeça estalava, crescia oscilante como uma bola fria de fogo. Ver a verdade seria diferente de inventar a verdade? seu pensamento era afinal tão forte que não parecia rodeado de nenhum outro. No seu quase delírio ela se obstinava em pensar: se aquele céu era uma realidade, observava, uma vez regredindo ela não saberia no entanto alcançar outra etapa, a anterior ao céu, a mais alta, por meio do esforço: sua força de procurar esgotara-se. Não, não poderia. Mas com uma inexplicável certeza de perfeições, pensava que se pudesse atingir o além do céu então haveria um momento em que se tornaria claro que tudo era livre e que não se estava ligada fatalmente ao que existia. Não se precisaria respeitar o pai, sentir dor na perna machucada, alegrar-se com a alegria... Assustada, numa agitação que atiçava a sensibilidade da cabeça, ergueu-se e caminhou até a janela. Esse conhecimento sentia ela, escapava à realidade inegável porém era verdadeiro. Agora tornava-se claro: era verdadeiro! tudo existia tão livre que ela poderia mesmo inverter a ordem de seus sentimentos, não ter medo da morte, temer a vida, desejar a fome, odiar as coisas felizes, rir-se da tranquilidade... Sim, bastaria um pequeno toque e numa coragem leve e fácil galgaria a inércia e reinventaria a vida instante por instante. Instante por instante! tremiam nela pensamentos de vidro e sol. Eu posso renovar tudo com um gesto, sentia bravamente, úmida como uma coisa nascendo, mas confusamente sabia que esse pensamento era mais alto que a sua realização e nada fazia perplexa e serena, nenhum gesto. Então lentamente afundava na benéfica escuridão do desmaio e da renúncia alegre – alguns minutos decorriam, as moscas da manhã morna voavam pelo quarto, pousavam sobre seu corpo calmo e abandonavam-no para descansar sobre a vidraça seca e brilhante. Aos poucos voltou à realidade emergindo tranquila e fria da penumbra.

Na clareira ela lhe disse que falhara. O primeiro movimento de Daniel foi de cólera. Mas, como se pensasse melhor, reprimiu-a:

– Quer voltar ao porão amanhã? indagou-lhe um pouco desatento.

Surpreendeu-a a delicadeza da pergunta, como ela o amava, como o queria, aqueles olhos pensando, aquele pescoço forte e reto mas gentil. E ela falhando sempre, censurou-se emocionada. Mas não, agora temia o porão, tivera um desmaio depois que saíra de lá, Daniel, era perigoso pensar profundamente, não...

– Silêncio, a Sociedade das Sombras deseja que você cumpra outra tarefa, dizia finalmente Daniel, os olhos concentrados perseguiam uma ideia difícil.

Virgínia aguardava sem respirar.

– Libertar a família do Mal.

– Que mal? perguntou ela imediatamente.

– Silêncio, sua estúpida. A Sociedade das Sombras deseja saber se você conhece Esmeralda. Deseja saber se você conhece o segredo de Esmeralda, os encontros dela no jardim com aquele...

– Mas fui eu mesma que lhe contei, não se lembra? interrompia Virgínia fingindo animação, lisonjeando-o.

– Mas cale-se! Não se atreva a me interromper ou eu acabo com a Sociedade e com você. A Sociedade das Sombras deseja que você conte ao pai de Esmeralda os encontros de Esmeralda no jardim.

Ela entreabriu os lábios pálidos.

– A Sociedade das Sombras falou.

Agora nada poderia objetar. A Sociedade das Sombras falava sempre por último e a fórmula empregada por Daniel significava o fim da reunião.

arecia-lhe ter mergulhado na vileza com a Sociedade das Sombras. Olhava-se ao espelho, o rosto branco e delicado perdido em penumbra, os olhos abertos, os lábios sem expressão. Ela se agradava, gostava daquele seu jeito, fino, tão sinuoso, dos cabelos sombreados, de seus ombros pequenos e magrinhos. Como sou linda, disse. Quem me compra? quem me compra? – fazia um ligeiro muxoxo ao espelho – quem me compra: ágil, engraçada, tão engraçada como se fosse loura mas não sou loura: tenho lindos, frios, extraordinários cabelos castanhos. Mas eu quero que me comprem tanto que... que... que me mato! exclamou e espiando seu rosto espantado com a frase, orgulhosa de seu próprio ardor, riu uma gargalhada falsa, baixa e brilhante. Sim, sim, precisava de uma vida secreta para poder existir. De um instante para outro estava de novo séria, cansada – seu coração pulsava na sombra, lento e vermelho. Um novo elemento até agora estranho penetrara em seu corpo desde que existia a Sociedade das Sombras. Agora ela sabia que era boa mas que sua bondade não impedia sua maldade. Esta sensação era quase velha, fora descoberta há dias. E um novo desejo tocava-lhe o coração: o de livrar-se ainda mais. Sair dos limites de sua vida – era uma frase sem palavras que rodava em seu corpo como uma força apenas. Sair dos limites de minha vida, não sabia ela que dizia olhando-se ao espelho do quarto de hóspedes. Eu poderia matá-los a todos, pensava com um sorriso e uma nova liberdade, fitando infantilmente sua imagem. Esperava um instante atenta. Mas não: nada se criara nela mesma com a sensação provocada, nem a alegria nem o pavor. E donde lhe nascera a ideia? – desde a manhã passada no porão as perguntas surgiam fáceis; e a cada momento ela progredia em que direção? ia adiante aprendendo coisas das quais em toda a sua vida não sentira sequer o começo. Donde nascera a ideia? de seu corpo; e se seu corpo era o seu destino... Ou ela aspirava os pensamentos do ar e devolvia-os como próprios, obrigando-se a segui-los?... Lá estava ela no espelho! gritou-se bruta e feliz. Mas o que podia e o que não podia? Não, não queria aguardar uma condição para matar, se havia de matar desejava-o livremente sem ocasião... isso seria sair dos limites de sua vida, não sabia ela que pensava. Numa súbita exaustão onde havia certa volúpia e bem-estar, deitou-se no leito dos hóspedes. E como uma porta que se fecha depressa sem estrépito, rapidamente adormeceu. E rapidamente sonhou. Sonhou que sua força dizia alto e para o longe do mundo: quero sair dos limites de minha vida, sem palavras, só a força escura dirigindo-se. Um impulso cruel e vivo empurrava-a para a frente e ela desejaria morrer para sempre se morrer lhe desse um só instante de prazer, tal a gravidade a que chegara o seu corpo. Ela entregaria o próprio coração para ser mordido, ela queria sair dos limites de sua própria vida como suprema crueldade. Então caminhou para fora de casa e andou buscando, buscando com tudo de mais feroz que possuía; procurava uma inspiração, as narinas sensíveis como as de um animal fino e assustado, mas tudo ao seu redor era doçura e a doçura ela já conhecia, e já agora doçura era a ausência de medo e de perigo. Ela faria alguma coisa tão fora de seus limites que jamais a compreenderia – mas não tinha forças, ah não podia sair do que podia. Era preciso fechar um instante os olhos e rezar para si mesma brutalmente com desprezo até que num suspiro profundo, despindo-se da última dor, enfim esquecendo, caminhasse para o sacrifício do destino. Porque se eu sou livre, se com um gesto posso renovar tudo – caminhava ela no campo sob um céu esbranquiçado – então nada me impede de realizar esse gesto; essa era a sensação turva e inquieta. Enquanto andava via um cão e num esforço arquejante como o de sair de águas fechadas, como sair do que podia, resolvia matá-lo enquanto andava. Ele movia a cauda indefeso – pensou em matá-lo e a ideia era fria mas ela teve medo de estar enganando a si própria dizendo-se que a ideia era fria para fugir-lhe. Então guiou o cão com acenos até a ponte sobre o rio e com o pé empurrou-o seguramente até a morte nas águas, ouviu-o ganindo, viu-o debatendo-se, arrastado pela correnteza e viu-o morrer – nada restava, nem um chapéu. Seguiu serenamente. Serenamente continuava a buscar. Viu um homem, um homem, um homem. Suas largas calças colavam-se ao vento, as pernas, as pernas magras. Era mulato o homem, o homem. E os cabelos, Deus meu, os cabelos embranqueciam. Trêmula de asco encaminhou-se para ele entre o ar e o espaço – e parou. Também ele estacou, os olhos velhos aguardando. Nada no rosto dela fazia-o supor o que apenas aguardava para suceder. Ela teve que falar e não sabia como dizer. Disse:

– Tome-me.

Os olhos do homem mulato abriram-se. E em breve recortado contra o ar puro e o vento, contra o verde claro e escuro da relva e das árvores, em breve ela ria entendendo. Ele ergueu-a mudo, rindo, os cabelos embranquecendo, rindo, e atrás estendia-se a campina sob o vento. Ele ergueu-a mudo rindo, um cheiro de carne guardada vinha da boca, do ventre através da boca, um hálito de sangue; da camisa entreaberta surgiam pelos longos e sujos e ao redor do ar era vívido, ele ergueu-a pelos braços e a sensação de ridículo endurecia-a com ferocidade – ele balançava-a no ar provando-lhe que ela era leve. Ela empurrou-o com violência e ele mudo rindo mudo caminhou e arrastou-a e invencível beijou-a. Porém ele ainda ria quando ela se ergueu e serenamente, como o final de sair dos limites da sua vida, pisou-lhe com calma força o rosto enrugado e cuspiu-lhe por cima enquanto ele mudo, olhando não entendia e o céu se prolongava num só ar azul. Ela acordou imediatamente e quando abriu os olhos estava quase de pé, o rosto límpido e ansioso. Imóvel sentia o próprio corpo até o fim, grande, os músculos mansos e contentes. Não experimentava torpor mas uma possibilidade de mover-se com equilíbrio. O que sucedera? rapidamente entendeu, por um instante confundiu-se, pensou que realmente saíra de casa, hesitou, voltou a um vago bom-senso. Fora um sonho curto, o bastante para permitir-lhe sair dos limites de sua vida. Sensações túrgidas e lentas alargavam seu corpo. Surpreendida como depois de um ato de sonambulismo, encaminhou-se para o espelho: o que lhe sucedia? havia uma ambiguidade estranha no rosto onde o olho amortecido sonhava sempre, uma determinação nos lábios como se ela obedecesse à fatalidade de uma alucinação. Parecia-lhe que um tempo incontável decorrera e ela recordava a casa em cujo centro se achava como longínqua. Uma força doce pesava-lhe nos quadris, alongava-lhe o pescoço liso que o decote grande e irregular fazia nascer. De algum modo ela já não era virgem. Vivera mais do que sonhara, vivera, ela o juraria sinceramente embora também soubesse da verdade e a desprezasse.

– Virgínia.

O pai chamava-a da sala com sua voz sem altura mas que se ouvia por toda a casa. Numa reminiscência difícil notou que ele já a chamara enquanto ela sonhava. Desceu alguns degraus, parou no meio da escadaria:

– Paizinho me chamou?

Esmeralda com o rosto molhado de lágrimas hesitava ao seu lado, na face o desenho vermelho de uma palma de mão – a mãe pairava na soleira da porta sem apoio fixando o olhar pardo e lento de rato velho. Virgínia procurou Daniel inutilmente.

– Repita o que você... o que nós ouvimos daquela pessoa, disse-lhe o pai.

– Paizinho, paizinho.

– Repita.

– Paizinho.

– Repita!

– Não posso.

O pai olhou para todos vitorioso, velho, sombrio. Nesses momentos de raiva ele parecia mais gordo e menor.

– Pois ouça e confirme: essa vagabunda aí se encontra no jardim com um macho.

Esmeralda soluçou:

– Mas dessa vez não houve nada, nem nunca... eu já jurei!

– Deus! gritou o pai com súbita eloquência, o que fez um pobre homem para receber pela segunda vez em sua casa os maus espíritos! O que fez um pobre homem para ver rebaixada a sua vida e a da casa que ele criou pela sua própria filha!! Castigai-me, Senhor, mas sobre a minha própria cabeça!

Virgínia espiava-o lúcida, os olhos móveis e espertos. Doía-lhe todo o corpo na expectativa. O pai serenou bruscamente, voltou-se para ela:

– Confirme o que você disse.

– Foi ela quem contou?! gritou a mãe.

– Não... não! gemeu Virgínia branca olhando o pai. Este vacilou um instante com olhos turvos e quentes:

– Não interessa quem foi, o que importa é que esta...

Rápidos pensamentos entrecruzavam-se nela e antes que alguém pudesse prevê-lo ela deu um grito lancinante e deixou-se cair. O pai impediu-a de rolar pelas escadas. Os olhos fechados, os ouvidos tensamente acordados à espreita do que se passava, sentiu-se carregada para cima num voo lento. Sorria interiormente sem saber por que no meio do atento terror. O esforço que fazia para não abrir os olhos e conservar-se inanimada concentrava-a tão fortemente que ela deixou por vários instantes de ouvir e de perceber. Quando entreabriu os olhos achava-se sobre a cama no quarto vazio. Grande silêncio envolvia a casa, sussurrava pelos cantos como num dia de domingo. Permaneceu uns momentos quase distraída palpitando docemente. No seu corpo o sangue se renovava. Erguendo-se num impulso leve ela estava à porta, buscava pelo ar para saber onde estavam as pessoas. Nada se apercebia, o casarão vasto e nu. Sentiu-se sorrindo, levou os dedos aos lábios porém estes conservavam-se cerrados e estreitos e o sorriso fora apenas um pensamento. Um pensamento na alegria mas que a fazia sorrir: sua bondade não impedia sua maldade, sua bondade não impedia sua maldade. Ela cometera um ato corruto e vil. Nunca no entanto lhe parecera ter agido tão livremente e com tanta frescura de desejo. Precisava enxergar-se ao espelho, sim, sim, pensou com urgência e esperança. Pressentia que o quarto de hóspedes seria alcançado sem que ninguém a visse. Atravessou o corredor rapidamente, os passos dos pés nus abafados pelo tapete púrpura, o coração batendo violento e pálido.

Assim pois lá estava ela. O rosto um instante como eterno, a carne piedosamente mortal. Lá estava ela, pois, os olhos inocentes espiando de dentro da própria degradação. E enquanto isso seria inútil deter o que sucedia ao redor. E dentro dela seria inútil tentar acordar a compreensão de seu corpo vivendo na tarde longamente tensa. Jamais saberia repetir o que pensava e o que sentia ocorria-lhe evanescente, leve e brilhante, tão imaterial e fugaz que ela não poderia parar em algum pensamento. Surpreendida, intimidada com sua própria ignorância ao lado de uma certeza imóvel, ela pairava um instante, interrompia o movimento de sua vida e olhava-se ao espelho: aquela figura exprimindo alguma coisa sem riso angustiosamente muda e tão em si mesma que o seu sentido jamais poderia ser captado. Olhando-se ela não conseguiria compreender, apenas concordar. Concordava com aquele profundo corpo em sombras, com seu sorriso calado, a vida como nascendo dessa confusão. Agora parecia ainda mais ardente a sua licença consigo mesma como se ela admitisse também o próprio futuro. E ela... mas sim, sim, ela via o futuro... sim, num relance feito de olhar e ouvir, num puro instante o futuro inteiro... Embora só soubesse que via e não o que via, assim como só saberia dizer sobre o azul: vi azul, e nada mais... Com as sobrancelhas erguidas ela aguardava a tímida anunciação. O que existira na sua vida era um poder indistinto e infinito, realmente infinito e esgazeado. Mas nunca poderia ter demonstrado a existência daquele poder como seria difícil provar que tinha vontade de continuar, que a cor da rosa lhe agradava, que sentia força, que estava ligada à pedra do jardim. O que existira na sua vida, intocado e jamais vivido, erguera-a pelo mundo como bolha que sobe. Mas logo após a realização de algum ato – ter um dia olhado mais uma vez o céu? ter espiado o homem que andava? ter entrado na Sociedade das Sombras? ou após um simples instante quieto? – depois da realização de algum ato impossível de se conter, fatal e misterioso, de repente ela só poderia dagora em diante isto ou aquilo e cessara o seu poder... Daí em diante conseguiria nomear o que podia e essa capacidade em vez de lhe dar a certeza de maior força assegurava-lhe de um modo inexplicável uma queda e uma perda. Antes seu movimento de vida mais seguro fora desinteressado, ela percebia coisas que jamais iria usar, uma folha caindo interceptaria o caminho iniciado, o vento desmanchava para sempre seus pensamentos. Depois da Sociedade das Sombras porém ela roubaria de cada olhar seu valor para si mesma e bonito seria aquilo de que seu corpo tivesse sede e fome; ela tomara um partido. Também observara Daniel nos últimos tempos. E sem consciência via que sua mais leve matéria corrompera-se devagar, que se aniquilara nele o doce sofrimento em que ambos viviam; em seu ser algo tornara-se mais sério e inflexível, uma trêmula brutalidade. Ou enxergava-o pela primeira vez? Ela própria, embora não negasse ou afirmasse, seus olhos automaticamente se erguiam ou abaixavam-se diante de certas imagens e mesmo que ansiasse por jamais escolher, perplexa já escolhera. E agora quando hesitava no desânimo sem dor sabia que se mais tarde ressuscitasse para a alegria e abrisse o coração para respirar de novo rindo, ela sabia: decair e reerguer-se era irreprimível. Cessara para sempre o perigo. Subitamente pareciam ter-se esgotado as palavras de que ela vivera na infância e ela não encontrava outras. Moveu-se com cuidado. Experimentava uma inquieta sensação de arrependimento de estar vivendo aquele momento, de ser quase uma moça e de ser aquela a quem acontecia o instante – parecia sentir que de uma profunda liberdade intocável poderia tirar força para não se permitir. Olhava o ar silencioso e pálido do quarto, um instante imóvel e sem destino. Como era fatal ter vivido. Pela primeira vez envelhecera. Pela primeira vez tinha a consciência de um tempo atrás de si e a noção desassossegada de algo a não poder tocar jamais, de alguma coisa que já não lhe pertencia porque estava completa mas a que ela ainda se prendia pela incapacidade de criar outra vida e um novo tempo. Toda a sua infância fora franzida pelo ar frio que doía no nariz com gélido ardor; via a si mesma como de longe, pequena, a forma escura na neblina já dourada de sol, abaixada olhando na terra algo que não podia mais precisar; agora seu próprio hálito parecia rodeá-la de uma atmosfera morna, os olhos abriam-se em cor larga, o corpo se aprumava em criatura humana. Com um suspiro de impaciência e temor seu corpo rebelou-se como possuído e de novo imobilizou-se no quarto. Tendo experimentado a doçura da fascinação e da obediência ardente a Daniel, sua natureza maleável e fraca ansiava agora por entregar-se à força de outro destino. Sentia que cessara a harmonia entre seu existir e a Granja onde ela nascera e vivia; pela primeira vez pensava na viagem à cidade com um prazer nervoso cheio de esperança e raiva confusa. Brejo Alto, a neblina das manhãs, as ruas estreitas, a solidão de Granja Quieta permaneciam agora de um modo incompreensível acima dela e se antes o silêncio dos campos e o ruído indecifrável da mata continuavam suas próprias sensações, agora ela deveria mover-se numa terra fria e indiferente; pensava com inquietação nas chuvas do inverno próximo como se previsse um novo desespero em permanecer presa no casarão. Inexplicavelmente até então sonhara e somente agora abria os olhos, precipitando-se em alguma coisa sólida e mortal – com um desgosto surpreendido secretamente adivinhava-se mais conhecida, como reconhecível. Daí a alguns anos iria embora com Daniel. Anos ainda. Com firmeza resolvia cerrar o coração e atravessá-los fechada para só recomeçar a viver na cidade – seu pensamento deixou uma ressonância lívida no ar – quantas possibilidades uma pessoa tinha se vivia no mundo aberto, seu corpo fremia quase assustado com o próprio ímpeto, com tudo o que havia de obscuro na sua força. Deu um pequeno grito de alegria e promessa dura: ah! Mas ela própria apenas pensava a superfície do que lhe sucedia naqueles instantes e atentava a si mesma como se pousasse a mão sobre o coração a bater e não pudesse tocá-lo. Esperou um instante. Nada acontecia em seguida... O silêncio rodeou-a impalpável e ela então serenou, olhou para o espelho sombriamente brilhante. Obstinada fitava o rosto procurando definir sua fugitiva magia, a suavidade do movimento de respiração que o iluminava e apagava devagar. A corrução banhava-a de uma doce luz. Assim pois lá estava ela. Assim pois lá estava ela. Não havia quem a salvasse ou a perdesse. E eis que os momentos se desenrolavam e morriam enquanto seu rosto quieto e mudo pairava à espera. Lá estava ela pois. Ainda ontem o prazer de rir fizera-a rir. E à sua frente se estendia todo o futuro.

epois de tantos dias em que ela não saíra de casa e nenhuma vez sequer vira Vicente, buscava o domingo para restabelecer-se e não surgir no jantar de Irene pálida mal ressuscitada. O ar livre após tantas horas arrastadas na cama desfeita acordava sua pele num cheiro indefinível e forte, timidamente brusco. O perfume que o calor desperta nas plantas grossas e verdes – mas ela estava pobremente viva e embora o passeio lhe soprasse um vago sorriso ela se cansava.

Subiu o morro em busca da represa onde os volumes de água se continham aprisionados, condensados numa união tão íntima que o seu sussurro áspero tinha o impulso de uma prece. Tufos de ervas dobravam-se ao próprio peso, deitavam-se no estreito atalho sob os seus pés. Ela ajeitava com uma das mãos o pequeno chapéu marrom enquanto com a outra apoiava-se no guarda-chuva negro e longo. Subia o difícil declive e acima de si mesma via apenas uma linha de terra ligando-se nova e clara ao céu; as ervas altas agitavam-se contra o rosa frio do ar. Perto da represa morava o guardião de pele seca e enrugada, de olhos limpos – um cão latia sem se aproximar. E do morro em frente, quando soprava o vento, vinha um rápido ruído de movimentos, o cantar tranquilo de um galo, risadas finas e rasgadas, os gritos das crianças espadanando-se no domingo – tudo desde o início longínquo e desaparecido, um esquecido que não se podia precisar e que se repetia subitamente, de novo perdendo-se. Quando fazia silêncio era como se alguém respirasse sorrindo. De longe viu a velha fumando, uma mulher carregando laranjas, um homem construindo uma casa; um fogo acendia e brilhava. Virgínia voltava-se para a frente e continuava a subir a montanha; para melhor senti-la quase dizia-se distraída com leve obstinação: ela é velha como a terra, ela é velha como a terra, e procurava sentir medo. Lembrava-se a instantes da carta que escrevera para a Granja – cada vez menores. Eu vou bem de saúde, só que tenho sofrido de alguns enjoos. Como muitas coisas doces, deve ser por isso, pois fiquei tão gulosa na cidade!... continuo engordando, graças a Deus, mas estou ficando bem pesada; não me lembro de ter desmaios, ninguém em Brejo Alto havia de reconhecer a magrinha que eu fui... já paguei o aluguel, tendo aproveitado muito de tudo, sim, sim. Cada vez mais ela achava difícil informar. Quando Daniel ainda vivia com ela sentia-se na obrigação de comunicar que iam bem. Mas agora... Seria bom andar com Daniel nessa tarde. Não que ele pudesse definir nela algum sentimento; apesar de sua integridade invulnerável ele também permitia às coisas ficarem em sua própria natureza. Seria apenas bom caminhar com Daniel e indicar-lhe o que via com aquele grunhido familiar que entre os dois valia segundo o tom. Na cidade o rio era liso, os coqueiros alinhados, mesmo as montanhas pareciam limpas e podadas, tudo se estendia à superfície realizado. Enquanto em Brejo Alto a existência era mais secreta – e isso ela diria sem falar.

A represa gemia sem interrupção, vibrava no ar e trepidava dentro do seu corpo, deixando-a de algum modo trêmula e quente. Sentou-se sobre uma das pedras ainda sensível de sol. Por um instante, num leve turbilhão silencioso, toda a sua vida ela a passara sentando-se sobre pedras; outra realidade é que ela atravessara toda a sua vida olhando antes de dormir o escuro e remexendo-se à procura de um conforto enquanto alguma coisa fina e acordada espreitava: amanhã. Sim, quantas coisas ela via – suspirou devagar olhando em torno com tristeza. Pensara achar na cidade outras espécies... Continuava no entanto a sentar-se sobre pedras, a notar um olhar numa pessoa, a encontrar um cego, a só ouvir certas palavras... via o que enxergara pela primeira vez e que parecia ter completado a capacidade de seus olhos. Um longo bem-estar vazio tomou-a, ela cruzou os dedos com delicadeza e afetação, pôs-se a olhar. Mas o céu esvoaçava tão esgarçado, roçagante, tão sem superfície... O que sentia era sem profundidade... mas o que sentia... sobretudo desmaiando sem forças... sim, desfalecendo no céu... como ela... Círculos rápidos e grossos alargavam-se de seu coração – o som de um sino não ouvido mas pesadamente sentido no corpo em ondas – os círculos brancos embargavam-lhe a garganta numa grande e dura bolha de ar – não havia um sorriso sequer, seu coração murchava, murchava, afastava-se pela distância hesitando intangível, já perdido num corpo vazio e limpo cujos contornos se alargavam, afastavam-se, afastavam-se e só existia o ar, assim só existia o ar, o ar sem saber que existia e em silêncio, em silêncio alto como o ar. Quando abriu os olhos as coisas emergiam lentas de águas escuras e rebrilhavam umidamente sonoras à tona de sua consciência ainda vacilante do desmaio. A água da represa rumorejava bem no seu interior, tão distante que já ultrapassara seu corpo infinitamente para trás. A sagacidade do ar frio acordava a carne do rosto picando-a de frescura. Meu Deus, como sou alegre, pensou num fraco e luminoso impulso. Despertando tão moça do desmaio, sorria esgotada, sentia-se como pequena demais para ficar sem pensamentos protetores nem experiência no topo de um morro ouvindo o outro morro como outro mundo viver minuciosamente em domingo. Sentia em silêncio que depois de um desmaio estava no maior da vida porque não havia amor nem esperança que ultrapassasse aquela séria sensação de voo nascente. Mas por que esse instante não a apaziguava com a satisfação do fim atingido... por quê? prolongava-a para o alto, esticava-a quase desesperada com a tensão de um arco pleno de seu próprio movimento... como se vivendo tão no cimo ela sentisse mais do que a potência do seu corpo grande e obscuro e se aniquilasse na própria percepção. Seu coração ainda batia com cansaço e ela pensava: desmaiei, foi isso, desmaiei. Olhava a luz acesa e vermelha vacilando na mataria em penumbra. O que significava sua luz? insistiam seus olhos abrindo clareiras na confusão doce de seu cansaço. Ela não poderia compreender, poderia concordar, só isso, e apenas, com a cabeça, assentindo assustada. Concordava com a tarde, concordava com aquela frágil força que a sustentava de encontro ao ar, concordava com o seu medo alegre – o medo de enfrentar o jantar de quase estranhos, o amor de Vicente, suas próprias sensações diariamente falsas? aquele erro atento – concordava com o morro vivo dizendo alto, alto dentro de si: ah sim, sim! ardentemente una e quieta. Não porém no plano da realidade inegável, só numa certa verdade onde podia dizer tudo sem jamais errar, lá onde não havia erro sequer e onde tudo vivia inefavelmente por força da mesma permissão, lá onde ela mesma vivia esplendorosamente apagada, vaga e coisa, puramente coisa como o piscar úmido de uma cadela deitada contra o ar e arfando, concordando profundamente sem saber como uma cadela. Sentiu-se quase perto de um novo desmaio, junto do desejo de ceder – e mesmo no presente seco ela pertencia ao anterior de sua vida que se perdia numa distância calma.

Depois do desmaio tudo era como fácil. Equilibrou-se. Há anos não desmaiava. A noite agora quase caía e abaixando as pálpebras ela podia sentir os raios amortecidos de luz como música translúcida sombria resvalando da montanha em macia torrente largada à força do próprio destino. Apertava com uma das mãos o áspero cabo do guarda-chuva. Seria impossível chover agora, sentia olhando distraída o céu frio de espelho. Parecia-lhe confusamente que também lhe seria impossível libertar-se de seu modo e seguir por outro caminho – sorria ela um pouco séria e flutuava numa sensação assustada mas de si mesma tranquila – tão potentes e aprisionadas ela e a natureza pareciam se achar dentro do tênue equilíbrio de suas vidas. Mas havia uma liberdade – como um desejo, como um desejo – acima da possibilidade de escolher, nela e na natureza, e daí vinha a serenidade esquisita e cansada da quase noite sem chuva nas montanhas, a vaguidão mais uma vez renovada dentro de seu corpo.

Abriu a porta do seu pequeno apartamento, penetrou no frio e abafado ambiente da saleta. Leve mancha ondulava num dos cantos, expandia como uma luz frescuras quase apagadas. Ela gritou baixo, aguda – mas são lindas! – o aposento respirava de olhos semicerrados no silêncio das picaretas mudas das construções. As flores erguiam-se em delicado vigor, as pétalas grossas e cansadas, úmidas de suor – o talo era alto, tão calmo e duro. A sala respirava opressa, adormecida. As pétalas menores, como cabelos na nuca em verão, dobravam-se emurchecidas, cegas, porém ainda capazes de viver e de pasmar. Virgínia apressou-se rindo até elas, inclinou a cabeça escura porém recuou ligeiramente assustada. Porque elas se fecharam hostis sem o menor perfume como se alguma coisa em sua natureza repelisse secretamente a natureza de Virgínia. Mas eu sempre me dei bem com flores – essa era a impressão enquanto se despia – tocou-as de leve com a ponta dos dedos, desapontada, avisada e já sem interesse. Elas estremeciam. Sem saber por que, fora dada afinal a permissão para se entristecer e ela o procurava sem realmente consegui-lo durante toda aquela tarde de domingo. Sua verdadeira sensação no passeio fora tão íntima, impregnara-se com tal delicadeza que restara apenas como uma hesitação, uma espera. Desejava alguma coisa que a vestisse para o jantar de Irene, um sentimento calmo e estável, alguma certeza límpida de derrota para que não lhe fosse possível recomeçar irresistivelmente a lutar e a ter esperanças. Preparou-se para sair. O vestido branco estendia-se sobre a cama, animava o quartinho dando-lhe um ar de estranha e proibida excitação. Metida na combinação curta e com um corpo de tão pouca cintura, olhou-se ao espelho – estaria pronta para enfrentar o riso e o brilho alheio? o rosto errava em sombras. Desde o olhar para as aranhas negras de Daniel seus olhos eram um pouco vesgos, davam um rápido tom de erro e mobilidade a seu rosto onde algum traço indefinível parecia vacilar quase se transformando – sua face por vezes lembrava uma imagem refletida na água. Ao redor do quarto as coisas viviam profundamente tranquilizadas e na rua cessara desde o dia anterior o ruído das construções. Os outros apartamentos do edifício a essa hora do domingo estavam vazios; um ou outro grito de criança ouvia-se preso no cimento do prédio.

Com uma das mãos esquecida no rosto em carícia distraída ela esperava sem ânimo. Aos poucos no fundo de sua negligência algum ponto de seu corpo começou a viver fracamente, a pulsar acompanhando as coisas ao redor... Agora ela esperava mais cuidadosa, os olhos abertos, o coração aberto, sombriamente aberto fremindo de esperança. Esperava... Mas era tão infamiliar o silêncio e sua combinação branca, que subitamente como se ela própria não tivesse sentido a espera, moveu-se e continuou a viver em outro meio, fácil e ligeiro entre as construções quietas. Quando pôs o vestido bateram num sobressalto à porta. Abriu-a e encontrou a lavadeira e a filha com o pacote de roupa lavada, pedindo desculpas por não terem vindo no sábado, olhando surpresas o vestido de seda nunca lavado de Virgínia, a quem viam sempre em roupas pobres. O decote e o corpete justo alteavam-lhe o busto dando-lhe proporções ainda maiores; o cinto estreito apertava inutilmente a cintura sem reduzi-la. Os pequenos botões de vidro tremiam a cada respiração. O branco-creme adoçava-lhe a pele fina, fazia brilhar seus cabelos curtos. Ela trocou um rápido olhar com as mulheres, tomou um ar mundano enquanto as pupilas moviam-se com gosto e procura:

– Agora é completamente impossível, mas com-ple-ta- -men-te!, dizia com um prazer ocupado e voluptuoso. Esperei ontem e toda a tarde de hoje, vocês nem calculam, voltem amanhã por obséquio, um grande obséquio... amanhã, eu darei a roupa suja porque hoje tenho um jantar... compreendem, devo estar pronta na hora, o carro certamente virá buscar... Essas coisas infelizmente são assim mesmo, vocês sabem... – interrompeu-se de olhos piscando a buscar mais palavras para o seu impulso, quase pensativa. Os rostos embevecidos e atoleimados, as lavadeiras diziam sim, sim, uma empurrando a outra com deslumbramento e angústia enquanto Virgínia também parecia empurrá-las com desculpas fascinantes; elas riam humildes com aflição, sumiam pelas escadas ainda com o sorriso branco na face. Virgínia parou escutando por um instante o silêncio calmo que se seguira ao próprio alvoroço... um instante mais. Mais um momento. Estava absorta e sem pensamento mas parecia-lhe como numa doença da vontade que jamais teria forças para desejar se mover. Pediu-se um instante mais, mais. Ela mesma relutava em conceder-se. Moveu-se então, foi se pentear. Pensativa, ocorreu-lhe que jamais havia de esquecer a ofensa às lavadeiras mas no mesmo momento pensou que era tarde e mudou para sempre de rumo. Antes de sair, com a mão no trinco da porta, aquela empertigada e cuidadosa sensação do pó de arroz e da fragilidade de sua aparência, lembrou-se e com lenta frieza pegou numa tesoura, cortou o talo de três flores, das flores duras e opacas, prendeu-as ao decote do vestido, lá onde viviam seus seios grandes e seu coração, velados. Num protesto subia até seu nariz um cheiro verde, tão acre para os dentes, que a reanimou. Não queria ir ao jantar, tinha medo! – pensou pela primeira vez claramente num ligeiro lamento, interpretando a pálida algazarra que nascia tonta no seu peito... Não queria, era isso... Não, não era isso, como podia errar tanto?... pelo contrário... que confusão... queria ir com uma força tal... suspirou rapidamente, sentiu a cintura já suada sob o vestido leve que apertava... compreendeu que a tarde naturalmente fora triste e nunca alegre... Oh, pelo contrário, pelo contrário, as flores empurravam-na para a frente num impulso alegre, nervoso... horrivelmente desesperado... e ela veria Vicente.

As construções haviam-se coberto de sombras, de largas manchas irrevogáveis – viu atravessando a rua deserta. Um puro cheiro de cal, ângulos, cimento e frio nascia dos destroços onde rebrilhava o silêncio de alguma lasca de pedra. Aspirou com prazer a neblina que parecia subir da construção úmida e continuou num impulso controlado que a levaria para o jantar mas que poderia conduzi-la para a frente... como sem fim dentro do ônibus luminoso e sacolejante onde ela se instalara com seu vestido branco e as flores resistentes; conservava os olhos fixos como para sustentar a realidade daqueles instantes – com uma das mãos apertava o chapéu branco de abas largas contra a cabeça, o pescoço duro e prudente. E eis que de longe, saltando do ônibus e andando sobre os paralelepípedos de pedra polida e sobretudo mantendo acima do que pudesse acontecer a mesma realidade, erguendo a si própria como um *bouquet* de flores sobre multidão, ela percebeu Vicente com Adriano à sua espera. Tão subitamente percebeu-o com surpresa que num movimento de vida e confusão as flores ligavam-se ao cheiro morto das construções, à vaga tarde perdida, triste ou alegre? ao impulso que a soprara com esperança para o jantar, às construções silenciosas... misturando-se a tudo aquilo a que ela dizia: sim! sim! quase irritada e ela concordou intensamente com o momento; sim, ela concordava num relance e com uma sagacidade de fogo de artifício compreendia a luz amarela e densa que vinha dos postes tremendo em finos raios dentro da meia escuridão ruidosa da noite; sentia atrás das tenras luzes, atravessando-as, os sons doces e levemente agudos das rodas dos carros e das conversas apressadas, um quase grito elevando-se e dando rápido silêncio ao murmúrio as lajes do passeio brilhando como se acabasse de chover e sobretudo de longe, como trazida por um largo vento livre, a percepção emocionante quase dolorosa e muda de que a cidade se prolongava para além da rua, ligava-se ao resto, era grande, vivendo rapidamente, superficialmente. Sem esforço transformava o andar em alguma coisa que significava alcançar, as abas do chapéu tremiam, os seios tremiam, o corpo grande avançava. Seus olhos sérios sorriram, boiavam adiante como se ela soubesse que ao toque de seu corpo o ar cederia; aproximava-se profundamente dos dois homens e inventava um corpo confuso e cínico como só uma mulher poderia imaginar; imoral, ninguém poderia acusá-la, e ela avançava, oferecia seu corpo à rua, conhecia seus lábios, umedecia-os namorando, imaginava-os vermelhos como sangue correndo porque o instante pedia sangue correndo para a sua luminosidade de matéria recém-nascida. Como ouso viver? no entanto era essa a impressão persistente. E apesar de seus lábios estarem apenas rosados – quem? mas quem o perceberia jamais? – ela lhes dava um pensamento forte como a glória de um santo e esse pensamento era de sangue correndo. E, por Deus e pelo Diabo!, o amigo de Vicente parecia compreender. Sim, ela e Adriano se comunicavam, ele pequeno, tranquilo, límpido e desconhecido olhava e percebia e mal sabia, oh mal sabia que percebia – não sabia ela que pensava. Vicente fitava-a ligeiramente surpreendido entre os cumprimentos, desviava a atenção mas voltava com olhos quase severos – pois que expressão poderia ele usar para aquele minuto se o minuto era inventado? E ele mal sabia o que sentia... ele morreria mesmo ignorando o que sucedera mas talvez não esquecendo... Não, nada havia de pitoresco no momento, havia algo calmo e velho ao redor do instante. Vicente compreendera por que dirigia-se a ela ou não se dirigia com aquele ar que ele só adotava em presença das mulheres ainda não possuídas e às quais jamais pudera dizer: feche a porta antes de sair. Mas nada sucedera afinal, apenas aquela rápida confusão de sorrisos e cumprimentos, aquele mal-estar satisfeito nascido da consciência de que tudo estava acontecendo delicadamente como deveria acontecer, aquela vinda de Virgínia com a cabeça erguida e os olhos largos... só isso, uma pessoa sentindo que o vestido e o *bâton* estão bem, sobretudo existem, uma inexplicável atitude de orgulho da própria feminilidade como uma mulher.

– Você está hoje evanescente... disse-lhe Adriano sorrindo com um ar frio e liso como se fosse obrigado a dizê-lo. Vicente sorria, as luzes sorriam, as calçadas iluminadas sorriam, Virgínia sorria.

– Ela esteve adoentada, não esteve, Virgínia?

– Vocês sabem como são essas coisas, respondeu ela, uma doencinha aqui, outra ali... e assim vai-se vivendo, concluiu com um sorriso grande demais, encolheu os lábios, eles olhavam em silêncio.

Mesmo que no momento do encontro nem tivesse existido... "isto" – o que Adriano acabara de dizer – fizera alguma coisa entreabrir-se dentro dela e agregar-se ao cuidado com que se vestira e "isto" viveria pelo resto da noite mesmo depois que as flores murchassem. Era do que precisava para atravessar a noite de jantar – não sabia ela que pensava tomando com os dois homens um cálice quente e um frio de álcool, repetindo-o antes de subir, e dizendo-se: sim, sim.

Depois de apertar a mão de todos os convidados e de sorrir foi forçada pelo olhar dos presentes a não recusar uma ida ao *toilette* de Irene. Para endireitar misteriosamente coisas femininas – permitiam eles e não a olhavam enquanto isso para que ela ficasse à vontade. Timidamente ela aceitava, quase gorda, mesmo se Irene estava muito ocupada para conduzi-la e o marido de Irene a acompanhava até o quarto por um longo corredor onde não soava uma palavra sequer entre eles. Esteja à vontade, murmurava perturbado o homem hesitando entre seguir ou dizer mais algumas palavras, talvez uma brincadeira sobre qualquer coisa. Num canto do aposento uma lâmpada ardia branca e fazia esvoaçar pelas paredes e pelo teto círculos de suave luz e sombra, fofos véus incolores; sobre a cabeceira da cama pendia um Cristo de feridas secas, cansado. Tirou o chapéu, a cabeça pareceu nua e pobre, os cabelos sem vida. Sim, dizia ela com turvo ardor. Olhou-se ao espelho da penteadeira: onde, onde estava seu morno poder do instante do encontro? penteava-se ela. Mas havia sim – obstinou-se quase desesperada – sim, quase desmaiado, lucilando no fundo de um rosto que continuava sério e ofendido como o de uma menina. De novo assaltou-a a ideia antiga, tão vaga e turbilhonante, e que não era exatamente a que deveria nascer mas outra, pequena e difícil demais de se pensar.

– Eu me contenho para não ser amada por todos.

Não era isso! não era isso! a sensação posterior valia porém como se ela tivesse dito o que não sabia sequer pensar e mesmo sentir. Mas com os olhos entreabertos e um desejo constante ela conseguiria enxergar-se como véus amontoados sob luzes antes de soar uma valsa – apesar de ter crescido tanto, os movimentos refletidos, e o medo da tarde limpa voltar, triste ou alegre e voltar certo modo de enxergar em que ela caía às vezes não sabendo como tomar uma atitude falsa entre as pessoas desconhecidas, não podendo esgueirar-se como as flores dormentes mas dando perfume inutilmente, enxergando e ouvindo tudo, misturando-se e errando perplexa. Tomou um pouco de coragem aprumando o corpo e dando-lhe falsamente um movimento mais rápido que soou vivo demais no quarto vazio. Encaminhou-se para o salão. Singrava aquela sala de jantar quietamente iluminada numa só cor pálida, esbranquiçada e dourada, que existia sólida sob a doce poeira fria. Perdeu o impulso – ela sempre se sentira prisioneira do luxo, daquelas superfícies brilhantes, oscilantes e hostis. Parou atenta. O silêncio continha-se na mesa posta. Vinda de um mundo não tão limpo quanto este uma ou outra mosca sobrevoava os pratos plácidos e faiscantes. Um sorriso parado pousava em toda a sala como se de tão longo tivesse perdido o sentido e fosse apenas sua própria reminiscência. Virgínia pairava entre a mesa, o ar e seu próprio corpo flutuando em busca – tão indecifrável era aquele silêncio de festa. Não esquecer, não esquecer, pensava ela distraída observando como se fosse partir e devesse contar o que via. Também porque sentia que o álcool abreviaria a memória daqueles instantes. Estendeu as mãos ligeiramente embriagadas num ensaio de ternura. Sem saber por que, surpresa e deleitada, sentia-se à beira de uma revelação. Não esquecer... Um halo de pálida excitação brilhava em torno das luzes ferozmente acesas, as lâmpadas queimando-se de prazer, exangues. Não esquecer. Num piscar glacial e macio um copo existiu por um momento e para sempre apagou-se no silêncio atento da cristaleira. Ensaiou de novo um gesto qualquer; chegou a estender os dedos de leve, nada conseguiu, recuou. Pois o que fazer em relação àquele mundo? as duas bebidas amornavam-na, envolviam-na num cansaço fino de corpo enquanto os olhos lúcidos percebiam. Sentia-se estranha àquele meio mas adivinhava-se subordinada a ele pela fascinação e pela humildade. Em breves minutos entraria na sala por uma fatalidade e todos não a veriam sorrindo-lhe por um segundo. Como livrar-se? não se livrar de alguma coisa mas apenas livrar-se porque ela não saberia dizer de quê. Não pensou um instante, a cabeça inclinada. Tomou um guardanapo, um pãozinho redondo... com um esforço extraordinário, quebrando em si mesma uma resistência estupefata, desviando o destino, jogou-os pela janela – e assim ela conservava o poder. Um dia em pequena a professora mandara-a buscar um copo d'água para uma visita – a ela que sentada entre as últimas, a nunca eleita! Encaminhara-se trêmula de orgulho mas de volta, segurando com cuidado seu prêmio, não por vingança, não por raiva, cuspira dentro da água conservando o próprio poder. Que mais? procurava ela sorrindo, os olhos brilhando de cálido amor porque sem assistentes sentia-se harmoniosa e potente naquela sala viva e calma. Que mais? forçava ela sua embriaguez com doçura. Um cálice estremecia em faíscas paradas, seu cristal ligava-se nervoso e ardente à luz das lâmpadas. Estendeu as mãos estreitas, tão úmidas, pegou-o delicada como se ele fosse elétrico na sua fragilidade; intensamente lenta deixou-o cair pela janela quebrando em si a resistência de sua vida; ouviu seus estilhaços cantando rápido junto ao cimento distante. Assustada atentou um instante para a sala onde se reuniam os convidados de Irene: ninguém ouvira e os sussurros risonhos continuavam numa só voragem; nenhuma criada aparecia. Então fora ela mesma?! A própria coragem fazia com que seu coração batesse fora do ritmo tênue dos cristais. De novo a sensação inconfessável de que ela mesma criava o momento que vinha... E que poderia parar a continuação dos outros instantes com um pequeno movimento bem próprio, controlado: não entrar na sala! Destruir o cálice nada tinha a ver com seu passado, com o tempo que se esgotava, era um instante acima de sua própria vida – ela percebia estranhamente o que pensava como numa dessas pálidas e tolas lembranças de coisas que não existiram. Sobretudo porque estava separada de si mesma por dois delicados cálices de bebida. Mas isso ela sabia: que sempre era tarde demais para poder não entrar na sala.

E o que sabia dentro da realidade inegável é que, agora, sentava com todos nas poltronas, dizia: ah sim!, também acho, obrigada, sorrindo, vendo Vicente alto, forte e amável curiosamente viver independente dela, sentindo nas pernas um calor benevolente; e onde, onde estava seu doce poder? agora sentia em si um inseto metálico e ríspido, de voo cortante. E onde estava a sua própria marca no rosto de Vicente; um dos convidados dizia fumando:

– ... e foi nessa mesma época que li O Problema do...

... ela em vão procurou algum ponto em seu corpo que atestasse a leitura do Problema do. E nela mesma – quem diria que aquela insignificante criatura sentira-se há pouco como quem se contém para não ser amada por todos? e quem diria o vestido branco, o jantar, as flores eram um ponto alto nos seus dias. Prestava atenção às conversas tentando agora mostrar-se inteligente e distinta. O que a enriquecia era obscuramente saber que dizendo: "fui eu quem fez" em lugar de "fui eu que fiz" impedia-se a intimidade, ganhava-se um certo modo calmo de ser olhada. Sentia-se indecisa entre todos tão naturais, tão bem vestidos, os dentes brilhando. A instantes lembrava-se de si mesma vestida de branco e num ligeiro enrijecimento mantinha-se; essa era a sensação mais íntima da festa. Lembrava-se também da Granja, da mãe despenteada andando pelo meio da casa sem gosto nem força. Recordava Esmeralda com as roupas enfeitadas, os olhos ternos e impacientes. Do pai, silencioso, dominando a casa e ignorado, subindo as escadas. E de Daniel agora, como recordá-lo? estava turvado nele a maneira dela espiá-lo. Lembrava-se dos dias decorridos no pequeno apartamento, daquela sensação familiar de miséria cansada e expectante que ela num fim de degradação chegava a amar comovendo-se.

Abriu-se mais uma vez a porta e Maria Clara entrou.

Os móveis tornavam-se inteligíveis, a disposição da sala esverdeada sacudiu-se sob a luz, um jarro de flores começou – mesmo os que permaneciam sentados moviam-se em sua direção. O que a deixava difícil era a parte cristalina de seu corpo: seus olhos, sua saliva, seus cabelos, seus dentes e secas unhas que cintilavam. Maria Clara bebia, os lábios encarnados e opacos, o brilho frio na pele e o pescoço de seda; cumprimentava com um meio sorriso, as pupilas abertas sem medo. Nas pupilas de Vicente o negro risonho sempre se misturava a uma certa pressa – nada de essencial fora atingido com o seu amor... – era essa a impressão. No entanto ele ria atrás dos óculos como um estudante crescido. O vestido rosa achamalotado de Maria Clara lembrava-lhe rio imóvel e folhas imóveis de gravura. A um movimento de sua perna, à respiração de seus seios o rio movia-se, as folhas flutuavam. Como ela era limpa e escovada. Só que ao contrário das outras mulheres ela esquecia que se perfumara e que se penteara e como uma criança brincava sem receio de se sujar. Sua intimidade era rica e intransponível, uma vida secreta cheia de detalhes, enquanto Virgínia quase poderia viver publicamente, sob uma árvore. Com Virgínia não se correria jamais o risco de tomar excesso de confiança e transpassar ridiculamente o permitido – sua intimidade mesmo violada parecia não ser possuída, inútil aspirar o seu perfume, ver suas frescas roupas internas, assistir a seu banho; só ela mesma usava seu ambiente. Pobre Esmeralda, bordando calças de cambraia, queimando perfumes no quarto, o corpo exacerbado como um limão – sua feminilidade era quase repugnante a outra mulher. Enquanto Maria Clara, tivesse os pensamentos mais úmidos, guardava aquela qualidade misteriosa e seca, límpida como um número. Era horrível senti-la tão simpática. Linda, mutável, fraca, inteligente, compreensiva, bruta, egoísta, era inútil fingir que ela não era bonita, ela penetrava no coração como uma faca doce. As mulheres magras e seguras conversavam – elas pareciam fáceis para os homens e difíceis para as mulheres; e por que não tinham filhos? meu Deus, como isso era desconcertante. E se tinham tratavam-nos como amigos, sim, como amigos. Lembrou-se de que um dia vira Irene à porta de um cinema com o filho, sim, agora se lembrava. Era um menino ruivo e magro, um desses que não se surpreendiam e que iam ser alegres e infelizes durante a vida de rapaz. Mas você também não é antipática, meu bem. Surpreendeu-se com o carinho usado e enterneceu-se na sua solidão quase a ponto de chorar. Cuidava porém com uma segurança amedrontada de jamais ultrapassar certas liberdades consigo mesma porque o que havia de inexplorado podia levá-la a perder para sempre o bom-senso. Maria Clara sentara-se bebendo e fumando no seu vestido imóvel; era de um rosa ardente queimando-se na sua própria cor; no entanto a certa luz ele se apagava e surgia morto, comprido, quase frio em seus tons calmos e deitados – enquanto isso Virgínia aguardava no seu vestido branco com os pequenos botões e o filho do casal aparecia antes de dormir, Irene brilhando em seda negra, o rosto atento de carneiro bem penteado; trazia-o pela mão vestido como por acaso num pijaminha de seda listrado, os cabelos ruivos em massa alta sobre o rosto estreito, pálido, francamente sorridente.

– Ernesto, Ernesto, vem cá, disse a voz do diretor de jornal.

A criança aproximou-se, o homem sentado na poltrona chegou à beira, enlaçou a cintura magra do menino que sorria sempre. A mão grossa e peluda do homem marcava pregas de seda sobre o corpo vergado de Ernesto, todos sentados nada faziam na sala verde, sorrindo, olhando. Queria-se dizer alguma coisa graciosa e não se sabia, esperava-se sentado.

– Ernesto, disse afinal o diretor de jornal vagarosamente, sabes da importância de ser Ernesto?

O menino sorria vagamente em resposta olhando a parede atrás do homem, todos riram discretos, alguns fechavam os olhos sacudindo-se. Irene queria de certo modo agradecer, ria mais alto; temendo que o diretor de jornal julgasse não ter sido compreendido, disse desapontada num final de riso falso e terno:

— Oscar Wilde...

O diretor de jornal silenciou mas seus olhos ainda pousados em Ernesto transformaram-se imperceptivelmente, imobilizaram-se para nada deixar transparecer. Ernesto sorria. A sala de súbito decaía como pó de arroz crestando na pele, a vista se cansando, a lâmpada diminuindo de força

— Irene teve um movimento apressado:

— Dê boa-noite a todos, Ernesto!

Sem prazer todos apertaram a mãozinha quente de Ernesto que sorria e que parava no meio da sala sem saber o que fazer em seguida. Os olhos alargados piscavam já sérios.

— Então? indagou Irene rindo irritada.

O menino olhou-a, disse inexplicável, alto:

— Sim... — uma espécie de nódoa vermelha subiu-lhe ao redor de um olho, Irene ligeiramente desamparada observou a mancha escura; parecia procurar o convidado mais humilde em busca de apoio, disse num sorriso difícil para Virgínia:

— Ele é às vezes tão sensível.

— Sim, sim, disse Virgínia rindo demais.

— Dê uma boa-noite agora para todos! repetiu Irene sentindo que tudo se perdera. O menino abandonado teimava em olhá-los esperando. Tão engraçado, disse a senhora mais gorda. O pai entre o diretor de jornal e Vicente, alto, acompanhava a cena com olhares rápidos e angustiados, Irene buscava-o por um segundo, a família se desenrolava sob as visitas. Irene empurrou a criança docemente para fora da sala. Quando Ernesto desapareceu ela voltou-se, aprumou-se alisando o vestido no corpo magro e subitamente sem elegância todos pareciam exigir o final, ela riu, disse alto num apelo: ele estava cansado... Ah sim, é claro, naturalmente, disseram depressa algumas vozes. A bebida impedia-lhe que os acontecimentos se ligassem uns aos outros por atalhos visíveis mas fazia com que eles se sucedessem aos pulos suaves, insensíveis, normalmente fatais. Ela não devia beber, hoje desmaiara, poderia repeti-lo – e como se desmaiar tivesse um sentido secreto, não suportava desfalecer senão sozinha; e voltar da vertigem abrindo os olhos e não entendendo. Assim, eis que de repente já estavam na sala de jantar sobre pernas arqueadas e gordas. E uma das mulheres, arguta, arrojadamente viva, jogou uma rápida seta em sua direção:

– E seu irmão? seu simpático Daniel?

Mas antes que ela terminasse de abrir a boca num sorriso, alguém respondeu por ela e sua boca novamente cerrou-se num sorriso. Alguém acrescentava: ele casou há tanto tempo, meu Deus! com uma moça de ótima família. Ela não precisava falar muito, fora convidada apenas em razão de Vicente. Ninguém esperava de seu corpo senão que ele comesse discretamente usando o guardanapo, sorrindo. O simpático Daniel. Então o modo como ela gostou dele ultrapassou suas forças com dificuldade e dor. O que ela desejava com o coração uniforme, ardente e martirizado era morrer antes dele, nunca enxergá-lo perder o mundo, nunca, meu Deus – ela olhava um ponto da parede com olhos vidrados e luminosos. E de repente sentiu-se gelada e bruta: e se ele estivesse morrendo agora? por que não, idiota?! tudo não pode acontecer? pode, pode sim, idiota! ela estacou inteiriçada, apertou com as duas mãos o coração olhando para qualquer ponto com cuidado e delicadeza. Ouvindo os ruídos ao redor sabia que se começasse a sofrer eles todos perigosamente se distanciariam correndo, comendo e rindo, longe para sempre numa cálida alucinação, intangíveis. Ela esperava. Do próprio ruído macio vinha a sensação confusa e tonta de que a vida presente era maior do que a morte e cada instante que passava sem trazê-la ria do medo – quase pacificada, assustada, ele bebia um pouco de vinho: ele estava vivo. Ele estava vivo. E era tão corajoso. Ele nada faria mas era corajoso como um colérico, como um conquistador. Ele nunca se moveria para salvar, quem sabe, mesmo uma criança mas era generoso assim como ela viveria mesmo sem se mover. E tão orgulhoso... não havia uma coisa de que não se julgasse capaz mas por uma misteriosa força nada faria. Fitou à sua frente um dos rostos de tão rica vulgaridade, o *bâton* vivo na pele pálida, uma compreensão sensual e rápida. Todos já se conheciam há muito tempo e conversavam sem interrupção em tom médio. Como tudo é fácil com a bebida, Vicente – senão como é que estaria tão bem, sentindo o brilho dos próprios olhos flutuar entre ela e os objetos? uma impressão quase indecente nas pernas doces de vinho. Eles viviam dos conhecimentos que tinham, usando o que se podia usar. Irene rebrilhava sobre o tecido escuro, a calva do marido era feliz em perguntar: não está sentindo corrente de ar?, embora um pouco triste, Irene era atenta, ávida, espirituosa e dura com os cabelos curtos enquanto ele era mais feito de gente. Em toda a sua vida deveria ter sido um filho, um irmão. E agora um pai. Todos, inclusive as mulheres, possuíam uma especialidade de caráter, de passado ou de trabalho – e era por essa especialidade que se tratavam e riam. Falavam sobre as próprias dificuldades com prazer. Só Maria Clara, de quem ela ouvira as histórias com alegria, não se referia ao seu trabalho de pintar flores sobre jarros de barro e expô--los em salões convidando amigos, só Maria Clara com o rosto um pouco largo, os círculos espaçosos das olheiras lilases e sem dor, fumava mesmo à mesa do jantar, os dentes úmidos à mostra. Vicente, onde está Vicente?! como uma criança que acorda de noite sentada na escuridão, chamando mamãe, mamãe, coçando o corpo com mãos sonolentas. Lá estava ele! ele tinha vergonha de ela não ser como ele, ah mistério – Vicente dirigia-se ao corpo de Irene e de Maria Clara com aquela reverência controlada empregada para com as mulheres ainda não possuídas: um respeito, pensava Virgínia absorta, como se ele pensasse que as tornava indignas possuindo-as. Mas não, não: a mesma palavra que agora quase se dissera dentro dela, mistério, explicava. Mistério feminino, mistério de uma mulher cujo filho de pijama listrado agora dormia, mistério de uma mulher que sem um *bâton* brilhante seria talvez incapaz de rir alto jogando a cabeça alisada para trás num riso ou num cansaço – e enquanto a cabeça se mantinha jogada e a garganta estremecia no riso, os olhos seguramente começavam a pensar em outra coisa que certamente estava longe porque ela inclinava um ouvido quase tenso no espaço. Sem impedir que o riso chegasse ao próprio fim:

– Oh não! disse Maria Clara sacudindo a cabeça, rindo com os dentes ligeiramente grandes e salientes faiscando de saliva. Mas Virgínia não quis notá-los, encaminhava-se para um final de sentimento, atiçava-se: não grandes, pensava ferindo-se e observando o olhar risonho de Vicente, mas claros finos. Era horrível senti-la tão penetrante e saber que se Vicente não fosse atraído por sua existência, ela própria, Virgínia, o desprezaria, feliz. Se ele fugisse para aquela mulher gorda ela não sofreria e não o aceitaria de volta... sim, pensou com uma surpresa disfarçada, sim, seria afinal livre. Se ele fosse para Maria Clara ela esperaria sofrendo e o receberia no seu regresso. Sentia sua infelicidade crescer a cada instante. Ao mesmo tempo sorria como se fosse morno suportá-la. Com um profundo sentimento de ironia que jamais poderia subir aos lábios em sorriso, por um profundo sentimento de ironia e martírio próprio ela pensou nos dois com ternura, entregando um ao outro e no mesmo instante desprezando-os com uma sinceridade que a libertou deles. Desejou vê-los juntos e alegres e sua repulsa por Vicente cresceu à medida que ele ria fumando à mesa do jantar – então este era o homem com quem... Bebeu um copo de agulhas doces e ácidas que lhe subiam pelo nariz. Bêbeda, bêbeda, dizia-se com uma vergonha quente, já sorrindo. Surpreendia-se de que não lhe viesse vontade de fazer tolices; o mais que desejaria era dizer baixo e misterioso, quase com fúria, para todas as partículas daquele ar morno, íntimo e brilhante: adeus, adeus. E nisso havia uma angústia presa, uma nódoa escura e opaca.

– Obrigada, aceito mais um cálice... ah naturalmente..., disse sacudindo o corpo com uma gentileza de quem espera gorjeta.

– Virgínia, riu Vicente, você não *acha* que é um excesso...

Ele tinha um modo de falar com ela em público... Claro e frio, que todos ouvissem, participassem e nada se estabelecesse entre eles. Nada de essencial fora atingido com o seu amor, nada?! Maria Clara fora possuída por muitas coisas, daí seu ar maduro e saciado; provara de tudo levemente, muito cheia, o modo descansado e cansado. Mas de súbito seu rosto parecia afinar-se, ligeiramente passivo e desesperado, muito inocente como se tentasse isolar-se dentro de si. Algum pensamento dava-lhe um ar entregue, a boca se transformava numa expressão quase feia e íntima como se ela estivesse sozinha. No entanto não se poderia confiar e adiantar-se porque esse mesmo jeito se resolvia numa mulher calma e livre que pintava flores em jarros de barro. Maria Clara ria, tornava-se mais vulgar, mais velha e mais atraente e Virgínia prendia-se ao som de seu riso entre séria e assustada. Cada vez mais temia ser fascinada por ela como o fora por Daniel na infância e tornar-se sua escrava. Porém Maria Clara nem sequer lhe daria ordens e de tal modo não precisava de Virgínia que a ofendia. Com os lábios molhados de manteiga seu vizinho pela primeira vez lhe falou:

– Belo jantar, não acha?

Ela olhou-o fixamente, prolongadamente, percorrendo seus lábios – perguntou com dureza e alegria bruta apesar de ter ouvido:

– O que... – mas o momento se dissolveu e ela indagou com delicadeza – O quê?

Entre o prato de Adriano e o seu pairava isolada uma ervilha verde e redonda, engordurada. Sobre a toalha de renda! antes que pudesse evitar olhou-o: fui eu ou você? corou em seguida mas ele, compreendendo? estendeu-lhe o prato de pão redondo – estava perdoando? mas não fora ela quem... a ervilha... – e disse-lhe amavelmente, sim, amavelmente com um ar distante e curto:

– Pão?

Vicente dissera-lhe que ela sentaria junto de Adriano, não precisaria falar muito e seria bem atendida. Ele insistira na sua ida ao jantar, mandara-lhe flores. Mas ela sabia que a insistência partira de Irene ou de algum convidado seu; tudo realmente deslizava bem, o jantar era um sucesso, o marido de Irene ria inclinando sobre a mesa, apesar das vozes por instantes se libertarem muito acima do harmonioso ruído dos talheres e engrossarem desagradavelmente – depois da reunião ficariam amáveis um em relação ao outro, gratos porque ninguém se ofendera, nenhum pedaço de galinha saltara do prato, porque ninguém havia comido a ponto de se sentir infeliz, só aquela plenitude que mais um momento e seria incômoda, deixando os olhos turvos e aflitos – mas não, só o leve aturdimento gentil, gentil, gentil. Como eu entendo, como eu entendo tudo, surpreendia-se apaixonada e confusa; meu Deus, fazei-me triste – ela sentira os olhos e os lábios. E no meio de tudo a força de Irene conduzindo-se com certa angústia sobre todos, indagando de cada rosto rigorosamente se tudo ia bem. Isso ligava o jantar à cozinha para onde se dirigiam rápidos olhares de Irene e onde a cena devia simplificar-se com uma lâmpada amarela, fumaça, amontoado de pratos servidos e onde a criadinha de avental e touca duros de goma perdia a impersonalidade. Oh não!... disse Maria Clara rindo, uma das mãos de unhas cintilantes erguida a meio segurando um cigarro inclinando de leve o corpo doce e maduro. Eles formavam um grupo que se entendia. Se um deles via o desenho de uma mulher triste e cansada com um vestido vermelho dizia com ar sucinto: o traço é bom. E assim pois aqueles homens e mulheres reuniram-se um instante naquela sala castanha – ocorreu-lhe com um suspiro. Disse com voz clara e agradável – ela que estava longe da Granja, longe do próprio nascimento, nadando num líquido desconhecido mas nadando:

– Quer me passar as azeitonas.

Foi então que as coisas se tornaram verdadeiras. Quem a obrigara a falar, quem; poderia chorar assustada e cansada nesse instante porque se havia uma frase estranha de se dizer seria: quer me passar as azeitonas. As coisas fugiam dela brilhando à distância, a mesa refulgia nos talheres e vidros, todos inclinavam as cabeças para os pratos sorrindo, ela exausta de sorrir sempre de leve sem nunca dar uma gargalhada – o rosto liso, grande e corado. O homem defronte era um grande jornalista, dissera-lhe Vicente, mas acrescentara: é claro, veio como amigo de Irene e não como diretor de jornal: não era um grande jornalista, lembrava-se agora, era diretor de jornal. Seu rosto como um laço desmanchando, Vicente. Se Daniel estivesse presente, espirituoso como se tornara, seria "espirituoso" a palavra? ela temia confusa..., ele daria uma resposta: não, parece uma ferida que ainda não cicatrizou de todo. Realmente, Daniel, quando ele ria os traços repuxavam-se e uma pessoa quase deveria gritar: cuidado, cuidado. Pediu água à criadinha, de repente tão natural era a vida. Sobretudo havia certas coisas que sucedendo eram tão fortes que destruíam o seu contrário por mais real que tivesse sido – estava explicando bem, Vicente? porque ela não conseguia se lembrar de seu corpo anterior a Vicente senão reconduzindo-se a uma janela à noite, sem conseguir dormir. O amor viera numa só vaga apagando a espera. Mas a força que possuíra quando era virgem ela jamais a teria de novo. Ao mesmo tempo sentia a consciência firme de que nada se alterara, nada. Não exatamente isso... Mas que Vicente e a cidade eram temporários como a chuva que não pode durar. Gostaria de dizê-lo a Vicente, seria bom que ele notasse que não a fizera feliz – ou fizera? – e então dissesse: mas Virgínia, meu bem, eu não quero isso... Ela lhe responderia: mas eu me sinto tão feliz em sofrer por você... é o máximo que eu posso fazer por alguém... Ela sofrera por Daniel, só isso. O diretor de jornal tinha as orelhas carnudas e ávidas, grosseiramente desabrochadas ao lado do rosto e enquanto falava apontava com um dedo as coisas mais impossíveis de estar presentes. Mas o que sucedia?! Deus do Céu! aquilo dava-lhe uma felicidade, ela se sentia um pedaço de luz trêmula, teve a intuição funda de que era bom viver – mas aquilo terminaria, aquele instante faiscante e gelado, aquele momento do jantar bem-sucedido misturado a um prazer calmo e morno no estômago, aquele momento que reunia numa lembrança compacta os minutos vitoriosos... o que sucedia?! o que sucedia pois? ofereciam-lhe um cigarro e ela o batia na outra mão fechada num gesto familiar aos outros, mas novo, equilibrado tensamente elegante e displicente para ela. Horrivelmente feliz era como ela se sentia superava-se agonizando.

Pesada de cansaço e vinho, conseguindo alcançar os lugares e as situações por etapas sem união, ergueu-se da mesa com os outros, pesada de tristeza. Olhou para Vicente sentindo-se extremamente feminina e pensativa. Os olhos dele como paredes iluminadas ofuscavam mas não se deixavam atravessar. O modo de estar com ela em público. Como se ela o tivesse forçado a alguma coisa no passado e agora fosse irremediável, odiosamente irremediável – esse se rebelava contra ela como contra uma família. Numa cólera mudamente violenta fitou-o destacada: que tenho eu com ele afinal? não possuo meu próprio quarto? não durmo minhas próprias noites? O diretor de jornal ergueu-se, o guardanapo caiu, ele abaixou-se, ergueu-se de novo, a cabeça bateu no canto da mesa!, ele olhou ligeiramente espantado sem a menor alegria com o guardanapo na mão, os lábios frouxos brilhando, todos olharam, falaram em várias coisas.

– O ridículo é tão bom, não é? conseguiu ela com súbita força reunir-se em palavras certas, acotovelando discretamente as costas de Vicente, sentindo de novo uma perturbação que a aproximava extraordinariamente do fato de ser mulher, de ter vivido, uma sensação de si mesma. – É tão bom às vezes, não é? – o vinho deixava-a leve para si própria, Vicente olhou-a surpreendido, retirou o corpo com delicadeza como se precisasse dirigi-lo à cadeira onde se apoiou, talvez ela devesse sacudi-lo, dizer-lhe: não me reconhece, não sabe quem eu sou, não se lembra? mas ele sorriu-lhe um pouco com os olhos, exatamente o bastante para tirar sua força; ele sempre fazia com que "a coisa" não pudesse ser usada; já agora, depois desse meio sorriso, embora ambos soubessem que era falso, ela não poderia sacudi-lo, dizer-lhe quem ela era, nem mesmo com um olhar; mas o ridículo era engraçado, Daniel aprovaria. E ela sabia andar entre os belos móveis escuros com seu vestido branco, ela os compreendia a um olhar, via de olhos fechados a sua própria harmonia com as coisas numa percepção que vinha de fora para dentro através de uma graça concedida por estranhas vibrações. Percorrendo a sala com os olhos tornou-se claro, como se explicasse toda a noite, tornou-se claro que ela não gostava de Adriano; ele despertava-lhe mal-estar e surpresa como o aviso que se tem diante de uma natureza má. É meu amigo, dizia Vicente sucinto e brusco, cortando-lhe alguma pergunta que ela fazia debruçada sobre ele, os olhos pestanejando numa curiosidade que ele detestava. Ela não gostava dele. Por um motivo estupefato – descobriu animada naquele instante – porque ele estivera perto quando ela conhecera Vicente... e isso excluíra-o. Mas... não, não podia ser isto... Mas sim, era mesmo. Às vezes Adriano a ajudava imperceptivelmente a viver. Na sua frente, por exemplo, de algum modo misterioso Vicente parecia interessar-se mais por ela. E a atitude de Virgínia era uma difícil compreensão desse favor. Olhou-o. Ele próprio era frio e delicado – sim, suas mãos eram frias – e observava-a com uma atenção que no entanto não a feria. Como por causa disso inexplicavelmente junto dele ela se acentuava bruta e irônica procurando com certa perplexidade e prazer mostrar-se pior do que era, mastigando com a boca aberta no jantar, mesmo coçando como agora a cabeça, numa obscura alegria.

— Suas flores podem cair, dizia ele.

— Ah... obrigada, meu caro, foi Vicente quem me deu.

— Eu sei. Estava com ele quando foram compradas.

Ah, sim? e agora tornava-se sensível que, sem Adriano, Vicente jamais se lembraria de mandar flores. Sim – e ela disfarçou a intensidade do olhar contendo-se vermelha – devia estabelecer para sempre que ambos não se suportavam. Assim como ela e a mulher de Daniel deviam não se tolerar. Fitou-o sem no entanto conseguir conter aquele confuso impulso que vinha do homenzinho. Pequeno, limpo e fino ele expandia uma luz seca ao seu redor. Parecia não ter vindo de nenhum lugar especialmente; quando se despedia sua mão de unhas claras cortava ligações invisíveis e destacado ele parecia não ir exatamente a nenhum lugar. O homenzinho, chamava-o ela. Sem ser muito alta ela no entanto parecia sobrepujá-lo e isso humilhava-a; mas ele não demonstrava tê-lo notado. Em vez de sensualidade como Vicente – olhou para Vicente que ria tirando os óculos e limpando-os com o lenço – em vez de sensualidade ele parecia possuir uma quieta persistência. Quando sentavam ao redor de uma mesa num bar ele não dava a impressão de tomar parte mas de esperar, sem apoiar o corpo magro no encosto da cadeira, sorrindo com dentes regulares e limpos; pagava todas as despesas, ninguém jamais se opunha, ele era rico e sobretudo havia alguma coisa impossível de se impedir nas suas atitudes leves e diretas. Ele não fumava e bebia com rapidez. Era com mal-estar que Virgínia assistia Vicente deixá-lo pagar, convidando-o sempre que saíam – interrompendo entre os dois altos o homenzinho. E sobretudo o jeito alegre e voluptuoso de Vicente, como infantilizado, junto de Adriano, fazendo observações e vivendo com animação perto do outro que ouvia sem ferocidade, olhando com aquela sua estranha ausência de confusão. O que não havia nele era sono.

Nela havia a preocupação de rir toda a vez em que fosse necessário e isso lhe dava um rosto aflito como o de um surdo, pensava Adriano com um ar minucioso como se achasse algo entre as areias da praia; mas aquela dificuldade de acompanhar a palestra uma tendência a certa inexpressão calma como se ela então pensasse em nada; o que mais podia surpreender nela era certa sinceridade inconsciente mas não pueril; como se tivesse compreendido alguma coisa há muito tempo, já a tivesse esquecido mas ainda restasse a marca da compreensão; ela não sabia falar ou explicar porém movia-se como se o soubesse; tão tola ao mesmo tempo, tão de certo modo baixa; o que se chamaria logo de início uma pessoa normal, afetada como uma pessoa tola e normal; às vezes porém uma atitude tão profundamente desconhecida que mal se percebia, um gesto diluído, um movimento no fundo do mar adivinhado na superfície. Quem? quem pensava? ele, ele próprio – estremeceu com um sorriso luminoso e como resignado, alguém desperto apenas de leve. As unhas demasiado cortadas encostadas à cal seca da parede, os dentes perfeitos. Seus dedos esbarravam no halo dos objetos e das pessoas. Deus, dai gênio aos que necessitam de gênio – são tão poucos os que precisam; sorriu com lábios finos, com sua clara e delicada saúde, sacudindo no rio uma qualidade que jamais atingira o desfalecimento do próprio ser. Ele fruía. Olhou para Vicente e colocou-o com os olhos junto de Virgínia: sobretudo os olhares de ambos eram de fêmea e de macho de duas espécies diversas; no entanto ela jamais falaria com Vicente, era essa a qualidade de amizade que ele lhe dedicava com os olhos abertos. Sua cabeça se aguçou inteligente, fresca e vazia: sim, ele talvez pudesse mesmo amá-la apesar de sua clara insignificância, pensou com um ar vivo e de novo procurava um pequeno caramujo entre as areias da praia. Tirá-la de Vicente seria fácil por Vicente, refletia ele com rapidez e interesse como sobre um enrodilhado e sutil problema, porém ela devia possuir uma obstinação de criança. Olhou-a com certa precisão límpida como para comparar o que pensava com o modelo. O que excitava nela era a vulgaridade como numa prostituta o vício excita, de algum modo ela parecia feita de sua semelhança com os outros. Fitando-a um instante com sagacidade viu-a de perfil, de novo tola, um pouco vaidosa, o queixo encostado no peito, e endireitando as flores no decote com ambas as mãos. A realidade parecia rir de todos eles. Ele fruía. As roupas faziam-na ridícula, lembravam nela uma árvore coberta de panos, uma fruta picada por um broche. Ela não parecia mulher mas imitar as mulheres com cuidado e inquietação. E ela irritava; porém não a ele, não a ele – ele ria com silencioso e agudo prazer. A realidade ria de todos eles. Ela ajeitava as flores com todos os dedos. Seus lábios pouco presentes escondiam-se em sombras nascidas da posição da cabeça. Os seios congestionavam-se apertados pela roupa, os quadris alargavam-se com cansaço, sem beleza. Ele olhou-a, a cabeça magra para a frente, os olhos móveis e velozmente interessados com frieza. Cerrou os lábios; com um pequeno esforço como numa experiência ele podia sentir uma sincera crueldade falsa para com ela, um certo desprezo. Virgínia voltou o rosto e fitou-o. Ele retesou-se na sua cor de marfim, surpreendido no meio do jogo. Ambos fitaram-se longamente, sem interesse; o coração do homem soou pesado, desconhecido.

– Você notou, Adriano, que muita gente junta numa sala e ficando um tempinho termina pensando parecido? pelo menos os começos... Ainda agora aquele senhor gordo lá disse uma coisa que quase eu disse ainda agora... Parece que a gente termina adivinhando, hem? Mas nem sempre porque afinal – ela parecia lembrar-se e depois de uma pequena hesitação acrescentou com certa força – porque afinal

tudo é relativo... Eu sempre pensei, tudo, tudo é relativo, não acha? nem sempre acontece porque naturalmente toda a regra tem exceção... é claro, isso nem se precisa dizer...
Ele riu, todos os dentes apareceram em silêncio. Ela voltou o rosto para outro lado olhando nova coisa. Caminhou até à poltrona e sentou-se. Durante toda a noite espiara de longe a poltrona desejando despercebidamente sentar-se sobre ela. Na verdade sempre vivera como à beira das coisas. A poltrona era comprida, estreita e verde mas não de um verde-folha nem mesmo de folha velha; era um verde cheio de ressentimento e quietude, acumulado em si mesmo pelos anos; no local dos braços a cor se retirara com reserva e um fundo quase castanho destacava-se doce e martirizado pelos constantes atritos; na verdade era uma ótima poltrona onde se poderia dormir um sono obscuro, opalescente – sentiu cansaço e tristeza. Toda a sala de Irene era vertiginosamente esverdeada, pálida, mortal – Vicente ria. Ela sorria para todos, Vicente falava, num ar cínico de quem vive há muito tempo.

– Ele tem qualquer coisa de feminino ou pelo menos de muito comum entre as mulheres. Ele pensa com movimentos, seus pensamentos são tão primários que ele os age... Você lembra, Adriano – como ele pronunciava a palavra "Adriano"... – ele entrou na sala naquela noite e como nos visse reunidos achou-se excessivo e retirou-se. Tudo isso chegou-lhe com pouca abstração, um pequeno gesto, um sinal mínimo acompanhou cada frase alcançada pelo raciocínio. Daniel – ele voltou-se de súbito para Virgínia assustando-a e ela rapidamente olhou para todos – Daniel diria nesse caso: detesto as pessoas de quem assisto as convulsões da inteligência...

Todos riram, ela sorriu como se fosse mãe de Daniel e tivesse direito à timidez. Mas de um instante para outro pensou que eles estavam rindo de Daniel – corou violentamente – rindo daquilo mesmo que ela... não, ela não riria jamais, porém... sim, certo jeito que Daniel tinha de concluir alto uma coisa que todos já tinham concluído antes discretamente... era isso? ele, ele – por que não pensar numa só vez? zangou-se assustada – ele, prosseguiu com docilidade no pensamento que já conhecia, ele tinha realmente uma vida dura e cômica.

– Obrigada...

– Mas Virgínia... – Vicente fazia os dentes brilharem odiosamente – quantos cálices você já bebeu.

Ela não sorriu, Vicente desviou os olhos, Adriano fitou-os, fruía, falava-se e fumava-se, ela bebia. Era licor de anis. O líquido grosso como algo morno, anis era o que ela ganhara em confeitos na infância. Ainda o mesmo gosto prendendo-se à língua, à garganta como uma mancha, aquele gosto triste de incenso, alguém engolindo um pouco de enterro e de oração. Oh a calma tristeza da memória. A um tempo selvagem e domesticado, sabor roxo, solitário, vulgar e solene. O pai trazia balas de anis do centro! ela chupava sozinha no mundo com o amor por Daniel, uma por dia até acabar, enjoada e mística, tão avarenta, tão avarenta que ela era. Bebeu o licor com prazer e melancolia – procurando de novo pensar na infância e simplesmente não sabendo como se aproximar, de tal modo a esquecera e de tal modo ela lhe parecia vaga e comum – querendo fixar o anis como se olha um objeto parado mas quase não possuindo o seu gosto porque ele fluía, desaparecia – e ela só conseguia a lembrança como o vaga-lume que apenas desaparece – gostou da noção que lhe surgiu como o vaga-lume que apenas desaparece... e notou que pela primeira vez pensava em vaga-lume na sua vida e no entanto vivera tanto tempo junto deles... refletiu confusamente sobre o prazer de pensar em alguma coisa pela primeira vez. Era isso, anis roxo como lembrança. Disfarçada parava um gole na boca sem engoli-lo para possuir o anis presente com o seu perfume; inexplicavelmente então ele se recusava a cheirar e a dar seu gosto enquanto parado, o álcool amortecendo e amornando sua boca. Vencida, engolia o líquido já velho, ele descia pela garganta e numa surpresa ela notava que ele fora "anis" durante um segundo enquanto escorregava pela garganta ou depois? ou antes? Não "durante", não "enquanto" porém mais resumindo: fora anis um segundo como o encostar da ponta de uma agulha na pele, só que a ponta da agulha dava uma sensação aguda e o gosto fugaz do anis era largo, calmo, parado como um campo, isso, um campo de anis, como olhar para um campo de anis. Parecia-lhe que jamais se estava sentindo o gosto do anis mas já se sentira, nunca no presente porém no passado: depois que acontecia ficava-se pensando a respeito e esse pensamento a respeito... era o gosto do anis. Moveu-se numa vaga vitória. Cada vez compreendia mais o anis tanto que não podia quase relacioná-lo com o líquido de garrafa de cristal – o anis não existia naquela massa equilibrada senão quando esta se dividia em partículas e se espalhava como gosto nas pessoas. Anis, pensava ela distraída e via através da porta aberta uma nesga da sala de jantar e nessa nesga um quadrilátero da cristaleira e sobre a cristaleira o prato de frutas artificiais, radiantes, lisas e estúpidas de verniz. Já agora principiava a seguir um sentimento quase silencioso, tão instável que ela cuidadosamente não deveria tomar consciência dele. Nesses mesmos instantes seu corpo vivia plenamente na sala de visitas tanto ela adivinhava a necessidade de rodear de solidão o início erguido na penumbra. Sob uma atitude de calma e dura claridade não se dirigia a ninguém e abandonava-se atenta como a um sonho que se vai esquecer. Atrás de movimentos seguros tentava com perigo e delicadeza tocar no mesmo leve e esquivo, buscar o núcleo feito de um só instante, enquanto a qualidade não pousa em coisas, enquanto o que é sim não se desequilibra em amanhã – e há um sentimento para a frente e outro que decai, o triunfo tênue e a derrota, talvez apenas a respiração. A vida se fazendo, a evolução do ser sem o destino – a progressão da manhã não se dirigindo à noite mas atingindo-a. De repente ela fazia um gesto interior quase brusco ou via o sorriso sonâmbulo e luminoso de Maria Clara e tudo dentro dela se confundia em sombra submergente, os movimentos difusos ressoando. Quis retomar seu caminho sinuoso na obscuridade mas esquecera seus passos com a vertigem de uma rosa branca. Esquecera em que lugar de seu corpo ajeitara-se para poder estranhar. Restava um sentimento indeciso como uma promessa de revelação... algum dia em que ela quisesse com verdadeira força real... ah se tivesse tempo. Mas quando teria ela na vida um cuidado tão potente que a fizesse conseguir por desejo aquilo que lhe viera misteriosamente espontâneo. Restara-lhe uma sensação de passado. Subitamente só sabia que algo sucedera porque ela própria numa prova material existia agora sentada na poltrona. Recomeçou a viver do fato de estar sentada na poltrona em diante. Permanecia absorta fitando com uma insistência quase aterrorizada o além de uma cadeira, parecia impossível ser acordada de seu estranho sono. E como todos silenciassem por um momento em pausa de fim de conversa, olharam em torno, descobriram-na e sorriram numa surpresa irônica. Ela se quedara com ar absurdo os olhos estatelados, os lábios engrossados e seu rosto parecia zunir imperceptivelmente em vibração. Mas como se tivessem fixado por um instante demasiado longo uma luz forte, o ambiente parecia escurecer sob uma nuvem sombria, um erro de visão, e uma pálida parada da vida alargou-lhe as pupilas um segundo.

– A Virgínia está silenciosa esta noite, disse Irene sorrindo, acordando rapidamente. Sua função parecia ser a de atiçá-los. Todos se refizeram com um ligeiro movimento de suspiro.

– Ah, não é só hoje, respondeu Vicente num tom falsamente alegre, ela é, como se dirá?, uma criatura séria... – Todos riram e assim ele a repudiou em público tirando de si claramente a responsabilidade de sua existência. Fizeram rodar o disco num canto penumbroso da sala e ela sentiu a música desenrolar-se acima dos ruídos, ela que jamais pensava em música. De súbito os sons se elevavam harmônicos, altos, castos, sem tristeza. Eram sons tão ligados a eles mesmos, caíam por vezes numa riqueza quase pesada mas não complexa, só comparável ao cheiro de mar, ao cheiro de peixe morto – fechou os olhos atingida, suportando algo doce, agudo e cheio de alegria: não, não era como amor, não se revolvendo sem socorro na náusea do desejo, não amando vilmente a própria agonia. A dor, mas uma dor que não era a que se evolava daqueles caminhos interrompidos e impossíveis – como as coisas caíam nelas próprias, tornavam-se verdadeiras, finamente verdadeiras, oh Deus, Deus, socorrei-me. Era essa a sensação: oh Deus, socorrei-me. Seu desespero ultrapassava misteriosamente as amarguras da vida e sua alegria mais secreta escapava o prazer do mundo. Aquela íntima impressão de estranheza. Como era novo, como ela se livrava deles todos, do próprio amor à vida, calma e sem ardor.

– Agora vou ligar para o segundo tempo...

Abriu os olhos por um instante cerrados, viu a si mesma sentada na poltrona numa postura quieta, o corpo fechado dentro de si próprio. Várias pessoas moviam-se, atravessavam-se luminosas. O dorso curvo, ela não poderia posar para uma escultura grega mas era profundamente uma mulher, uma sensação de irrealidade tomou-a. Pareceu-lhe subitamente – como se olhasse algo desaparecer em silêncio – pareceu-lhe que errava a si própria, mistificada e flutuante; e como o erro era alto, e inatingível, mesmo o erro. Olhou com olhos vagos certa vida imóvel e leve ao seu redor enquanto os lábios se entreabriam num sorriso assustado – tocou com a palma das mãos o fino gradil da estante ao lado e ao contato ríspido voltou à superfície da visita e do jantar, Maria Clara caminhou até ela e como se lhe entregasse uma rápida flor disse sorrindo:

– Virgínia venha um dia a minha casa... Não estou convidando por convidar, repetiu... Venha... moro sozinha... Vamos ter uma boa conversa entre mulheres, vamos falar sobre *soutiens*, dores mensais... o que você quiser... combinado?

Virgínia ria confusa encantada, ria demais animando o corpo: sim, sim... está combinado... O círculo formou-se apertado e ruidoso junto à porta e Virgínia restou além dele tendo à frente costas gordas e escuras sacudidas por movimentos de riso que ela não podia acompanhar. Ser expulsa era de sua própria natureza. Tentou insinuar-se entre dois homens porém percebeu de súbito seu gesto e retirou-se, permaneceu a alguns passos do ruído, olhou ao redor de si, livre. Deslizou finalmente o olhar pela janela, para a noite negra e sem forma que se estendia além da luz pálida e viva da sala. Em toda a parte ela sempre podia olhar para a noite, havia tempo – os galhos sobrepairavam suspensos na escuridão congelada e cada folha engastava-se no ar como para sempre. A cidade em baixo era cintilante e fria, de longe parecia imóvel, calma e perigosa. E como ninguém a visse tirou da bandeja mais um cálice, bebeu, tossiu um pouco, nada foi percebido, as coisas vacilavam brilhantes e sufocadas. Todos estendiam a mão para uma mulher, ela também mostrou-lhe a sua e com efeito não tardou em senti-la ligeiramente amassada com certa umidade, uma insistência antipática e várias palavras. Irene. O carro deslizava macio, no interior tépido o motor respirava como um coração. De conforto extremo e de saudade encolheu-se entre Vicente e Adriano. Com os olhos faiscantes e duros de uísque eles conversavam enquanto se aproximavam de Virgínia sentindo-lhe o calor do corpo, os olhos fixos dissimulando, as palavras curtas. No meio da sonolência ela se sentiu um pouco infeliz e desamparada, as pálpebras pesadas, os lábios entorpecidos e cínicos. Numa crise flutuante e fugitiva quis ser protegida, que alguém a defendesse, a considerasse excessivamente pura para ser assim tocada, errando e comovendo-a – entre os dois homens o conforto a aprofundava. Da rua vinham sons de buzinas solitárias, as pupilas umedecidas de sono ela espiava a sombra. Sem sentir dormitou um pouco segurando com força no colo o largo chapéu que sobrenadava branco na penumbra, vendo como em sonho as luzes piscando na cidade vazia. Tão rápida a viagem que em breve ela desmanchava os lençóis da cama, abria os lábios dizendo um nome cheio de macieza e escuridão: vicente. As flores estremeciam vívidas nas trevas. Como se ela se dissolvesse e mergulhasse na própria matéria dissolvida e na leitosa e translúcida obscuridade ela mesma deslizasse em peixe puro volteando a cauda serenamente resplandecente. Sim, vicente. Avançava sem medo e sem pressa, os grandes olhos límpidos cerrados através de si própria enquanto o homem se afastava com outro homem dentro de um táxi através da cidade acompanhados pela falta que ela sentia de ambos comprimindo-a e insultando-a, apoiando-a no fundo do carro. O relógio do vizinho repentinamente tocado bateu três notas transparentes em três planos de sons, o primeiro alto e assustado quase solidificando-a num começo de vigília, o segundo contendo-se entre o primeiro e o que viria, o último mais baixo apaziguando, apaziguando, cada um separado do outro e brilhantes como diamantes separados uns dos outros e brilhantes – só que as três notas eram líquidas e diamantes jamais temiam quebrar-se numa só confusão; ela continuou desmanchada num grande mar grosso e a atravessá-lo cheia de uma calma que era feita de satisfação, do sentimento no carro profundo, de esperança, de memórias se espalhando – com um bater de pálpebras ela mudava o plano de sua existência interior. Uma criancinha vestida numa longa camisola e muito lenta erguia-se como um alvo no fundo de sua visão porém mal tentava enxergá-la melhor tudo desaparecia no seu próprio mar – ela sempre experimentava curtas visões e fechando os olhos sobre os olhos já fechados via no escuro formas feitas do próprio escuro. Cada pequena onda passava à outra como uma mensagem: vicente e a cada vicente tudo era muito mais real e seria inútil negar. Por um segundo sentia que estava sobre a cama branca, excessivamente rápido pois não era ela quem o sentia mas apenas um trecho de seu braço comprimido sob o travesseiro – a cada vicente afundava mais e mais na própria natureza. E também mais, mais, quase a ponto de ver do outro lado algo verde sombrio alumiando como uma lanterna que era a lembrança imóvel de uma lanterna de festa em Brejo Alto, ah Brejo Alto. Um último vicente como um suspiro antes de morrer e o sono cerrou-se numa só rocha infeliz, Virgínia agarrou-se a si própria como uma negra mancha. Nada mais podia ver através do sono e se sonhasse jamais o saberia.

sses eram momentos em que ela sofria mas amava seu sofrimento. Atravessava o dia, a necessidade de cumprir os pequenos deveres, a arrumação dos quartos, a espera, a realidade e as ruas – entre séria e ansiosa, perscrutando-se e ao espaço como se já estivesse misteriosamente ligada a Vicente através da distância. Porque mal acordava sabia que hoje era dia de vê-lo. Talvez não fosse tão subitamente – ela se proporcionava a pequena surpresa para dar-se felicidade mesmo à custa de conservar fechada a consciência e lá encerrada a obscura e estimulante mentira. As primeiras horas queimavam-se difíceis e lentas mas perto das dez da manhã limpa o tempo se precipitava alegre e fugitivo, claro com o dia e num sorriso ela se assistia movendo-se dagora em diante fácil e mansa. Quase não almoçava, era difícil cozinhar só para si e mesmo hoje ela jantaria bem com Vicente – comia uma fruta para contentar a mãe distante. E assim preparava-se para viver diariamente, disposta a transfor-

mar-se no que não era para ficar bem com coisas ao redor. Se Vicente amanhecera informe e áspero ela se conservaria em espera, as mãos delicadas, não se manifestando em nenhum sentido para que ele pudesse mudar sozinho, livre de sua existência. Se ele se mantinha calado e nervoso ela buscava ser larga e apesar de não consegui-lo inteiramente – nem seus olhos um pouco absortos nem seu corpo de gestos pequenos ajudavam essa atitude – Vicente notava seu esforço em apaziguá-lo; e isso tantas vezes bastara para ele sorrir e melhorar com benevolência.

Depois que almoçava dava um pequeno jeito em casa porque à hora em que voltasse seria tarde. Custara a habituar-se com o novo apartamento vazio desde que Daniel casara, fora embora para a Granja e ela tivera que mudar. Suportava um chuveiro rápido, sempre tivera certa repugnância de tomar banho; despir-se, expor-se ao jato de água cega e excessivamente alegre assustando o silêncio. O frio e em seguida enxugar-se com a toalha nunca inteiramente seca do dia anterior no banheiro sujo onde se atulhava tudo o que não se podia mostrar na saleta – quanto mais vivia mais acumulava coisas inúteis das quais não poderia desfazer-se sem dor. Depois do banho fechava as janelas, cerrava a cozinha no seu velho cheiro de fritura, café e baratas, punha o chapéu, trancava a porta da saída e ia embora com a bolsa vermelha na mão – antes de fechá-la definitivamente parava um instante, espiava a casa já adormecida, imersa em morna escuridão, sorria para as coisas já agora vagas numa despedida – por um momento sentia-se ligeiramente hesitante e pensativa entre fechar a porta e sair gloriosa para a casa de Vicente ou entrar de novo, descalçar os sapatos tão altos, guardar-se na cama e nada ouvir absolutamente nada. E se Vicente assustado viesse procurá-la – nunca ele o faria – ela avisaria de olhos cerrados, intensa: morri, morri, morri. Mas era apenas um segundo de erro turbilhonante porque numa verdade imediata ela puxava a si a porta com um pequeno safanão duro, rodava a chave macia e entrando excessivamente em contato com as coisas recriminava-se: por que ser tão bruta com a porta. Na rua ela poderia ser descoberta pelo olhar de alguém – a secreta união que sentia com as pessoas até conhecê-las intimamente. Esses encontros podiam suceder a uma mulher na cidade. Alguém inesperadamente entendia sua substância mais silenciosa, atravessava-a com olhos sem surpresa; ela temia reter esse olhar, sabia confusamente que esta era uma intuição que não duraria um instante sequer além do próprio instante; mesmo nunca se lembrara propriamente de ser compreendida. Seu coração porém batia mais depressa, no peito nascia uma contração de liberdade e prazer tão intensos e tão mundanos que ela se livrava na verdade com um movimento, fazia alguma coisa como pela primeira vez – um secreto modo de afastar um fio de cabelo, certo olhar controlado a uma vitrina como se assim cerrasse as mãos para não gritar. Sabia porém como poupar o amor de Vicente: empurrava com a mão trêmula a percepção das coisas ao redor e sua vida fechava-se em torno dela como a única vida – mal penetrava no ônibus iniciava outra respiração, esquecia o pequeno apartamento morto, seu coração enriquecia em movimentos difíceis; uma dor informe atravessava-a e seus olhos abriam-se mais ansiosos e transparentes. Mesmo que ninguém a olhasse nas ruas e ela as percorresse indissolúvel com a bolsa vermelha sacolejando, mesmo que seus gestos ao tomar o ônibus se dividissem em várias etapas esforçadas e atentas, mesmo que seu corpo subitamente se pressentisse abandonado, perplexo, tudo isso seria um prelúdio suportável porque... por quê? no fundo não era porque ia vê-lo porém muito mais leve, mais curto, mais tolo: porque ia. Um puro impulso para a frente como inclinar-se na ponte úmida e magra cheirando a madeira podre e olhar a água que se equilibrava sob o sol incolor – assim como despertar sem nenhuma sensação e devagar recordar-se de um pouco de fome misturada ao cheiro de café com leite do vizinho misturado ao sol cansado e pálido sobre as roupas da cadeira – e nenhuma lembrança do dia anterior, só a certeza do dia que vem. Quando alcançava o apartamento de Vicente empurrando a pequena porta dos fundos para não tocar a campainha esperava um momento – por um instante parecia-lhe mais sensível que ela dirigia através de si mesma, de Vicente e de sua ausência, da Granja para alguma coisa ainda não existente; vinha-lhe tão real a sensação do presente que ela escorregava para outro sentimento mais sólido e mais possível: o de aproveitar, de aproveitar – o momento que vinha era rápido e fresco e ela olhava-o cansada. De repente ganhava mais vida, agudamente, como se ela própria enfim principiasse. Conseguiria gastar melhor aquele novo ânimo se tivesse que arrumar, varrer, lavar – mas não poderia fazer carinhos e mesmo conversar em grande tensão como quem trabalha, levanta poeira e quase canta como as lavadeiras. E também porque antes precisava saber que atitude tomar diante dele – às vezes notava que devia conservar-se inclinada porque ele desejava conversar. Depois dele ela passava horas com a cabeça cheia de noções já transformadas em conversa e de movimentos nascidos como em função de sua própria presença diante de si. Sua impressão então era de que só poderia chegar às coisas por meio de palavras. Era sempre um pouco de esforço entender, entender tudo. Fechava-se e com um pequeno trabalho inicial tornava a voz dele monótona e aconchegante como o abrigar-se da chuva, sentindo mesmo algum gosto sensual em escutá-lo sem ouvi-lo. Um dia quase conseguira explicar-lhe que estava com ele mesmo distraída. Ele dissera – e ela soubera-o depois:

– Virgínia, olha aquela nuvem quase vermelha...

Ela sorrira:

– Sim, sim...

Ele fitara-a devagar penetrante, jamais deixando-a escapar, jamais:

– Que foi exatamente que eu disse?

Ela tentara falar, confundira-se corada.

– Eu sabia que você não tinha ouvido, suspirara ele alçando os ombros.

Confusa e eloquente ela explicava:

– Eu não ouvi as palavras, não sei mesmo o que elas poderiam ser mas eu lhe respondi, não foi? senti sua disposição quando você falou, senti como eram as palavras... Eu sei o que você quis dizer... não importa o que você tenha dito, juro...

Ela fazia perguntas com atenção e nunca ouvia as respostas. Mas preferia cansar-se a deixar acontecerem as distrações. Não raro quando ele acabava de falar ela ria e não deveria ter rido. Os dois então olhavam-se um instante. Jogados subitamente numa sinceridade horrível, impossível de disfarçar. Esperando. E depois mesmo o que de bom e cordial se sucedia bem rápido, trazia no fundo a lembrança daquele olhar inegável, erguido como uma estátua. Se ela fosse mais inteligente poderia apagar o passado com palavras novas ou mesmo participando um pouco mais do que ele dizia. Tinha porém poucos pensamentos em relação às coisas e temia repeti-los sempre; nunca usava a expressão certa, sempre errando mesmo quando era sincera. Às vezes simplesmente não sabia o que lhe retrucar e caía dentro de si própria à procura. Enquanto não lhe respondia, cada momento era ruidosamente perdido no campo límpido e sem fundo que era a sua atenção vazia e ela se surpreendia a observá-los se esgotando em vez de buscar uma resposta conveniente. Até que um leve desespero crispava-a, ela olhava as coisas em torno de si mesma, o mundo surgia vasto, claro, sorridente, ela ficava tão alada e perdida que então não lhe importava a renúncia – recusava pálida até o último instante dentro de si e lá se refugiava. E de lá dizia quase sem dor de errar tanto:

– Sim, Vicente, sim – afinal sim nada acrescentava e tudo apaziguava no seu lugar. E quando ligaram o rádio e soara uma canção ele murmurara:

– Tipo insuportável de música...

Nada dissera de extraordinário mas seu ar calmo sem mesmo desprezo assentava com a espécie daquele dia – também ela não gostava e esboçou um movimento de repulsa talvez forte demais, os lábios afinados em nojo. Ele sorriu olhando-a e ela, animada vivendo, falou com desdém entre os dentes como se triunfasse:

– Não, não gosto... tão... tão intrometida... – seu rosto desfez-se em seguida, a expressão de baixo emergiu engurgitada, surpresa e infantil porque ele abria os olhos castanhos atrás dos óculos, tentava compreendê-la, o espanto dele dizia envergonhado, benevolente: mas Virgínia..., o que é isso, Virgínia? Sim, avançara demais; pois na verdade como podia a música ser intrometida? talvez quisesse dizer: a música não tinha dignidade na alegria, como ouvira dizer uma vez, sim, era isso! mas agora tornara-se impossível explicar. E mesmo – não!, refugiou-se dura e sozinha, que ele se quisesse julgá-la a julgasse em silêncio. Ela era desagradavelmente surpreendida quando Vicente a interpretava. Como secava a compreensão dos outros. Assistia suas palavras com curiosidade mas depois não podia fundir suas descobertas consigo própria – como seria inútil rachar de uma árvore um galho, dele fazer uma cadeira e entregá-lo à árvore novamente: o que ele fazia dela ela jamais aceitava de volta embora o carregasse consigo. Preferia que ele a poupasse – só Daniel suportava as tentativas e os erros porque Daniel e ela eram da mesma matéria hesitante e jamais se dirigiam às coisas rindo; o máximo de alegria de ambos cabia num pequeno sorriso de Vicente. Afastar-se assim de Vicente para Daniel assustou-a e ela uniu-se a Vicente tão de chofre que seus corpos como se chocassem e ao seu olhar Vicente sorriu. E não fora quase por isso que ela o amara? porque pressentira que Vicente podia rir alto não apenas como Daniel mas em estúpido riso que no meio da força lembrava sua impossibilidade de rir mais alto – e isso provocava uma ternura alegre, uma vontade de perdoar rindo e esquecer. Também no amor deixava que ele a guiasse – e a única forma em que ela pensava nisso reduzia-se a rever-se assistindo-o mover-se, falar. Mesmo como se podia errar sozinha: ela sempre se julgara serenamente uma grande amante até que ele viera, provara-lhe o contrário – e assim passavam-se os meses. Preferia que Vicente não a abraçasse todas as vezes pontualmente. Preferia não vê-lo mudar de voz e de olhar como se tivesse terminado uma fase e iniciasse nova. Preferia que ele não a desejasse tão fortemente às vezes, quase paralisando-a de perplexidade apressada – embora tudo isso na verdade só acontecesse confusamente, sem força, sem provocar sequer uma defesa, assumindo a única forma de vida possível. Nunca tinha bastante tempo para acostumar-se com suas frases porque ele dizia outra mal acabava a primeira, nunca tinha bastante tempo para habituar-se com suas carícias porque ele passava imediatamente à nova deixando-a ainda voltada para a anterior – esses eram pois os segredos da vida. Permitia-lhe que a guiasse... sim, sim, rara vez numa notícia surpreendente ela percebia o que ele desejava e seu pobre corpo hesitava em mistério, toda ela se alargava e perdia-se refluindo surda... – seria impossível atravessar seu ser com um de seus próprios pensamentos. Jamais tentaria caminhar adiante de Vicente; seguia-o porque não conseguiria carregar sozinha, na mão úmida, aquela rápida estrela que em momentos perderia a forma como a gota gelada que se liquefaz; tudo tão perigoso, simples e leve... esse era pois o segredo para o qual se caminhava desde a infância; o centro do desejo era rutilante e sombrio, elétrico e tão terrivelmente novo e frágil na sua contextura que poderia se destruir a si mesmo apenas aprofundando-se mais um pouco, apenas fulgurando um instante mais.

Jantavam juntos qualquer coisa à noite. Depois regressava, o bonde cortando o escuro. Ela sentia que voltava, que voltava. Se um dia ele se lembrasse de acompanhá-la até em casa ela seria capaz de experimentar uma funda e amortecida saciedade como a que deveria conhecer uma mulher casada todos os instantes. Saltava do bonde e andava o pequeno trecho a pé. Abria a porta, subia, olhava um momento as coisas antes de torcer o comutador – ligava-se a tudo sem tocar em nada. Deitava e puxava os lençóis brancos na escuridão – vinha o momento quieto antes do sono como se ela caísse então no seu verdadeiro estado. E esse momento era tão profundamente quieto que dissolvia o dia inteiro, projetava-a para dentro da noite sem medo, sem alegria, olhando, olhando.

Era finalmente o natural viver sozinha. Mal haviam alugado um apartamento Daniel possuíra uma vida onde ela já não cabia. Na primeira carta para a Granja ele escrevera que estavam matriculados num curso de línguas e que ele próprio arranja um piano vizinho em que praticar. Na verdade não sabiam sequer como se mover, achar cursos ou vizinhos. Pretendiam antes de tudo tranquilizar o pai e depois, como o pai estava tranquilo, eles próprios acalmaram-se, esqueceram qualquer curso e apenas viviam na cidade. E assim o dinheiro aumentava de poder – Daniel gastava-o quase todo, aos poucos arranjara amigos e encontrava-se com eles fora de casa. Virgínia passeava, passeava. Um dia ela também fora com ele – a casa era de alguém, há tanto tempo, Daniel tocava piano, uma senhora tocava, os braços finos quase presos aos quadris, a cabeça inclinada sem força, fumava-se, havia moças louras, irmãs calmas que também discutiam política, Adriano em pé entre a janela e alguma coisa. Lá conhecera Vicente.

– De qualquer jeito sorria um pouco, dissera Vicente brincando, é a melhor atitude em face da vida. Desde sempre ele gostava de falar na face da vida. Ela o olhava inexplicável.

– Não posso rir, dissera tentando ser inteligente e séria, e falara sobre alguma coisa de "fundo" ou "profundo". Os olhos de Vicente brilhavam de leve, divertidos:

– Ah, então o fundo é trágico... – Ele possuía o dom de abalar a palavra dos outros apenas repetindo-as, os lábios vagarosos, delicados, ela o saberia depois. "O fundo." Olhara-o, achara difícil e inútil responder, sorria namorando com cansaço e excitação. Nunca mais o vira, como para sempre. O fundo não era trágico nem cômico, era uma árvore, um peixe, ela própria – essa era a impossível e serena sensação. Sua vida continuara como se ela não conhecesse ninguém. Depois passara-se muito tempo até que a porta se abrira, ela interrompera um pensamento qualquer para sempre, para sempre, esperara com a costura nas mãos, Daniel dissera:

– Virgínia, esta é minha noiva.

Durante minutos longos e ocos o quarto parecia vazio, a casa silenciosa e cheia de vento. Mas Daniel, Daniel, como pudeste... Sobretudo ela apenas conhecia Vicente e o amor parecia-lhe infamiliar, significava então um brusco rompimento com o passado. Ela era um corpo alto, benfeito e comprimido, encimado por um rosto oval, duro e límpido, um riso feminino de marfim. Da visão de suas roupas veio--lhe à lembrança um cheiro de revista recém-impressa, algumas folhas ainda fechadas. Mas Daniel... Um ar de higiene íntima, de pureza conseguida à custa de antissépticos e no meio da conversa difícil aquela frase clara e nova, nova como um objeto novo, que deixara um silêncio de olhos baixos no ar: eu sempre fui ocupada, nunca tive tempo para sentir tédio. Daniel e Virgínia não se olhavam. Talvez quando ela envelhecesse, quem sabe, pensara Virgínia servindo chá forte demais em xícaras quebradas, talvez quando envelhecesse, com algumas rugas e a cor mais concentrada... Sim, sim, quem sabe? por enquanto ela era tão horrivelmente limpa de se amar. Não como Vicente que ela só agora conhecia. Não, ele não era limpo de se amar, com ele o amor era como o interior dos olhos cerrados, arrastado rapidamente em incompreensão, em satisfação obscura cheia de mal-estar, ela agora o sabia. E ele era belo, além disso. Ele usava óculos. Havia momentos em que suas linhas se tornavam tão cheias como prestes a dizerem alguma coisa – seu corpo era grande e forte mas como feito de um só músculo recém-nascido e flexível de frescura, ele poderia envolvê-la como um polvo e no entanto sua carne era firme e Virgínia poderia chocar-se contra ela. Só que seus olhos eram excessivamente largos, às vezes tolos atrás dos óculos abrindo uma pausa no seu rosto, sem se fundirem inteiramente com ele. E os lábios uniam-se por vezes distraídos e moles um ao outro numa horrível expressão de saciedade e abandono, próximo de uma decomposição – ela desviava o rosto, o coração depressa, querendo refugiar-se na visão de uma coisa inanimada, ah entrar depressa numa região perfeita onde o frio se confundisse com a luz. Certos gestos dele, algumas palavras eram brutalmente vivas e quase cegas, precipitavam-no num centro lento de sangue e avidez, enchiam-na de náusea e pavor – onde estava aquela bondade inteligente de seu rosto? Ela o assistia fascinada, o coração quente depois de uns instantes; porém mal conseguia libertar o olhar, ganhava uma frieza, quase dolorosa, o corpo se retesava nas fibras como se quisesse fugir ao máximo daquela morna vida inferior carregada de um perfume sincero quase vil. – Um dia a mãe almoçava, recebera alguma notícia triste e chorava enquanto nos dentes viam-se traços do que ela comera! – oh tudo o que acontece é inocência, ao mesmo tempo era o que ela sentia e perdoava. A saciedade engurgitava-a então. Se pegava num livro nele encontrava o mesmo movimento viscoso, almas insinuando-se em perdão, amor buscando amor, os sacrifícios rindo, covardia e extremo prazer morno. Por Deus, aquilo era o homem. Mesmo se folheava numa livraria um ensaio sobre máquinas de tração, na qualidade do raciocínio encontrava perfume feminino e masculino, palavras se alinhando coradas e animadas, o caminho em busca de uma ideia curvando-se, elevando-se, vivendo... o amor, o amor, a piedade, o remorso, a simpatia impregnando mesmo a frescura, grudando-a no mesmo calor. Entendia agora a expressão de Daniel, aquele rosto vagamente aterrorizado que ele trazia na época das noites fora de casa. Também nele os tecidos cruzavam em estrutura vegetal e ele fora lançado no centro da mulher, lá onde latejava o sangue do mundo. Esse era o segredo da vida, pois. Amava então Vicente assim como os dias correm. Na verdade perdia-se de qualquer desejo e seu único refúgio eram os pensamentos puros de humanidade, as serenas coisas secas, compactas – as construções perto das quais ela estacava nas ruas como uma mulher grávida presa de um esquisito desejo e de uma nova sensibilidade. Mal se alimentava então, parecia repugnarem-lhe os alimentos onde pulsava ainda a lembrança de uma vida anterior. Sem saber, repetia a si própria como numa oração perfeita: cal ferro areia silêncio e purificava-se nessa ausência de homem e de Deus. As palavras encorajadoras, a honestidade, a necessidade de se aproximar das pessoas inteligentes e nobres, a necessidade de ser feliz, quase a necessidade de falar antes de morrer, tudo isso parecia erguê-la pelo espaço como se suportasse um jato de ar macio por baixo do corpo e fosse ela própria uma bolha assustada, agradecida, cansada, "arranjando sua vida da melhor maneira possível". No momento em que o jato cessasse – e cessaria jamais? não sabia ela que se perguntava movendo-se no asco e no escuro – ela cairia violentamente em-quê, subitamente andando depressa depois da queda, dirigindo-se sem perda de tempo para compensar a vida perdida, dirigindo-se para onde, os olhos abertos, viva, sem crueldade para consigo mesma e sem piedade nem prazer porque não precisaria mais de castigar, sem nenhuma palavra, era isso, sem nenhuma, por Deus, lavada como depois de uma grande raiva. Livrar-se da maternidade, do amor, da vida íntima e diante da espera dos outros recusar-se, pousar dura e fechada como uma pedra, uma pedra violenta, que importa o resto – como ela sabia ser Daniel, sem saber sequer com precisão o que pensava, sentindo-se obscuramente rancorosa. Só da primeira vez gostara realmente do mar; depois era inquieta que se encostava à murada para espiá-lo, obrigando-se a emocionar-se. Sentia-se mentirosa, sem pensamentos mas como se tocasse algo sujo, a alma franzida evitava, evitava. Rara vez, rompendo seu temor, ela gostava de novo tão forte que isso a tornava como para sempre compreensível a si mesma. No meio desses novos sentimentos encontrava-se de algum modo perto de Daniel. Mas contra quê? sua falsa força decrescia com desapontamento e aos poucos uma tristeza apreensiva tomava-a, ela desejava já agora reintegrar-se no movimento comum a todos, alegrando-se com eles, acusando-ofendida bem depressa com humildade, sem nenhum poder para que ninguém a recusasse agora, depressa, depois que ela num gesto impensado procurara, doida, livrar-se.

Daniel levara Rute para Brejo Alto e lá casaram. Virgínia não fora assistir ao casamento; simples, sem cerimônia, avisara-lhe Daniel sem olhar de frente para seu rosto, ela compreendera que não precisaria ir e ficara na cidade não como quem diz: eu fico; restara atrás sem se lembrar de ir ou ficar. O pai sabia que ela estudava; e quem sabe? encontraria um casamento. Mas ela não conhecia ninguém senão as velhas primas, Vicente mal existia, ela permanecera sozinha na cidade, no quarto suspenso num terceiro andar. Fora então que atravessara um período, sim, podia-se com certeza chamar de muito triste. Subitamente como uma veia que começa a latejar passara a viver a realidade do apartamento abandonado por Daniel e como vazio dela própria porque seus movimentos estreitos e sua vida esgarçada eram poucos para encher os aposentos de ruído e confusão. Até que tivesse a lembrança de aceitar a moradia com as duas primas. Nessa manhã preparou-se, lavou-se, arrumou as malas com a escura permissão de afinal entrar no colégio interno com o qual a ameaçavam em pequena. Alugou um táxi e assoando o nariz lançou mais um olhar para o edifício quadrado, claro e velho onde ela e Daniel tinham sido pela última vez irmãos. O carro sacolejava, as malas ameaçavam despencar sobre ela e feri-la – ela pensava de como cuidara do apartamento para Daniel, de como o esperava para o pequeno jantar, de como essa lembrança tinha agora estranheza e pouca familiaridade e como ela agora se precipitava em alguma coisa tão nova como um novo corpo e onde ela não se pressentia existindo por muito tempo. Com secreto horror, pensativa, via-se cada vez mais parecida de um certo modo com Esmeralda – imitando o destino da mãe; o velho carro entrava enfim na rua poeirenta. A manhã subia. Em breve ela veria aquela pobre casa que só visitara rapidamente com medo de se contagiar, duas vezes apenas durante tanto tempo na cidade. Era dessas casas onde alguém procurava sentar nos bordos da cadeira, onde se surpreendia a evitar o toque das jarras de flores e a beber com cautela um copo d'água até o meio. Havia nas salas sombrias e nada extraordinárias algo que sobressaltava e que alertava porque continha uma intimidade envolvente e infamiliar – como uma banheira suja de estranhos onde fosse preciso despir-se e pôr-se em contato brusco. As primas Arlete e Henriqueta cada vez mais lhe pareciam um erro e uma mentira – agora que se aproximava tanto de sua realidade. Pobreza e velhice. Tocou a campainha como se viesse de uma longa viagem. Bem, agora cessou o cômico – era esta sua sensação e surpreendia-se porque há tanto tempo deixara de sentir as coisas como tal. Seu pai deveria ficar contente em saber que pelo menos parte da família tinha uma casa bastante grande para hospedar sua filha, fazê-la conhecer de perto os parentes – "e não ter motivos para envergonhar-se deles"; como sabia ele tanto da verdade? mesmo sem motivo o próprio começo de avizinhar-se de parentes era confusamente a vergonha e o receio. A prima Henriqueta abriu a porta e pareceu hesitar diante da claridade.

– Sim? perguntou com o rosto inclinado em espera e vaga angústia, sim?

– Eu..., tentou Virgínia.

– Sim? – mas de repente os olhos da velha iluminaram-se e num pequeno grito abafado ela recuou: entre, entre, suas malas! ah, o homem do carro deve ser pago, entre Virgínia, entre, suas malas, não é? Arlete... disse voltando-se para o interior escuro e silencioso, Arlete, nossa prima já chegou...

Sua voz mudara imperceptivelmente e através dela a Virgínia penetrou nas relações das solteironas. Ninguém respondeu de dentro e as duas mulheres permaneciam um instante à porta esperando. Henriqueta subitamente aprovou com a cabeça como se tivesse ouvido alguma resposta.

– Entre, minha filha, disse com mais decisão. – E como Virgínia se adiantasse ela pareceu lembrar-se num susto, estacou, estendeu um braço detendo-a com pressa e força inesperada, murmurou piscando os olhos com dificuldade e procurando repetir: você deve pagar o carro, você deve pagar o carro... o transporte das malas também... a despesa foi sua...

– Sim..., balbuciou Virgínia.

Henriqueta era alta, corada e lenta. O rosto de pele lisa muito sedosa manchava-se de sardas grandes e brilhantes; o pescoço unia-se ao corpo em curvas como numa boneca de louça; era calva, usava um chinó ralo preso por uma fita, vestia uma saia feita de fazenda castanha enegrecida, longa até os pés inchados e sardentos. Movia-se devagar hesitando como se seus pensamentos fossem sempre interrompidos por novas ideias e ela restasse muda e confusa – mas seu rosto era de surpresa e bondade. Entraram na longa sala de assoalho em tábuas. Na quase escuridão, junto a uma grande mesa oval, achava-se Arlete sentada. Esta ergueu a cabeça da costura, examinou Virgínia com uma atenção que se esforçava por ficar presente.

– Bom dia, Virgínia, disse afinal.

Arlete era pequena, seu rosto afinava-se em agulha atenta e distraída. A espinha dorsal quebrara-se, o peito se salientava em ponta sob os olhos cansados e doentios. Parecia fraca e mordaz, cosia para crianças. Virgínia arrastou suas malas pelas antigas escadas até o sótão mofado. Estacou um instante. Seu aspecto lembrava poeira que sacudida alguma vez voltasse lentamente ao lugar. Por uma única janela envidraçada que não se podia abrir entravam claridades cinzentas e surdas, sem sombras. Deitou-se um pouco sobre a cama dura, aspirando aquele cheiro indefinível de velhice em que ela se envolvera desde que penetrara no pequeno jardim seco antes de tocar a campainha. Os olhos ardentes e cansados, sentia uma dor imutável e calma no peito como se tivesse engolido o próprio coração e o suportasse com dificuldade – apertava os dedos sobre os olhos que teimavam em abrir-se fixos e abstraídos, conseguiu contê-los, perscrutava a pequena escuridão conquistada e como se se ligasse por uns instantes a si própria tão desaparecida, ao silêncio recolhido e atento, suspirou enfim e lentamente, e olhando em torno ferida e pensativa, começou a viver com as primas.

A casa era tão velha que o seu antigo morador transferira-se com receio de que ela desabasse. Embaixo do sótão de Virgínia, que terminava a construção em triângulo, localizava-se a sala onde as primas haviam instalado o *atelier* de costura. Este aposento sombrio e poeirento parecia ainda mais decadente do que o resto da casa. A luz vinha escassa de uma janela engradada quase junto ao teto. Como no sótão as tábuas do assoalho não se unissem perfeitamente, Virgínia abaixava-se, colava um olho ao chão e via num estranho e fundo quadro as duas solteironas cosendo, a longa mesa nua, a cafeteira sob um abafador acolchoado, o sujo, os retalhos esparsos – a máquina de costura movimentada pelo pé vagaroso de Henriqueta zunia no ar, parecia sacudir poeira e leve luz em torno. Virgínia erguia-se num impulso apertando os lábios coléricos com o dorso da mão e o quarto ressoava sob a força de seus passos. Henriqueta gritava de baixo numa voz que parecia sempre emocionada por um constante tremor:

– A casa cai, Virgínia...

Uma manhã – o dia iniciara chuvoso e as gotas d'água escorriam atrás da vidraça – ela desceu tarde para o café, pálida e inexpressiva, com aquele ar resignado e altivo que os dias com as primas lhe haviam emprestado. Arlete olhou-a um instante. E subitamente sem propósito como se a custo tivesse se contido até então, disse-lhe baixo, bruta:

– E por que não cose conosco?

Henriqueta interrompeu-se assustada, a cafeteira na mão:

– Arlete, Arlete...

Virgínia olhava-as muda... Então... então... elas..., dizia-se tonta de ira, então elas queriam arrastá-la, subjugá-la... queriam...

– Não sei coser! jogou-lhes em violência abafada.

Arlete e Henriqueta entreolharam-se numa surpresa exagerada e logo com um ar de quem não podia disfarçar o cômico.

– Mas ensina-se! gritou Arlete alçando o peito aleijado.

Virgínia empalideceu, entrefechou os olhos escurecidos. Deus meu, de onde lhe vinha aquela força, ela sempre fora sossegada... Nesse instante odiava com tanto prazer as duas velhas que mergulhada numa escura sensação extraordinária de profundeza e pecado respondeu-lhe qualquer coisa, sim, sim...

E então foi obrigada a sentar-se e a bordar junto delas. Suas mãos inábeis atacavam os pontos grosseiramente, os olhos em direção à janela. Henriqueta delicada desmanchava seus nós e dava-lhe o pano de novo. Arlete observava-a com os olhos apertados, o rosto doente avivado de alegria. Mesmo que a fome empalidecesse Virgínia, o almoço e o jantar não teriam suas horas transferidas. Quando o relógio batia uma da tarde, Henriqueta erguia-se, depunha a costura sobre a cadeira e lentamente encaminhava-se ao guarda-comida alto que se perdia em trevas. Abria suas portinholas e retirava umas comidas pequenas, frias e sem cheiro. O café era trazido da cozinha e abafado com um estranho capuz que parecia olhar e sorrir, grosso de poeira. A própria sala de costura cheirava a poeira molhada, a mofo, a fazenda nova e a café com batata-doce fria. Virgínia erguia-se do almoço faminta e enojada, sentia o corpo incontrolável e moço exigir cheio de cólera. No entanto ela envelhecia, perdia as cores e era uma mulher.

Domingo de tarde não trabalhavam, a casa ficava silenciosa – Henriqueta sentava-se nos fundos do quintal, de mãos cruzadas, descansando. Virgínia fora ao jardinzinho. As plantas murchas lembravam-lhe o viço da Granja e ela respirava profundamente, o rosto voltado para uma direção que lhe parecia ser o caminho de volta. Mas a cidade... onde estava a cidade? Sentia em si uma espécie de vida que lhe dava asco de si própria, suspiros constantes de impaciência e tudo isso misturado a uma fome real que era mais violência do que fome – ela pensava em comidas com uma força que desejaria desencadear sobre Arlete. Arlete... Parecia-lhe a instantes que Arlete era então seu motivo de aguardar. Havia uma união rancorosa entre as duas como se Virgínia também fosse uma renovação para a solteirona. Ambas falavam-se por pequenas palavras rápidas e oblíquas e rejubilavam-se, as cabeças baixas escondendo os olhos. Em pé no jardim Virgínia rememorava suas relações com Arlete e de seu prazer nascia a certeza de uma decadência cada vez maior de uma depravação que afinal, sob a quentura do sol na cabeça descoberta e nas plantas cinzentas, resolvia-se num movimento de desânimo em que a fome recrudescia com novo ímpeto. Abaixando-se para apanhar um graveto seco sentiu num sobressalto que alguém se mantinha com indecisão à porta de casa. Voltou-se rápida – Arlete. Riu com triunfo. A solteirona fitava-a. Arlete!

– Venha para o sol, disse-lhe com certa brutalidade.

Arlete apoiava-se à parede, o corpo magro sob o vestido preto de domingo, lavado, desbotado; o talco manchava o rosto cinzento e abatido – o ralo cabelo prendia-se em tranças úmidas. E como ela não respondesse, os olhos brilhantes olhando para Virgínia com frieza, esta não se conteve e num movimento voluptuoso e ousado murmurou-lhe:

– Tem medo de não suportar...

A outra não respondia. E como a situação se tornasse muito estranha e subisse à tona uma realidade nova e sincera Virgínia acrescentou um pouco assustada:

– Está um calor aqui fora...

– Sim, respondeu finalmente Arlete. Queimaram-se as plantas.

– Olhe, sussurrou Virgínia lenta e pálida, vou embora daqui, estou com fome, sabe o que é fome. Tenho dado minha mesada sem faltar e não vejo comida nem sei há quanto tempo. Isso não é direito – só pela miséria do sótão meu dinheirinho quase todo... E ainda essa porcaria de ter que bordar.

Arlete não se surpreendeu.

– Você veio porque quis, disse simplesmente.

– E vou embora porque quero, gritou Virgínia subindo os degraus de cimento rachado, atravessando a porta e sentindo no seu braço por um instante o corpo duro de Arlete. Quando alcançava trêmula o meio da sala, perto das escadas que a conduziriam ao quarto, ouviu Arlete gemer, voltou-se e viu-a segurando com as duas mãos a ridícula saliência do peito como se estivesse ferida.

– O que foi, indagou Virgínia subitamente aterrorizada.

A outra olhou-a com atenção e intensidade.

– Você me bateu... Você sabe que eu sou fraca e me bateu.

Estupefata Virgínia olhava-a. Ninguém que as visse suspeitaria da feroz compreensão entre as duas. O instante soprou-lhe ao corpo um impulso seguro e tonto de empurrá-la realmente e ela cerrou os olhos contendo-se. Mais um segundo e o faria. Os lábios brancos e ardentes, reprimiu-se porém porque descobriu que Daniel não a compreenderia e ela não saberia explicar.

– Você me bateu, repetia a outra numa áspera vitória.

– Mas você... você... é uma cadela! gritou-lhe, uma cadela mentirosa! – e esse desabafo como desfaleceu-a de medo e vergonha, um suor frio molhou-lhe a testa, ela sentiu o brutal desses termos que eram da Granja, do campo aberto mas não da cidade, fitou a velha, sim, a velha a quem ela atirara a injúria e que esperava com a boca aberta de surpresa, os dentes amarelos à mostra... Mordendo os lábios subiu correndo as escadas e a casa tremia com ela. Passou a noite acordada arrumando malas, disfarçando um sentimento de horror e medo que apontava no seio e que ameaçava lançá-la para fora da compreensão. Mal clareou o dia desceu pela escada adormecida, atravessou a vaga luz irreal da sala despertando, abriu a porta, recebeu o vento fresco da manhã; procurou um táxi andando depressa, os olhos cansados – parecia-lhe ter mentido e afinal acordar, livrar-se de seus sentimentos. Quando voltou não encontrou ninguém na sala; no entanto sentia que alguém havia mexido nas suas coisas em cima e que sabiam de sua partida. Com alívio não precisaria se despedir. Desceu as escadas arrastando a bagagem, chegou à porta da rua sem encontrar as velhas, entrou no táxi; quando a portinhola bateu e o carro começou a se movimentar ela apoiou a testa nas mãos e sacudida por um choro de alegria repetia-se estranhamente, ela que nunca recorrera à sua família: minha mãe, minha mãe, a que estado chegou tua filha! isso acalmava-a. Entrou numa leiteria com as malas, pediu café, leite, biscoitos, bolos, comia sôfrega e sensível como depois de um castigo, comia e sofria parando a instantes para conter uma espécie de dor que lhe subia do corpo até a garganta e que ela disfarçava com um sorriso, os olhos ardendo sombrios.

Mudara-se para a pensão; passava pela lembrança escura, suja e vaga da pensão encostada à parede, fugindo, correndo com o coração pálido de alívio a refugiar-se na memória do apartamento onde afinal terminara. Era um edifício novo, uma estreita caixa de cimento úmido, magra e alta, com janelas quadradas. Sim, fora um período muito triste e sem palavras, sem amigos, sem ninguém com quem trocar compreensões rápidas e amáveis. A impressão de que estava só no mundo era tão séria que ela temia ultrapassar seus próprios conhecimentos, precipitar-se em quê. Seria fácil, sem ninguém ao lado e sem um modelo de vida e de pensamento pelo qual se guiar. Descobriu que não possuía bom-senso, que não estava armada de nenhum passado e de nenhum acontecimento que lhe servisse de começo, ela que nunca fora prática e sempre vivera improvisando sem um fim. Nada do que lhe sucedera até então e mesmo nenhum pensamento anterior comprometiam-na para um futuro, sua liberdade crescia a cada instante pensativa, ar frio invadindo e varrendo um quarto vazio. Sua vida era feita de um dia pôr o vestido pelo avesso e dizer com surpresa curiosa como a uma notícia: ora essa, há tanto tempo que isso não me acontece, ora essa. Queria ocupar-se de pequenas coisas que enchessem seus dias, procurava mas perdera o encanto ágil da infância, rompera com o próprio segredo. Cada vez no entanto ficava mais minuciosa. Antes de apagar um cigarro pensava se devia. Depois sentia mesmo necessidade de contar isso a alguém de algum modo e não sabia como. Parecia-lhe então que tragava o pequeno fato mas que nunca ele se dissolvia inteiramente no seu interior. Ela trabalhava o seu dia suportando-o profundamente. Numa tarde, como o dinheiro começasse a faltar, tirou um pedaço de queijo de um armazém sem pagar, sem roubar – o caixeiro nada notou, ela colocou a presa como descuidadamente dentro da bolsa vermelha, saiu devagar, sozinha no mundo, o coração batendo oco e limpo dentro do peito, uma contração dolorosa na cabeça, quase um pensamento. Chegou em casa, sentou-se e permaneceu imóvel durante algum tempo. Não tinha fome. E o pouco dinheiro daria para comprar alguns gêneros até vir a remessa do pai. Por que roubara então? Desembrulhava o pedaço de queijo, começava por mordê-lo devagar. O queijo era branco, esburacado e velho, daqueles que só serviriam para ralar e espalhar sobre macarrão, ah, daqueles que se usavam sobre o macarrão... Começou a chorar, os lábios frios, sem inocência. Foi à cômoda, olhou-se ao espelho, viu o rosto vermelho, ansiado e triste. Recomeçou a chorar então sem pensar no queijo, sentindo-se profundamente silenciosa, sem conseguir retirar de si um pensamento sequer. Sentada olhava para a chaleira. Sua pequena chaleira no parapeito da janela, brilhando de encontro às venezianas empoeiradas e opacas; em toda a saleta o ar abafado contendo o fulgor como acontece quando lá fora faz sol e alguém se fecha na sombra. Uma cadeira escura se refletia no bojo da chaleira, convexa, espichada, imóvel. Virgínia continuava olhando-a. A chaleira. A chaleira. Lá estava ela brilhando cega. Querendo expulsar-se da muda estupefação em que deslizara, uma daquelas profundas meditações em que às vezes tombava, empurrou-se brutalmente: diga, diga então. Parecia-lhe que devia parar agora diante da chaleira e resolvê-la. Forçava-se a olhá-la fundamente porém ou deixava de enxergá-la como numa tontura ou nada conseguia ver senão uma chaleira, uma chaleira cega brilhando. Através das numerosas paredes cerradas um relógio preso num apartamento soou dentro da saleta agitando no ar uma certa poeira – sim, sim, pensava num súbito redemoinho de alegria, alívio e esperança angustiada enquanto balançava um instante a perna cruzada e permanecia quieta. Gostaria de se dar com as pessoas do edifício mas sozinha era incapaz de aproximar-se de desconhecidos; e enquanto isso seu aspecto cada dia mais se assemelhava ao de uma solteirona; um ar de boa conduta, de recusa serena e digna. Mas às vezes perdia-se e falava muito, os olhos abertos, a boca cheia de saliva, surpreendida, embriagada, aflita e com uma certa vaidade de si mesma que já vinha quente de humilhação. Escrevia longas cartas a

Daniel, às vezes de um só jato vívido e sombrio. Relia-as com agrado antes de enviá-las e parecia-lhe que eram verdadeiramente inspiradas pois embora contassem a realidade ela não a enxergava nos momentos em que a suportara. Duvidava se eram sinceras pois o que sentia nunca fora tão harmonioso como o que relatava, mas sincopado e quase falso. Não, não era infelicidade o que ela sentia, infelicidade era alguma coisa úmida de que alguém podia se alimentar dias e dias encontrando o prazer, infelicidade eram as cartas. Passou a ter gosto vil e voluptuoso em escrevê-las e como as enviava logo depois de escritas e tentava rememorá-las em vão, imaginou copiá-las, o que lhe enchia os dias. Relia-as e chorava mesmo como se chorasse alguém que não ela própria. Como era insuportável essa nova sensação que a arrebatava ansiada, mesquinha, deleitada. Entre as cartas o que sentia era sufocante e poeirento, irrespirável, numa rajada de areia e ruídos estridentes. Mas seria sincera escrevendo para Daniel? Não mentir, não mentir – inventava – aceitar a coisa como era, seca, pura, audaciosa – tentava ela a sensação; durante algum tempo perdia a necessidade de ser amável embora na realidade não tivesse para quem o ser. E quando chegava a essa pureza árida não sabia que procurava com seriedade as verdadeiras coisas sem nada encontrar. O que a desesperava longinquamente era na maioria dos casos a inutilidade de sua lucidez; o que fazer do fato de ouvindo no jardim um homem referir-se à sua viagem e, olhando para a sua aliança no dedo, enxergar com uma clarividência calma – e que podia ser errada – que ele deveria ter frequentado um lugar de mulheres e que continuava tratando de negócios e de sua mulher? que fazer com isso? Ela não via o que precisava mas o que via. Não queria forçar-se a passear, a ir a cinemas mas sem obrigar-se seu dia era vertiginosamente aspirado para aquele passado desconhecido e, plácida, ela se mantinha num silêncio infeliz de atos. – E não fora obrigando-se que saíra uma vez e encontrara de novo Vicente? reatando o vago conhecimento talvez para sempre. Nesse tempo já era fácil amar. Amar estava mesmo velho, a ideia se esgotara no começo de sua vida na cidade; ela já se sentia experiente e acalmada pela longa meditação da espera. Lembrava-se da primeira noite. O corpo de Vicente apoiado sobre seu ombro pesava como terra; para ele nunca fora trágico viver. Um pouco antes ela tentara brincar, pedira-lhe os óculos emprestados; no meio de tudo, pensara então não o olhando rapidamente, no meio de tudo ele tem medo de que eu quebre seus óculos. E isso lhe dera uma certa resignação quanto ao resto. – Com quem poderia ela então se dar? Com quem senão com o porteiro. Parava para conversar um pouco à entrada principal do edifício, na rua larga e de poucas árvores por onde subiam as escadas gerais. Depois dobrava a esquina, dava alguns passos na ruazinha estreita e farfalhante, abria sua própria porta, com suas próprias escadas quase verticais que terminavam no quarto, na saleta, no banheiro e na cozinha minúscula. Ficava à janela observando a rua malfeita e longa, uma árvore dura e copada estremecendo; podia divisar as construções surgindo na esquina. O porteiro era um homem moreno e magro, casado e com dois filhos. Ele lhe contava como arranjara o emprego. O proprietário pensava que mesmo num edifício pobre precisava-se manter a moralidade. Realmente as famílias perguntavam: aqui moram pessoas direitas? E fora por isso, repetia em desculpa tímida, que ele avisara logo de início a Virgínia – como fazia com todos os moradores, com todos os moradores – que era proibido levar para os apartamentos visitantes de outro sexo, a menos que fossem irmãos e pais, era claro. Ele usava a cintura baixa e frouxa, tinha olhos pequenos, juntos. Ele lhe contava como vivia, como tinha ido ao cinema, como possuía uma pequena garagem em casa, da qual fazia "Escritório". Só aos domingos ia para casa substituído por um velho apressado e asmático que não era desagradável mas de algum modo não queria a simpatia de ninguém. Miguel e Virgínia gostavam um do outro: como as noites eram longas para ambos ele às vezes subia para tomar uma xícara de café. Ela arrumava a saleta com alegria como se brincasse seriamente, um dia mesmo comprou algumas flores. Ele sentava e enquanto ela fazia o café na cozinha os dois conversavam mais alto sem se verem, ouvindo com gosto e atenção a própria voz. Ela entrava com a bandeja, ambos achegavam cadeiras até a mesa e tomavam o café forte e fresco com um prazer preocupado, trocando olhares de aprovação. Quando veio o inverno e caíam chuvas, a noite no apartamento era boa e cálida com um homem jovem sentado a beber café. Ela indagava subitamente assustada:

– O senhor não está fugindo ao dever?

– Não, garantia ele. O que eu devo é ficar no edifício. E mesmo quem vai precisar de informações a esta hora...

– Mas a porta...

– Não, a porta já está fechada. Só entram os moradores e esses estão com chave para entrar e sair.

Ela suspirava. Contava-lhe um pouco de Daniel, da Granja, das pessoas, como Vicente, que ela apenas conhecia.

– Será que seu irmão se dá bem com a mulher... duvidava ele sério sem querer ofender. Esses casamentos apressados. Casamento não é brincadeira – muita gente pensa mas não é.

Ele costumava frequentar ofícios protestantes; como era vaidoso e humilde procurava o pastor depois das palestras, fazia-lhe perguntas inúteis, ligava-se a ele com uma gravidade orgulhosa. O pastor aconselhou-o a ler todas as noites um pequeno trecho da Bíblia e a meditar. Cheio de uma alegria sem sorriso comprou uma Bíblia pequena e usada, carregou-a para a portaria. Na sua casa nada lia, não conseguia interessar-se pelas mesmas coisas e estava sinceramente preparado para rir com todos das questões de prédicas. A vida isolada no tamborete da portaria, a imobilidade dos braços aos poucos fizeram dele um homem irritado e ardente. Nunca tivera tanto desejo de acusar, nunca dera esmola tão cheio de atenção e cautela. Mas com uma surpresa lenta descobrira sua impossibilidade de se concentrar e ler a Bíblia tão facilmente adquirida. Cada noite, sobreavisado, sentava-se no banco sem encosto, embaixo da lâmpada do balcão. Passava o dedo na língua, voltava as páginas do livro, começava. Aos poucos sua leitura limitava-se a olhar letras e a Bíblia fazia-o pensar em nada. Dizia a si mesmo: como poderia me instruir depois de um dia de trabalho, a cabeça ainda cheia das reclamações. Tomando café tantas vezes no apartamento de Virgínia, imaginara ler com ela a Bíblia. Perguntou-lhe tímido e quase aterrado pela audácia – não exatamente por Virgínia, que seu apartamento era o menor do edifício mas por si mesmo pois nunca falara da nova Bíblia com ninguém:

– A senhora compreende, a Bíblia é o maior dever do homem. Estou dizendo isso mas querendo dizer nessa palavra que a mulher também é homem, compreende? – durante uma pausa perscrutou-a com receio de que ela não alcançasse seu pensamento difícil. – A gente podia ler um pouquinho de noite, não custava nada, enfim, só para se instruir e se educar... Que acha? concluiu completamente embaraçado.

Mas ela não podia responder logo. A ideia desses sermões calmos e cheios de santidade emocionou-a a um ponto em que seu rosto fechou-se sombrio e severo. Ela ia como que ter oportunidade de levar uma nova vida – com exagero indagava-se numa seriedade que enchia o coração de bem-estar: quem sabe o que está por vir. Disse com ar comum, um pouco seco:

– Pois sim, pode-se ler.

– Pois não é? retrucou ele levantando-se agitado e contendo sua inquietação alegre diante da atitude fria de Virgínia. Ela porém fitou-o por um instante discreto e agudo e ele entendeu que ela desejava que ambos se compreendessem dentro da falsidade. Aliás nunca ela vivera tão simplesmente com uma pessoa como com Miguel – a ele entendera melhor do que a qualquer outro ser humano até então. Com Daniel era difícil, encantado, tão íngreme, renovadamente decepcionante. Com Miguel era liso e simples, ele sempre tinha tanta razão; um dia mesmo ele dissera:

– Eu acho que no fundo todos os homens e mulheres vivem dizendo: não quero pensar nisso. E pensando que não pensaram, hem? que acha? – terminara rindo muito com sagacidade, apertando os olhos. Ela também ria bastante balançando a cabeça várias vezes em assentimento, engolindo o café cheia de pasmo pela sua perspicácia. E não era verdade? ninguém podia suportar muito o que sentia. E agora a Bíblia...

– Pois sim, pode-se ler, dissera friamente. Ele olhou-a e compreenderam-se com cuidado, evitando qualquer clareza.

– Mas beba o seu café antes que esfrie! gritou ela alto com intensidade. Ele fitou-a hesitando um momento com esperança e de repente alegrou-se, esfregou as mãos rápido:

– É verdade, é verdade!

Na noite seguinte bateu à porta, ela atendeu, viu-o com a pequena Bíblia na mão; de raiva e pudor ela recolheu-se, o corpo rígido, o rosto indiferente. Ele não a olhava. Entrou até o meio da sala, parou indeciso; ela permanecia em pé junto da porta como esperando que ele fosse embora. Fazendo um esforço sobre si mesma disse depois de alguns instantes:

– Quer o café antes ou depois?

Ele respondeu apressado:

– A senhora é quem manda...

Ela fez café, tomaram falando de algumas coisas sem importância entre longos momentos de silêncio cheio de suspeita e prudência. Afinal terminaram, ele disse com simplicidade:

– Eu leio ou a senhora?

– O senhor.

– Que pedaço?

– Qualquer um serve.

– Não tem preferência?

– Eu conheço pouco.

– Está bem.

Ele abriu no Sermão da Montanha, começou a ler em voz tosca e angulosa com hesitações preenchidas por vagos murmúrios profundos e como sonolentos pela dificuldade. Ao redor fazia silêncio; Virgínia apoiou a cabeça nas mãos sem esforço, com delicadeza. No terceiro serão uma sinceridade cheia de esperança estabelecera-se entre eles e ela ouvia a leitura de lábios entreabertos como uma história. Num trecho Jesus na multidão sentia-se tocado pela doente e diziam-lhe: mas como perguntais quem vos tocou quando estais no meio de uma multidão que vos comprime? e ela respondeu: é que senti sair de mim uma força... Este trecho passou a ser uma vida nova para ela, ela suspirava profundamente como a uma impossibilidade; absorta, a cabeça inclinada, ela pensava. Ah, o desejo de ironia e bondade, como de viajar, que sentia; como sou franca! espantava-se então e banhava-se em desfalecida beatitude. Mas isso não era meditar como Miguel exigia – na verdade ela não refletia e não tirava conclusões – pensava na história em si mesma, repetindo-a entre olhares, sombras, permissões e quedas. Vagamente imaginava assim: mas *eu* também... Agora dava sentido a uma lembrança da infância que sem os serões ignoraria talvez para sempre: quando era pequena sabia fechar os olhos e deixar coar-se a luz lentamente de dentro para fora – mas se lembrava de abri-los subitamente, tudo perdia a claridade, ela estava cansada, sim, sem força. Miguel concordava com certa relutância que também sentia alguma semelhança de Jesus consigo mesmo. Numa noite, um pouco desapontado e aborrecido, contou a Virgínia que falara com o pastor narrando-lhe sobre os serões da Bíblia. Com surpresa e desgosto ouvira-o dizer: "meu filho, falta religião a esta sua leitura... pelos comentários que vocês fazem e pelo modo como ouvem... é quase um sacrilégio ler a Bíblia assim... Lê-se com mais seriedade e meditação – insisto nessa palavra meditação. Vá, meu filho; a dificuldade vem do céu; volte e leia como quem estuda. Meditação – insisto nessa palavra – meditação."

Os dois permaneceram pensativos. Aos poucos, sem nada combinar a respeito, interromperam para sempre as sessões. Até que uma vez ela o convidou para jantar. Nesse dia acordou cedo, decidida, calma e alegre. Na semana anterior recebera a mesada – foi à rua, comprou carne, flores, ovos, vinho, geleia, arroz, verdura – e há tanto tempo sua cozinha vivia limpa as moscas zunindo famintas ao sol. Surpreendida e tomando uma atitude de desdém comprou para si mesma um pente de enfeite em tartaruga. Voltou para casa com o rosto afogueado, os braços cheios de embrulhos – sentia que estava sendo uma das pessoas mais verdadeiras que ela poderia ser, compreendia-a pelos olhares naturais e diretos dos outros. Estes acompanhavam-na com mais estranheza quando ela nada carregava nos braços. Lavou a carne, envergonhada interrompeu com uma brutalidade de camarada o ligeiro cantarolar, o rosto ruborizado, salgou-a, cozinhou arroz com tomate suspirando. Sentia-se bem, fervorosamente bem, como se o mais profundo das coisas se espargisse em nobreza. Fez bolinhos de cenoura e ovos, enrolando a massa com dedos íntimos de mulher, as sobrancelhas franzidas – gostaria de ser pequena e estar se assistindo com inveja de poder mexer na cozinha. Preparou uma sobremesa trêmula de creme e geleia, a cozinha e a saleta viviam cheias de movimentos, parecia-lhe que quase se chocava consigo mesma. Às duas horas da tarde sentiu-se faminta e fraca; não gostava de ir a restaurantes, ainda tinha um pouco de vergonha de comer na frente dos outros. Mas hoje ela era uma pessoa tão ocupada, com tantos compromissos, possuindo uma casa que se precisava ajeitar, uma cozinha onde havia o que fazer – era evidente que não poderia nesses momentos ser delicada consigo, pensou preocupada. Vestiu-se, foi a uma leiteria, almoçou ovos e café. Voltou pela rua cheia de sol, agora desanimada e vagarosa, quase apreensiva; entrou em casa – sim, eram preparativos como para uma festa, seu coração apertava-se dolorido num sorriso. De tarde tomou banho, lavou a cabeça, pôs o pente de tartaruga, o vestido branco – sob o corpete justo sentia aquele constrangimento físico que lhe dava ao mesmo tempo a certeza de estar elegante. Saiu ao vento de cabelos molhados e lisos para comprar pão e uma lâmpada mais forte – e não havia quem a ofendesse jamais. Voltou para casa à noitinha, arranjou a mesa, dispôs os talheres, trocou a lâmpada, cortou a carne em bifes sobre a frigideira trazida de Brejo Alto – estacava de quando em quando, inclinava-se para a frente com uma espécie de careta como se sentisse uma dor súbita; mas era apenas alguma sensação de extrema esperança e saciedade, e como ela estava sozinha podia inclinar-se para a frente. Passou talco no rosto. Fechou a luz e sentou-se à janela para esperar e secar a pele úmida e fria de suor. Na penumbra as coisas brilhavam calmas, limpas e cheirosas. Ela suspirou. O trabalho nas construções havia parado há muito, um cheiro de jasmim vinha da rua estreita onde já passeavam alguns namorados. A lua apareceu no céu escuro, um vento morno de verão passava pela cidade, os talheres dos vizinhos haviam deixado de tilintar. Leve dormência tomou-a aprofundando-a, uma irrealidade cheia de promessa e cansaço a envolvia amortecendo-a. A lua subia, alguns casais de namorados despediam-se. Bateram à porta. Deu um salto, adiantou-se, a coxa firme foi penetrada pela quina surda da mesa, ela respirou contendo-se, a forte dor ligou-se ao próprio cheiro de talco e suor fresco; torceu o comutador, a luz jorrou com intensidade sobre os olhos amortecidos pela escuridão, ela se surpreendia porque esquecera a mudança da lâmpada. Mal enxergando o contorno violento das coisas, abriu a porta, Miguel entrava enxugando a testa com o lenço quadriculado e parava surpreendido, olhava a roupa de seda de Virgínia, a toalha alva, a luz alegre e rica, os talheres faiscando. As flores...

– Mas a senhora não me avisou que era uma festa...

– Ora, respondia ela vermelha e fria, entre.

Ele entrou mas sua atitude era contrafeita, desconfiada.

– Quer que eu vá lá embaixo botar minha roupa melhor? perguntou.

– Mas não! ela quase gritava tapando os ouvidos ferida, angustiada, mas não!

– Está bem, está bem, acudiu ele espantado, está bem, já não está aqui quem falou...

Com os olhos vacilantes de lágrimas, o rosto túmido, ela tentou um sorriso mais alegre porém a luz faiscava na sua retina molhada e ela via à sua frente gotas brilhantes e trêmulas com um certo prazer visual ansiado.

– Mas o que é isso?! perguntou ele aterrorizando-se.

– Ora, nada!... que havia de ser?... um pouco de luz nos olhos, eu estava no escuro, que havia de ser? ora...

– No escuro...? e ele parecia avizinhar-se do que jamais compreenderia.

– Sim, sim, no escuro, com dor de cabeça! gritou ela mentindo.

Ele sentou-se numa cadeira, os dedos entrecruzados sobre a perna. Ela parou um instante; não tinha o que dizer. Ele disse:

– Sente-se.

Ela se animou:

– Sentar?... e quem faz o jantar?

– Ah, é mesmo... Quer uma ajuda de mão?

– Não, não, obrigada, recusou quase ofendida. Mas não saía do lugar sem saber como deixá-lo ali sentado e ir para a cozinha.

– Que horas são? indagou ele.

– Como posso saber? retrucou ela sentida.

– É verdade... – puxou o relógio de cobre, olhou-o: são... são... são... vinte e uma horas! menos... menos... menos... três minutos! disse ele rindo sem que ela soubesse por quê.

– Quer o jantar agora?

Ele pareceu subitamente apavorado, encolheu o pescoço nos ombros num gesto de desesperada ignorância.

– Não sei, não sei... a senhora é quem manda...

Olharam-se um instante mais. Ela foi à cozinha preparar os bifes. De vez em quando parava e tentava um movimento para a saleta – nada se ouvia. Gotinhas delicadas de suor renasciam sobre o lábio superior, o corpo parecia ter engrossado, o mal-estar do vestido que envelhecia no corpo. Um pouco inquieta frigiu dois ovos, esquentou os bolinhos, o arroz – escutou a saleta, silêncio – levou a bandeja à mesa. Preparara-se para dizer alguma coisa espirituosa mas o que ia dizer fugiu-lhe palidamente ao vê-lo sentado na mesma posição com os dedos entrecruzados. No entanto enxergando os pratos fumegantes, os lábios secos de Miguel entreabriram-se num fraco sorriso de esperança e desânimo. Ela se deu um pequeno impulso e disse risonha, atenta:

– Pra mesa, pra mesa!

Miguel sentou-se, arregaçou as calças com um suspiro apressado, pôs-se a procurar por todos os lados embaixo da mesa.

– O que é? indagou Virgínia interrompendo-se aguçada.

– Guardanapo...

Ah ela esquecera! o rubor esquentou-lhe o rosto e o pescoço. Ele mostrou-se tímido:

– Não faz falta... Eu só perguntei porque, a senhora sabe, nesses jantares mais finos sempre se bota, não é mesmo?

– Sim, sim, sim! Ela foi quase correndo à cozinha, tirou a garrafa de vinho do gelo, segurou-a com suas mãos inertes, sentiu-se reanimada com o frio, encostou-a rapidamente nos lábios quentes. Mas ele surgia à porta da cozinha e dizia com ar subitamente masculino:

– Não senhora! Não admito que a senhora...

Ela olhava-o aterrada... Ele regrediu surpreso fitando-a com o vinho na mão.

– Ah, disse, eu pensava que a senhora tinha ido buscar guardanapo... Porque não precisava, qualquer pedaço de pano serve...

Ficaram um instante atentos um ao outro.

– A comida está esfriando, disse ele afinal como se tirasse a culpa de si, a comida está esfriando.

Ela riu:

– Mas não é mesmo? vamos... E o senhor ainda precisa abrir essa garrafa, trabalhar um pouco, acrescentou lisonjeira.

– Mas a senhora fez um bocado de despesas, está se vendo.

– Ora, não tem importância.

– Lá isso não deixa de ser verdade. Dinheiro foi feito para se gastar. – Silenciaram. Mas por que não pegava ele a garrafa de vinho que gelava suas mãos?

– A senhora não se acanhe de repartir comigo as despesas... se quiser.

– Não, obrigada.

– Está bom, está bom, meu lema é: não insistir.

Puseram-se a comer calados; a comida estava boa embora os bifes tivessem algum nervo; o vinho era quente e macio e ele bebeu-o quase todo – à sobremesa seus olhos brilhavam úmidos e sofredores. Ela permanecia silenciosa servindo os pratos com ardor e uma calma concentrada; parecia impossível de ser detida. Depois fez café e quando o tomaram, de novo seus olhos encontraram-se cheios de malícia: que café! exclamou ele e ela sorrindo profundamente. Ele lhe disse enfim, olhando para o chão enquanto acendia um charuto:

– O jantar foi muito bom.

Ela olhava-o interrogativa, inquieta. Ele ergueu rapidamente os olhos para ela, abaixou-os depressa mas de súbito encarou-a com desespero:

– Mas é que minha mulher soube que venho aqui!

Virgínia fitou-o de início sem entender, perguntou quase tola enquanto a cabeça recusava-se a trabalhar e a mudar de rumo:

– Por quê?

– Disseram a ela! que diabo eu posso fazer! já estão falando...

Nesse instante ela já compreendera, o rosto pálido de surpresa; vários instantes precipitavam-se vagos, incontáveis... e ela sentia um início de cólera que afinal lhe fazia bem, de algum modo estranho simbolizava o jantar.

– Então por que você veio? arremessou-lhe finamente dura e exasperada.

– Perdão, murmurou ele como num salto, repentinamente maneiroso e com cautela, perdão, nunca chamei a senhora de você para ouvir esse tratamento agora... nunca tomei essa liberdade, o mundo é testemunha – e de repente alguma ideia veio-lhe à cabeça, ele abriu a boca com terror e estupefação. – Não vá querer me comprometer agora! diabo, eu sou um homem casado! lhe disse desde o começo, nunca chamei a senhora de você, nunca toquei na sua mão, não negue, hem? não negue!

Muito branca sob a lâmpada que faiscava agora num acréscimo de energia muda, ela olhava-o, os lábios calmos e incolores.

– A senhora me desculpe, continuava Miguel assustado e já agora num começo de embaraço, o jantar foi bom mas isso de eu vir aqui não quer dizer nada, não acha? Eu me ofereci desde o princípio para repartir as despesas, não foi? perguntava ansiado e de repente cheio de esperança.

– Foi.

– Então, então! gritou menos asfixiado, eu sabia que a senhora era razoável... – tornou-se mais delicado falando com dificuldade. – A senhora compreende, quem é casado não é livre, é a tal história de quem se prendeu uma vez... – riu numa careta pálida e contrafeita. Os dois permaneciam de pé, um de cada lado da mesa junto dos lugares que haviam ocupado no jantar. O silêncio crescia entre ambos como um balão vazio que se enchesse cada vez mais perigosamente de ar e estranhamente não poderia ser interrompido, cada palavra esboçada morria vaga diante de sua força. Ela se lembrou com um prazer duro dos nomes feios que aprendera na Granja – mas alguma coisa como pudor ou já desinteresse impedia-a de pronunciá-los e ela esperava um instante atenta, perscrutando-se imperceptível, piscando com rapidez. Estranhava de novo a luz tão forte, sua pequena saleta tão enriquecida e muda. Mas de que maneira usar tais fatos como modo de viver? não eram plausíveis, parecia faltar-lhes a primeira realidade; a que ligá-los pois? aqueles eram os próprios e verdadeiros acontecimentos e ela não obtinha do que sucedia nenhuma explicação, nenhum resumo senão a repetição simples do que sucedia. Miguel esperava de olhos propositadamente inexpressivos, procurando manter a força anterior e não perder terreno; alguma coisa extraordinária acontecia lenta na sala.

– O senhor é o mais baixo do mundo, disse ela alto e simples como se cantasse.

– Mas... que é isso..., murmurou o homem recuando surpreso, tentando logo um rosto ofendido.

Ela suspirou profundamente.

– Portanto queira retirar-se para sempre – ela falava calma e ouvia com prazer e atenção suas próprias palavras saírem longas e diretas; o cansaço dos preparativos do jantar pesava-lhe no corpo.

– Mas... mas eu não ofendi a senhora, ofendi? murmurou ele.

Ela fitou-o sem força, absorta:

– Sim, sim...

– Ofendi? gritava ele extremamente perturbado.

– Ah não, não ofendeu. É que estou cansada. Adeus, adeus.

– Eu queria explicar que eu não...

– Não, adeus, adeus, replicou ela.

Surpreendido e já cheio de desgosto ele saía enquanto fitava Virgínia com os olhos martirizados e humildes.

– Ora, o que é isso? gritou-lhe ela de súbito quando ele já se achava à porta, tomada de uma ligeira febre, não precisa sair zangado com a gente!

– Mas não é mesmo? não é mesmo? gritava ele apressado com os olhos úmidos pestanejando.

– É sim.

E como um momento de silêncio vazio e pensativo se seguisse ela finalizou:

– Adeus, adeus e quase empurrou-o pelas escadas cerrando a porta.

Passava as manhãs sentada junto à mesa olhando os dedos, as unhas lisas e rosadas. Será que todo o mundo sabe o que eu sei? ocorria-lhe profundamente. Procurava distrair-se desenhando as linhas retas sem auxílio de régua – mas onde estava o encanto do trabalho? sem poder precisar melhor parecia-lhe que falhava a todo o instante. Às vezes falava alto algumas palavras e enquanto se ouvia parecia-lhe numa estranheza inquieta e deliciosa que ela não era ela mesma e surpreendia-se num susto que era também mentira. E depois noutra estranheza fraca e embriagada, ela era ela mesma. Dizia numa pequena voz aborrecida, balançando a cabeça; pois não estou contente, não estou nada contente. Ou entrava a viver numa exaltação íntima, numa pureza ardente cujo início era uma imperceptível falsidade. Sabia ainda fechar os olhos e cerrar-se numa força bruta. Entreabria então as pálpebras com delicadeza como deixando essa força escoar-se lentamente – e enxergava as coisas sob uma certa luz de crepúsculo dourado, flutuando num fulgor trêmulo, clareadas e finas; o ar entre elas era tenso e frio, os ruídos se aguçavam em agulhas velozes. Cansada, de súbito abria os olhos inteiros, deixava a força em liberdade – num estrondo mudo as coisas secavam cinzentas, duras e calmas, o mundo afinal. Ou ela renascia como quem estremece, um impulso de surpresa. Vestia-se com tanto cuidado como se fosse encontrar uma multidão esperando à porta. Saía à rua, andava lentamente pelo passeio mostrando-se, os olhos atentos, a sensação de que fulgurava ardente, séria. Era um duro inseto, um escaravelho, voava em linhas súbitas, batia de encontro às vidraças cantando com estridência. E realmente, apesar de sua aparência modesta e de suas faces pálidas, algumas pessoas olhavam-na com curiosidade, muitas vezes com mais de um momento de atenção. Ela se animava com secreta brutalidade; de repente era de tal modo a única verdade que as pessoas se preparavam, se enfeitavam, tomavam a atitude da roupa, saíam para a rua, entrecruzavam-se luminosas e se apagavam de novo em casa – ela compreendia com segurança e ardor a cidade. Orgulhava-se de não ser Esmeralda. Um instante ou outro era olhada como se fosse ter um grande destino. Subitamente a um olhar parecia-lhe: este homem sabe alguma coisa sobre mim! mas que lhe importava afinal? para algo existir não precisava ser sabido – era essa a sensação, as sobrancelhas franzidas e então uma rápida calma seguia-se hesitante após aquilo que não chegara a ser um pensamento. Voltava para casa cansada como se deixasse a festa onde fora coroada. Passava dias lendo; lia como uma prostituta pintada, cheia de avidez e de um tédio que ardiam sua alma e ressecavam-na rapidamente. O que mais a inquietava então era poder dormir tão cedo. Desde o momento de acordar punha-se a pensar no instante de dormir. O modo das horas correrem parecia ter se transformado irremediavelmente e ela vivia entre elas empurrada pelo dever que sugeriam. Ninguém a impedia de ir para a cama às sete horas da noite. Só não dispensava o jantar porque então poderia às cinco da tarde. Combinava-se toda com cálculo e cuidado e depois permanecia à espreita respirando. De tarde dirigira-se de bonde a uma rua bonita e calma e encontrara com horror a pior velha de Brejo Alto, há alguns meses na cidade com a irmã doente. O bonde corria e ela nada podia espiar. Mal a velha começou a falar, no entanto, em vez da irritação que esperava sentir qualquer coisa reduziu-a simplesmente a si mesma num rápido desfalecimento de desejos. Com humildade conversou com a velha, fácil sobre si, quase leviana, trocando mesmo impressões sobre coisas de morar e comprar, modos censuráveis de levar a vida. Inexplicável já então achegava-se à mulher como se esta fosse uma amiguinha, mostrava-se subitamente feminina e ocupada sentindo sem desprazer nas suas pernas descobertas o roçar daquela saia larga; procurava obscuramente com volúpia conseguir sua simpatia e piedade. A velha recuava o rosto magro, de algum modo ofendida e dominada porque mal conseguira abrir a boca e falar, ela que sempre se inclinara sobre os outros com os olhos apertados, asfixiando-os de notícias.

– A senhora bem imagina o que é uma cidade grande, gritava Virgínia ultrapassando o ruído do bonde nos trilhos, cansa simplesmente uma pessoa! E como são caros os apartamentos, hem? E às vezes pequenos! Olhe que moro num edifício relativamente barato, graças a Deus, mas os outros são um horror. Estou dizendo: um horror! a senhora não ouve por causa do bonde. – O veículo parava um instante no ponto e a velha de novo tentando com secura dirigir a conversa perguntava-lhe se morava sozinha. – Sim, sim, mas o edifício é o da melhor moralidade possível, dizia-lhe Virgínia amedrontada. Imagine que na cidade, pelo que ouvi dizer numa pensão onde morei, as moças com a melhor aparência são na verdade o pior possível – horrível, não é? ria ela. Só mesmo morando aqui sabe-se de uma coisa dessas.

Quando a velha se despediu com rapidez e frieza, frustrada nas suas próprias novidades, Virgínia apertou-lhe a mão, efusiva como se fosse abandonada:

– Felicidades, viu? felicidades para a senhora e sua irmã!

– a velha afastou-se com surpresa, já encantada e sorridente e Virgínia permaneceu um instante de olhos abertos, atenta, pensativa. Daniel... Como Daniel a olharia condenando; mas condenando o quê? indagou-se. E o que sucedera de tal modo reduzia-se apenas a um silêncio e a uma sensação que ela compreendeu que dificilmente poderia transmiti-lo a

Daniel; assim não quis tê-lo ao seu lado, preferiu estar só –
encolheu-se no canto do bonde; sozinha é que podia es-
gotar-se; as coisas mais vivas não tinham sequer um movimento para vesti-las, era impossível realizá-las; se se tentava
não só não se conseguia como elas próprias morriam perplexas. E duas pessoas por mais silenciosas terminariam
falando. Quando porém viessem os três dias por semana ela
se ergueria de alegria porque enfim estava presa.

Às vezes um desejo agudo envolvido por uma onda de
fresca e impulsionante felicidade, um desejo agudo de modelar dava um pequeno grito de surpresa em seu coração.
Abria a pequena mala das coisas de barro, sem hesitação
mergulhava-as em água quente para dissolvê-las e obter
matéria para novas figuras. Trabalhava numa feliz concentração que emprestava ao seu rosto a antiga transparência
nervosa. Os bonecos no entanto continuavam o traço dos
erguidos ainda na infância. Grotescos, sérios e imóveis, de
linha fina e independente, Virgínia obstinadamente insistia em dizer a mesma coisa sem entendê-la. Ela inclinava a
cabeça e como continuava a crescer.

Com o correr do tempo nascera nela uma secreta vida
atenta; ela se comunicava silenciosa com os objetos ao redor numa certa mania tenaz e despercebida que no entanto
estava sendo o seu modo mais interior e verdadeiro de existir. Antes de executar algum ato ela "sabia" que "algo" iria
contra ou que uma leve onda lhe permitiria; tinha tanta
vontade de viver que se tornara supersticiosa. Entrara no
seu próprio reinado. Os quartos com cheiro de túnel, as coisas ligeiramente deslocadas de si mesmas como se acabas-
sem de ter sido vivas. A superstição era o que de mais
delicado ela conhecera; pelo deslizar de um segundo podia
ultrapassar aquela afirmação cálida e misteriosamente vee-
mente de que a coisa, compreende? está ali, ali mesmo e
portanto é assim, os objetos, aquele jarro pequeno por

exemplo, sabe-se profundamente; e mesmo aquela janela entreaberta, a mesinha pousada sobre as pontas de três pernas sob o teto, compreende? sabe-se profundamente; e depois há também o que não está presente (e que auxilia, que auxilia, e tudo avança) (mesmo aquela força) (um instante que se segue e dele nascem o sim e o não) (mas se se demora um pouco fica-se "sabendo" que o instante é um instante e então está mudamente roto) (é preciso recomeçar) (enovelando, renovelando, enovelando forças) (sem permitir que certas coisas do mundo se aproximem demais) (sobretudo o que é passado é passado e é exatamente apenas desse pequeno instante que se trata e de mais esse, e de mais esse, e de mais esse) (mas cada um por si) – e eis que sem nenhuma palavra ela já realizara. Aliás toda ela era sustentada por algumas palavras. Mas empregadas com tal sentido, com tal sentido, com tal espécie de natureza cega e estranha que, quando as usava alto ou em pensamento ou quando as ouvia, não estremecia, não reconhecia, não notava; na sua intimidade ocupada e minuciosa ela vivia sem memória. Antes de adormecer, concentrada e mágica, dizia adeus às coisas num último instante de consciência ligeiramente iluminada. Sabia que na penumbra "suas coisas" viviam melhor sua própria essência. "Suas coisas" – pensava sem palavras, sabida na própria escuridão – "suas coisas" como "seus animais". Sentia profundamente que estava rodeada de coisas vivas e mortas e que as mortas haviam sido vivas – apalpava-as com olhos cuidadosos. Lentamente ia subcompreendendo, vivendo com cautela e consideração; sem saber admitia seu desejo de ver na lâmpada apagada e empoeirada mais do que uma lâmpada. Não sabia que pensava que se visse apenas a lâmpada estaria aquém dela e não possuiria sua realidade – misteriosamente se ela ultrapassava as coisas possuía o seu centro. Embora pensasse "suas coisas" como se dissesse "seus animais", sentia que o esforço delas não estava em terem núcleo humano porém em se conservarem num puro plano extra-humano. Mal as entendia e sua vida era de reserva, encanto e relativa felicidade; sentia-se às vezes aconchegada a si própria – grande parte de seu existir não era coisa? era essa a sensação: grande parte de seu conjunto vivia com a própria força desconhecida, seguindo um rumo imponderável. E na verdade se houvesse alguma possibilidade de não ser ela intimamente quieta, por causa dessa impressão inexprimível ela o seria. Sentada junto à mesa, olhando os dedos sozinha no mundo, pensava confusamente com uma precisão sem palavras que valia como movimentos leves e delicados, como um zumbido de pensamento: os pensamentos sobre as coisas existem nas próprias coisas sem se prenderem a quem as observa; os pensamentos sobre as coisas saem delas como o perfume se desprende da flor, mesmo que ninguém a cheire, mesmo que ninguém saiba sequer que essa flor existe...; o pensamento da coisa existe assim tanto como a própria coisa, não em palavras de explicação mas como outra ordem de fatos; fatos rápidos, sutis, visíveis exatamente por algum sentido, assim como só o olfato percebe o perfume da flor – soava ela. A qualidade de seu pensamento era apenas um movimento circular. Notava um arranhão no dedo e atenta à vida tudo esquecia assim como pelo sono é esquecido o que se pensou um instante antes de adormecer. Como alguém cujo corpo precisasse do sal como substância de essência e então o comesse com prazer sedento – ela sempre sentira um gosto simples e ávido em fazer um esforço e dizer-se claramente: vejo uma cadeira, uma caixa de pó, uma tesoura aberta, uma gaveta negra... A grande natureza morta em que vivia. Mesmo assim parecia-lhe estar se misturando às coisas, dispondo-as ao seu agrado e perturbando-as. Ah, se eu tivesse tempo, só um pouco de tempo, parecia ela dizer-se com a cabeça inclinada e confusa. Aliás ela notara:

quando abria bem os olhos nada via. Senão palavras, pensamentos feitos de palavras. Quando fitava de olhos escancarados a avó sentada perdia a noção da avó e nada via, nem mesmo uma velhinha. A verdade era tão rápida. Era preciso entrecerrar os olhos. Ocorria-lhe em raros e rápidos segundos de visão que sua comunicação com o mundo, aquela secreta atmosfera que ela cultivava ao redor de si como um escuro, era o seu último existir – depois dessa fronteira ela própria era silenciosa como uma coisa. E era essa última vida interior que continuava sem lacuna o fio de sua existência de mais elfo na infância. O resto estendia-se horrivelmente novo, criara-se como de si mesmo – aquele seu corpo de agora e seus hábitos. E essa religião era tão pouco rica e potente que não possuía ritual – seu maior gesto esgotava-se num olhar rápido e despercebido, cheio de "eu sei, eu sei", de promessa de fidelidade e de apoio mútuo numa união cerrada e quase má; uma e simples, nenhum movimento a simbolizava, era o mistério aceito. Na verdade porém ela não sabia o que lhe sucedia e seu único modo de sabê-lo era vivendo-o.

Só assim ligava-se ao passado do qual lhe faltava a lembrança. Desmemoriada vivia simplesmente sua vida sem êxtase; no entanto uma estranha atenção tomava-a por vezes, vagamente tentava pensar de como emergia da infância para o solo, procurava orientar-se inutilmente; em raro momento parecia-lhe ter vivido o mesmo instante em outra época, noutra cor e noutro som – interrompia-se de súbito o seu ritmo, ela estacava e com uma calma feita de susto e cuidado tateava no seu interior, procurava descobrir. Logo porém que tomava consciência desse exame nebuloso e obscuro precipitava-se numa confusa doçura, na compreensão da impossibilidade e desnorteada por um segundo perdia os passos ousados. Buscava com paciência recordar-se mais nitidamente daquela sua meninice sem acontecimentos; um ou outro fato erguia-se na sua memória como pilares distanciados numa limpidez sem apoio. Mal aproximava-se deles sentia-os se dissolverem ao seu toque. De que vivera então? reunia uns pobres fatos que não eram realmente desenterrados por ela própria mas pela palavra relembrada dos outros ou pela recordação de já ter conseguido recordar, reunia-os, organizava-os mas faltava-lhe um fluido que lhes fundisse as extremidades num mesmo princípio de vida. Os acontecimentos se alinhavam espaçados, sólidos, duros; enquanto o modo de viver era sempre imponderável. Um certo esforço faria voltar a memória, uma certa atitude que ela não chegava a encontrar como se não achasse uma boa posição para dormir numa noite de insônia. Ah, se eu tivesse tempo, balançava ela a cabeça em censura e pena. Sabia que nunca chegaria a tê-lo. O lugar onde ela nascera – surpreendia-se vagamente de que ele ainda existisse como se também ele pertencesse ao que se perde. Ela mesma vivia agora em pé como uma coluna erguida – o que ficava atrás era o mundo anterior à coluna, um tempo morno e íntimo, porém se pensava nele procurando revivê-lo, de súbito um tempo impessoal, ar fresco vindo dum abismo de névoas vagarosas. Buscava sentir seu passado como um paralítico que inutilmente apalpa a carne insensível de um membro, mas naturalmente sabia sua história como todas as pessoas. Via-se separada do próprio nascimento e no entanto sentia difusamente que devia estar de algum modo a prolongar a infância numa só linha ininterrupta e que sem se conhecer desenvolvia algo iniciado no esquecimento. A Sociedade das Sombras... – ela sorria de súbito palidamente enquanto os olhos brilhavam um instante e se apagavam no esforço da reconstrução. A Sociedade das Sombras... Lembrava-se de que ela e Daniel viviam em segredinhos, assustados; segredinhos... era isso? não, não. Sobretudo ela sempre possuíra uma memória extraordinária para inventar fatos. Sim, e que se encontravam na clareira, sim na clareira. Como deveriam ter experimentado o medo... é-se tão corajoso em criança; só isso? depois tinham combinado contar ao pai os encontros de Esmeralda no jardim. Pobre Esmeralda, mas por quê? não sabia, a verdade é que contara, o pai gritara, ela própria fingira desmaiar ou desmaiara realmente... tão sabida! a vida mudara então, disso ela sabia, certamente porque já não era nenhuma menina; então cosia, passeava, visitava algumas casas em Brejo Alto, séria, calada, Daniel ajudava o pai na papelaria. Embora não se lembrasse com nitidez daquele tempo – vivia-se tanto cada dia – parecia-lhe estar agora sendo impaciente consigo mesma. Só o que não esquecia – ela sorria – era que alguém se afogara no rio... podia ser apenas um chapéu mas eles haviam-se assustado. De qualquer modo guardava o segredo. Ah, ela entrava no porão, no porão! e isso era importante? sua memória se dissolvia em sombra, apagava-se o esplendor em silêncio doce e pobre. Um profundo cansaço, certa perplexidade tomava-a, afinal nada lhe sucedera jamais... e por que então aquela consciência de um mistério a preservar, aquele olhar que significava ter existido inefavelmente. Sabia de um modo vago que já vivera alguma vez ultrapassando os momentos numa cegueira feliz que lhe dava o poder de seguir a sombra de um pensamento através de um dia, de uma semana, de um ano. E isso misteriosamente era viver se aperfeiçoando na obscuridade sem obter um fruto sequer dessa imponderável perfeição. Mais tarde tentaria contar a Vicente coisas da infância e de Daniel e surpreendida o ouviria dizer rindo: eu já sei mais ou menos como vocês eram, mas o que faziam afinal? Nada narrara então? permanecia quieta e assustada. Uma pessoa podia gastar-se sendo apenas; cada minuto que passara ela fora, ela fora. Não tolerava falar sobre si mesma, concentrava-se insolúvel, angustiada – no resumo escapava às palavras ditas o essencial que era afinal a sensação de ter vivido aquilo que contara; a fina indecisão incessante de uma vida parecia estar na sua relação com quem a vivia, na consciência íntima de seu contato. Às vezes conseguia alguma coisa parecida consigo mesma. Era porém uma liberdade fácil e quase experiente, um processo de liberdade – um poder sendo usado e não algo avançado enquanto ainda se criava; a diferença que existia entre o que fora arremessado no ar e o que voava de si próprio. Uma ou outra vez no entanto a imitação conseguia ser mais verdadeira que a coisa imitada e como revelava esta por um instante. Era uma forma de memória o que ela alcançava.

Ah sim, bem desejava adiantar-se no futuro para que o presente já fosse passado e ela de novo tentasse compreendê-lo como se esse jogo de perder a chamasse num vício e num mistério. Procurava ser sincera como se esse fosse o modo de ver a realidade; jamais poderia porém resumir sua vida atual senão reunindo fatos a fatos e não alcançando os próprios sentimentos. Três vezes por semana poderia ir à casa de Vicente e amá-lo porque três vezes por semana ele entregava às revistas o que trabalhava nas três vezes por semana. Os outros dias eram uma grande pausa branca. Acordava, bebia água, sentava-se na saleta metida no robe florido que se esgarçava nos seios e atrás – a mãe, a mãe ressurgindo através dela. Caminhava de um lado para outro sem saber o que fazer de si mesma como se tivesse mais corpo do que era preciso. Quase não se alimentava. Mas de repente alguma coisa nela se degradava e seu ser comia com grande gosto, violentamente, bombons, doces, pratos muito temperados – ela que sempre fora frugal como uma planta. Depois de pensar um dia inteiro numa comida que se vendia muito longe, resolvia sair e comprar e ganhava em vida. Trazia-a para casa fremindo de impaciência e devorava-a. Com os olhos vazios, cansados, levemente atônitos, adormecia pesadamente. Depois de Vicente engordara mais, e meio alta como era, seu corpo existia agora com dupla força, mais firme. A cintura acentuara-se, a pele perdera a secura e o dourado do sol e estendia-se macia e branca – seus quadris haviam-se alargado e agora ela era uma mulher. Mas seu rosto perdera o vago fulgor. Conservava-se tranquila com um ar ligeiramente fora de moda como numa recém-chegada. Só de branco adquiria um tom citadino e como o sentisse preferia essa cor para seu melhor trajo. Mas sem os passeios, sem espaço para uma vida larga, vivia cansada. As mãos brincando distraídas sobre a mesa, imaginava até que demoraria muito a morrer porque uma força atraía-a constante para a terra e era inútil o sono, nele não repousava. Tinha a impressão de que já vivera tudo apesar de não poder dizer em que momentos. E ao mesmo tempo sua vida inteira parecia poder resumir-se num pequeno gesto para a frente, uma ligeira audácia e depois num recuo suave sem dor, e nenhum caminho então para onde se dirigir – sem pousar direito no solo, suspensa na atmosfera quase sem conforto, quase confortável, com a languidez cansada que precede o sono. No entanto ao seu redor as coisas viviam por vezes tão violentas. O sol era fogo, a terra sólida e possível, plantas brotavam vivas, trêmulas, caprichosas, casas eram feitas para nelas se abrigarem corpos, braços, contornavam-se ao redor de cinturas, para cada ser e para cada coisa havia um outro ser e uma outra coisa numa união que era um fim ardente sem além. Na realidade porém ela possuía uma harmonia própria, sim, sim, sim, como uma flor que forma conjunto com suas pétalas. O que não impedia que às vezes do coração lhe nascesse o desespero das coisas que ela não era e ela ficasse por demais cheia do que nunca possuíra, tão ambiciosa e invejosa ela sempre fora.

Voltara da casa de Vicente sentindo-se mal, doía-lhe o corpo, vomitara com olhos engrandecidos e tristes. No segundo dia de doença a febre cresceu. Já não se sentia especialmente invejosa. Olhou-se ao espelho, viu seus olhos cintilantes e imóveis, os lábios entreabertos. A respiração queimava-lhe o peito, era ofegante e superficial. Ia voltar para a mesa e sentar-se mas num súbito movimento de cólera quase inesperada entrou no quarto, vestiu-se e saiu, os gestos unidos num só impulso pela febre que não lhe permitia atentar ao tempo que decorria. O vento fresco apaziguava o calor do corpo e do rosto – e isso ligava-se como imediatamente ao instante de cólera. Sentiu-se tão fraca que os membros faltavam-lhe em momentos; então apoiava-se num poste de bonde fingindo esperar condução. Sentou-se afinal num banco do jardim e perdeu por longos e ocos minutos a consciência de si e do lugar onde se achava. Quando a compreensão voltou como um coração que recomeça a bater com força, ela estava no meio de um pensamento de cujo início não se recordava: assim é preferível dar... assim é preferível dar... Crianças brincavam de roda, seus gritos faiscavam no jardim, gotas resplandecentes da água do repuxo enchiam o ar de fino brilho. Ela não podia fitá-lo, abaixava os olhos feridos e prendia-os à terra escura, à relva apaziguante e tenra como num bálsamo frio. As crianças limpas e de laço no cabelo agora jogavam peteca vivendo extraordinariamente. Os gritos atravessavam-na com esforço e um deles mais estranho imobilizava-se dentro dela, ela remoía perplexa continuando a ouvi-lo quase como se o tocasse com os dedos, cristalizado em escarlate escuro, correndo com um vago brilho numa fita sinuosa... ela resmungava-o sem entendê-lo, sem entender o mundo, horrorizada e calma. A peteca veio bater nos seus pés. Uma das crianças gritou-lhe:

– Jogue!

Olhou-as em silêncio sem um movimento. Elas se aproximaram, fitaram-na com atenção e curiosidade, os pequenos olhos inteligentes examinando-lhe o rosto, achegando-se como ratos confiados. Formaram um semicírculo de espera e silêncio. A menina magra que aguardava a peteca berrou com as veias do pescoço salientes:

– Voltem!

Como ninguém respondia, ela mesma aproximou-se, colocou-se de mãos na cintura, o corpo sungado, estendeu o pescoço para diante. Franziu o rosto como se houvesse sol e pôs-se a olhar para Virgínia. Esta fitava as crianças muda; de repente um começo de cólera tomou-a enquanto no interior do corpo movia-se uma onda de respiração mais ardente:

– O que é?

Algumas meninas puseram a mão na boca escondendo pequenos risos.

– Ué, então não se pode olhar! disse a mais ousada, com rosto sonso e cínico, iniciando o ataque. Todas riram excitadas, prontas para alguma coisa nova. O terror apoderou-se de Virgínia, ela apertou os lábios, sentiu-se perdida. Olhou-as desamparada e cautelosa enquanto a cabeça vazia palpitava como um coração. Com um pensamento rápido, febril e quase doloroso de intenso, ela precisava agradá-las – falou com ar humilde, aflito e duro, observando-as:

– Vocês sabem, eu não estou passando bem. Imaginem que não como há dois dias, só tomo chá! – fitou-as consternada, elas recuavam surpresas pela mudança, pareciam duvidar de sua sinceridade e perscrutavam-na como se isso pudesse ser uma história inventada para crianças.

– Mentira – disse uma menina de olhos atentos e negros, de tranças curtas, rosto moreno e decidido.

– Não, não é mentira, aí é que está, juro! – seu hálito quente espalhava-se perto do rosto – numa súbita inspiração disse à que devia ser a mais importante: toque aqui – e estendeu a mão encostando-a no braço da menina, aguardando no seu rosto algum indício de que esta sentira o calor de sua febre. Logo viu com enorme gosto várias mãozinhas apressadas estenderem-se em sua direção, tocarem-lhe com curiosidade e cautela o braço, os dedos, a mão. Um menino que passava correndo estacou, aproximou-se e sem entender o que fazia, avançou, apalpou com cuidado e perplexidade o braço de Virgínia, hesitou, subiu a mão pelo ombro.

– Ela está quente mesmo! diziam as crianças entreolhando-se estupefatas, movendo-se ocupadas e animadas.

– Você não tem pai nem mãe? perguntou uma loura vestida de cambraia de linho branco, o rosto delicado, miúdo e nítido. Virgínia pareceu profundamente surpreendida.

– Tenho, tenho, disse para a nova criatura, assentindo febril, passando a língua pelos lábios secos.

– E por que eles não cuidam de você? indagou surpresa a moreninha forte.

– Você sabe, eles moram longe, está aí porque...

– Ah eu sei, disse o menino com súbito ar inteligente, eu sei, você não tem dinheiro para voltar!

– Por que para voltar? como é que você sabe dessas coisas? perguntou Virgínia.

– Ontem mesmo a empregada de casa não tinha dinheiro para voltar, disse o menino com certo orgulho.

– Ah sim, ah sim – Virgínia parecia meditar.

– Então? resolveu? perguntou a menina maior, a magra.

– Sim, resolvi, vou voltar... disse Virgínia olhando-os com raiva, disfarçando. Vou voltar, vou voltar. E agora posso ir? indagou com ar indeciso, quase tímido. Elas se mostraram surpresas, olharam-se rapidamente sem responder. A morena sacudiu as tranças:

– Quem estava lhe prendendo?

As outras disseram – é mesmo, ué! Riram um pouco franzindo o nariz ao súbito sol que aparecera. Virgínia ergueu-se, as crianças agora de cabeças levantadas, a mão à testa protegendo-se contra a claridade, recuavam olhando. Ela disse:

– Bem, adeus – hesitava como se fosse perigoso afastar-se. Algumas responderam adeus, a lourinha ainda encostou com força a mão no braço de Virgínia. Esta dera alguns passos quando o menino correu gritando:

– Moça! moça! a empregada de casa falou que quando pudesse voltar comprava passagem naquela estação amarela, sabe, aquela grande...

Virgínia parava ouvindo-o em silêncio. O menino não tinha mais o que dizer, esperava. Pareceu aborrecido:

– Pois é, era isso o que eu queria dizer...

– Sim, sim, muito obrigada *mesmo, mesmo...*

Quando passou por um banco próximo uma senhora vestida de azul, sem chapéu, com uma bolsa grande, parecia dizer-lhe alguma coisa. Parou, inclinou a cabeça: ah, sim, a mulher assistira à cena, nada ouvira e perguntava-lhe por pura curiosidade, com certa ânsia familiar e maliciosa, o que sucedera.

– O mundo está cheio de meninos malcriados, disse mostrando que seria compreensiva para qualquer fato que Virgínia contasse.

– Sim, disse Virgínia e afastou-se. O jardim espalhava-se em largas linhas horizontais, a relva balançava-se nas sombras flutuantes dos galhos, o ar estendia-se claro, suavemente elétrico. E de súbito mornas gotas d'água começaram a cair. Ela se abrigou sob a marquise junto a um velho gordo, cardíaco, que arfava lentamente com espanto e pena, os olhos fitando a chuva como a um desastre irremediável. Caía uma chuva mole, grossa e sem ruído, enchendo o espaço de longos traços brilhantes.

No dia seguinte, sim fora nessa época, ela visitara o médico moço. Ele ria imitando-a. Com ar falsamente paternal encostava seu corpo no dela, encostava na sua face aquele rosto com barba de dois dias enquanto na outra face dava-lhe pequenas palmadas... enquanto ela surpreendida e confusa sentia-se quase bem, muito bem – ele era alto e pálido e as mulheres nada valiam para ele. Tinha uma aliança; como adivinhar jamais suas relações com a esposa? Ele se achegava naquele consultório calmo e branco e ela permanecia sentada sobre a mesa onde ele a examinava rapidamente. Tivera duas noites de partos sucessivos, dissera ele de início com delicadeza e cerimônia, não pudera barbear-se sequer, dizia enquanto ela retirava o chapéu guardando cuidadosamente os grampos. E depois de examiná-la conversavam, ele perdia a frieza, brincava tão íntimo, tão distante... no consultório branco, limpo, vendo-a como uma qualquer, desejando-a sem tristeza, não esperando sequer que ela lhe permitisse alguma coisa, querendo apenas fazer-se desejado, alegre, malicioso e distraído, divertindo-se com a própria virilidade. Porém sério, os olhos atentos e móveis.

– Mas doutor...

Ele afastara-se um instante olhando-a com um ar severo, imitando sua voz solene e rouca: – mas doutor!... Um peso apertava-lhe de leve o pescoço, os braços, ela sentia um informe gosto de sangue na garganta e na boca como sempre que tinha medo e esperança – poderia derrubar alguma ideia e aceitar a aventura, sim, a aventura que ele não lhe oferecia. De um centro novo no seu corpo, do ventre, dos seios renascidos propagou-se um pensamento agudo, desesperado e profundamente feliz, sem palavras ela o queria, tornava num instante a ser alguma coisa anterior a Vicente. Sem tristeza, como em férias, lançar-se ao futuro! e como ele se aproximasse um pouco mais ainda, ela desajeitadamente, rápida, encostou sua boca naquela face áspera como um homem, perto da orelha... Ele olhou-a depressa espantado e curioso! ela hesitava de olhos abertos, o consultório girava vermelho, um rubor pesado e grave subiu-lhe ao pescoço e ao rosto enquanto ela tentava justificar-se com um sorriso difícil e tolo. Ele olhou-a atentamente um instante, com sabedoria tocou em certas palavras comuns e de súbito tudo se dissolvia numa simples brincadeira. Fitou-o seca e ardente, estendeu-lhe a mão, ele disse conduzindo-a: não vá se zangar, o enjoo nada significa, pode dizer ao seu amigo..., ela saiu do consultório entrou no elevador escuro, rubro, sombrio, luxuoso e tão fresco. Quando recebeu o ar poeirento, luminoso e estridente da rua caminhou depressa, livre. Aos poucos andou mais devagar pela tarde, escolhendo ruas largas. Certa serenidade indiferente e opaca deixava-lhe fáceis os movimentos e o resto do dia simples – ela esqueceria, Virgínia, ela esqueceria. Mas passara uma mulher ao seu lado com um perfume de limão, água e relva, assustado e penetrante um cheiro de limão e relva – como um cavalo suas pernas ganharam uma força nervosa, alegre e lúcida. Granja Quieta. Ela aspirava o perfume misterioso que no entanto se dava. Porque era tão... tão vivo... tão..., ela renunciou, recolheu a cabeça sentindo-se sem coragem para prosseguir tão forte era sua esperança. O sol brilhou pálido na calçada, um frio vento perpassou pela tarde toda, ela apressou o corpo apertado de força, o coração trêmulo como se um sentimento puro o tivesse atravessando... um grande cansaço que era feito de êxtase, perplexidade, permissão e perfume tomou-a e sem se preocupar, amolecida, sentiu que seus olhos se enchiam de lágrimas pelo médico e que estas começavam a correr mornas e radiantes pela sua face. Entrou num pé de escada e assoou o nariz; queria pousar no mesmo sentimento flutuante, iridescente e duro mas não sabia sobre que pensamento fixar a sensação, tão incompreensível e fugaz era o mundo.

Compreendeu depois que o médico lhe assegurara que ela não estava grávida... Como Vicente riria. Ela mesma pensava que jamais teria filhos. Nunca os temera sequer como se por um conhecimento quieto de sua natureza mais secreta soubesse que seu corpo era o fim de seu corpo, que sua vida era a sua última vida. Ah ela gostava de crianças; a vida com elas era tão rica... tão... – o resto perdia-se num gesto sem força, quase inexpressivo. Mas como assistir a uma vida mais fraca do que a sua? ela evitava as crianças com cuidado e diante delas um desejo a possuía rapidamente, o de fugir, o de buscar pessoas a quem nada pudesse dar. Sobretudo ela não era das que têm filhos. E se os fizesse nascer algum dia, ainda seria daquelas que não têm filhos. E se toda a vida que vivesse divergisse da que deveria ter vivido, ela seria como deveria ter sido – o que poderia ter sido era ela profundamente, inefavelmente, não por coragem, não por alegria e não por consciência mas pela fatalidade da força do existir. Nada lhe roubava a unidade de sua origem e a qualidade de sua primeira respiração, mesmo que estas se sepultassem sob o próprio contrário. Na verdade pouco sabia sobre o que se ocultava debaixo de sua vida inegável. Mas não dissolver-se, não se dar, negar os próprios erros e mesmo jamais errar, conservar-se intimamente gloriosa – tudo isso era frágil inspiração inicial e imortal de sua vida. Pegara um dia na criança dum vizinho; a criança encostava a mãozinha na sua, espiando pela janela. Aos poucos, com o olhar duro e divertido, com leve emoção no corpo, segurou a carne pequena cheia de dedos ceguinhos e macios, apertou-a entre suas mãos, a criança não notou, olhava pela janela. Virgínia parava um instante para que não acontecesse ter confiança demais e avançar. Progressivamente foi se animando, contando uma história, inventou alguma coisa engraçada, mas realmente engraçada, a criança riu um pouco, seu próprio rosto refletido numa vidraça alargava-se brilhante, afogueado, inconsciente de si, movendo-se vivo e tímido. Depois a criança foi embora como se nada tivesse acontecido. Uma mulher fértil era tão vulnerável, sua fragilidade vinha de que ela era fecunda. Ela mesma sentia às vezes um êxtase feito de fraqueza, cansaço, de um fundo sorriso e duma respiração difícil e superficial; era uma possibilidade profunda e cega que se resolvia afinal num suspiro e num rápido bem-estar, num sono pálido cheio de exaustão e de sonhos revolvidos em que ela parecia querer gritar libertando-se dos lençóis: minha fecundidade me sufoca. Se tivesse um filho estaria sempre em sobressalto. A cada segundo esperaria vê-lo pôr feijão nos ouvidos com malícia e sabedoria, pôr o dedinho na tomada elétrica. E a cada segundo agradeceria magra e nervosa o milagre de nada suceder – porque ela seria magra e nervosa. Até que habituada com a gentileza dos acontecimentos ficaria em paz, tomando chá com bolos e bordando. E então a criança iria diretamente para a tomada elétrica. Só o seu medo evitava as desgraças, só o seu medo. Pôs sua capa cinzenta, de lã, foi ao jardim zoológico. Os macacos nada faziam, catavam-se, olhavam, prendiam-se às grades piscando, faziam sinais, olhavam como doces prostitutas. Aproximava-se do tigre respirando a quentura e o vício do cheiro da jaula; vencendo o próprio destino forçava-se a olhar sozinha no mundo para os olhos do tigre, para seu caminhar ondulante, elevando-se acima do terror, até que dele saía uma espécie de verdade, algo que a apaziguava como uma coisa, ela suspirava franzindo os olhos. Aquele cheiro repugnante de cansaço fazia-lhe bem, ela cerrava os dentes de mulher. O chefe dos guardas disse-lhe:

– Algumas pessoas eu tenho que expulsar ou prender. Imagine a madama que uns homens acendem o cigarro, tiram uma tragada, e encostam no focinho do bicho.

Ela disse: que horror, mas seu corpo moveu-se quieto por dentro, apressado e escuro. As emas riam silenciosas, plenas de alegria e tolice mas havia uma placa avisando que eram perigosas. Não pareciam, o pescoço fino e sinuoso diretamente preso aos quadris volumosos, cheios de movimentos calmos. Ela andava devagar afundando os saltos dos sapatos na lama, era inverno, o silêncio do jardim vazio, só um ou outro murmúrio dos animais, o grito fino de uma ave. Seus passos nos largos vazios rodeados de jaulas, eram cautelosos. Passava pela cobra imóvel e fria com o coração seco de coragem. Um dia começou a chover, ela olhava molhada os animais inquietos nas jaulas, as poças d'água cantavam. A onça negra de veludo movia as pernas, as patas tocavam e largavam o chão num passo mole, rápido e silencioso. A fêmea, com a cara erguida sobre o corpo deitado, arfava absorta com saciedade, os olhos verdes esgazeados. O guarda mostrou-lhe o talho aberto na palma da mão, a onça o abrira. Mas havia um tigre manso, ele ia mostrar, madama.

– Vou lavar a mão que peguei em carne, senão com o cheiro ela ataca.

Contou-lhe que entrava sempre na jaula com uma faca, que o diretor não saiba, hem? Esse segredo tornou-a ligeiramente tonta, ela fechou os olhos um instante. Ele estendeu a faca por algum motivo que ela não compreendeu: toque! Mas por quê? perguntou-se assustada, tocou na lâmina fria e brilhante que as gotas de chuva pareciam evitar e que lhe deixava um gosto de sangue na boca, enquanto com os olhos abertos, o rosto quase em careta de nojo e horror, ela sorria. A água escorria pelo guarda-chuva. E se contasse a Vicente... Sentia necessidade de narrar-lhe. Mas sobre aquilo que poderia contar, ela conhecia tanto quanto podia conhecer em si mesma as sensações enquanto olhava longamente um claro copo d'água; a sensação parecia estar no próprio copo d'água. Assim a necessidade de confessar era o único sentimento que existia, a única realidade inquieta. O que contar? Lembrava-se também, como a tempo, de que a piedade em Vicente era quase um desapontamento. Não, nada lhe contaria, nem mesmo sobre a Granja. E enquanto pensava: a Granja, como sinos repicando ao longe, sentia que perto do casarão naquele mesmo instante o prado estendia-se morto e plano e que sobre eles viviam instáveis longas ervas abandonadas. Disso ele não teria piedade mas isso exatamente ela também não podia contar. Não conseguiria ainda dizer-lhe de como sua vida perdera a íntima nobreza, de como agora ela agia sob um destino. A presença de um homem no seu sangue ou a cidade dissolvera seu poder de direção em busca. Onde, onde estava a força que ela possuía quando era virgem. Perdera a indiferença. Às vezes de volta do cinema, segurando o braço de Vicente, via a noite pálida de lua, as árvores numa escuridão de desfalecimento, sentia que alguma coisa se aproximava dentro de si e queria então atingi-la, ter um momento de tristeza absorta. Sabia porém que o homem a impediria de sofrer, arrastando-a para a meia sensação flutuante e equilibrada de seus corpos. Ele a forçava a não se desesperar, chamava-a insistente e inacessível para um rebaixamento, não se sabe por quê. Havia uma luta entre os dois que não se resolvia nem por palavras nem por olhares – e também ela sentia, surpreendida e obstinada, que procurava destruí-lo, que temia os momentos de pureza do homem, não suportava seus instantes de solidão como se lhe fosse desagradável e perigoso o que neles havia. Era uma luta despercebida que no entanto os ligava num mesmo meio de atração, desentendimento, repulsa e cumplicidade. Apesar de tudo ele lhe ensinara muito. Ouvindo-o admirar-se do caminho percorrido pelos homens até descobrirem a transformação do grão úmido e doce do café numa infusão amarga – sim, ela aprendia uma nova forma de surpreender-se. O jeito que ele tinha de apanhar as palavras comuns e delas fazer um pensamento. Ela dizia: chovia muito, Vicente, parecia que o mundo ia acabar; ele retrucava brincando: e se acabasse você sofreria? ela era lançada num mundo maior e mais profundo, ou estaria enganada? de tudo ele partia para um lugar. Ele dizia de alguém: que modo de gastar a vida... E ela se gritava: mas não, jamais se tratara de gastar a vida, isso não existia... ele precipitara as coisas num plano estranho e irremediável. Eu não era feliz, me faltava alguma coisa que me desse satisfação – dizia ele e outra vez descobria para ela quase uma forma de pensar, tão nova que lhe doía como se arrancasse o curso de um rio para fora do leito. Ele sem palavras fazia com que ela soubesse de coisas que jamais vira. Ela contou-lhe:

– Às vezes passo os dias com uma esperança tão... assim... e de repente fico sem esperança...

– Esperança de quê? perguntou interessado.

– De nada propriamente...

– Mas como? insistia ele, você tem que saber...

Ela não sabia explicar e surpreendia-se com a incompreensão de Vicente. Depois aprendeu que ele entenderia se ela dissesse; atravessei a metade do dia bem disposta e a outra metade indisposta. Passou a trocar-se em palavras de Vicente e às vezes parecia-lhe que era mais do que palavras o que transformava. Na mesma tarde finalmente conhecera a irmã de Vicente, que vivia com os tios. Os seios grandes, o rosto puro sem pintura onde o nariz era fino, pálido e recurvo; os braços nus, os olhos escuros e calmos – mas ela seria impura quando chegasse a sua vez. Lia livros policiais e sua voz era ligeiramente rouca. Virgínia olhando-a sentia uma inveja intolerável, fitava-a com avidez e frio. Rosita desprezava-a com olhos sem curiosidade. Virgínia recusou o cigarro agradando-a com ânsia e baixeza. Sentou com os dois na casa de chá mas nem gulosa Rosita era; fitava na "amiga" de Vicente os olhos nus enquanto Virgínia procurava sorrir para dentro da xícara guardando uma dor difícil de medo, pensando no próprio nariz que brilhava, os cabelos despenteados e assustados refletidos no espelho nobre de moldura negra. Possuía alguns vestidos de cor indefinível, castanho-claro, creme, azulado, o decote entre redondo e oval nadando no pescoço, de uma seda que não caía nem armava, amarrotada como saída da mala – eram roupas velhas que ela vestia, como para não existir, sentia-se bem nelas, não traindo Brejo Alto. Pois sempre que os vestia "encontrava alguém de cerimônia" – e o fato pareceu-lhe possuir uma fatalidade extraordinária e invencível, alguma coisa que quase exigia uma submissão respeitosa – não adiantaria sequer deixar de usar essas roupas, tal era a força das coisas. E isso acrescentando ao mal-estar que ela e Vicente experimentavam ao encontrarem-se por acaso na rua. Como se um estivesse surpreendendo o outro. Bebia o chá aos pequenos goles, recusara torradas secretamente ainda para agradar Rosita e por sacrifício. Sentia-se culpada junto com Vicente – em frente a ambos estavam a virgem vestida de linho branco e de braços nus, o nariz grande e benfeito, a pele pálida de gardênia. Como ouso viver. Sempre fora invejosa, a verdade devia ser dita. Levantaram-se, acompanharam Rosita até o carro da tia onde o *chauffeur* esperava. Despediram-se, Virgínia suspirou de alívio e tristeza, a rua de súbito tinha tão pouca gente, parecia rapidamente um domingo vazio e calmo. Caminhou com Vicente pelas ruas sem olhá-lo até o apartamento. Ele também parecia de algum modo tocado, tratava-a com uma animação interrompida por intervalos – no elevador tocou-lhe a cintura com a mão e ela esquivou-se quase bruta. Mas no quarto entristeceu-se, mostrou-se tranquila, resignada, amou-o com um tom estranho e pensativo que ela própria não conhecia, amando nele a irmã inacessível, o pai e a mãe mortos. Como o final dos três dias por semana fechou a porta atrás de si, a quentura do apartamento de Vicente isolou-se bruscamente atrás das paredes, em breve à sua frente estendia-se o chão quieto e cheiroso na sua frieza. As luzes piscavam em halos trêmulos e assim um poste dourado comunicava-se a outro pela distância. Atravessava a rua seca, os muros em trevas, tomava o ônibus e o vento era ligeiro batendo na sua face. No interior claro, morno e trepidante do veículo os rostos sob os chapéus condensavam-se no silêncio da viagem pela noite e atrás de cada um a vida por um instante parecia lançada no fundo do palco, a plateia vazia na penumbra – o ônibus avançava. O *chauffeur* conservava a mão no guidom, quase quieto, lento, o casulo iluminado parecia mover-se por si. Virgínia descia, caminhava com as grandes galochas inúteis apertando-lhe os pés. Na rua deserta seus passos batiam sonoros e expectantes na calçada. O luar escorria sobre as construções. Vinha-lhe numa onda a Granja lívida e insone no meio das névoas, ela apressava o passo escuro, prosseguia. Introduzia a chave na fechadura, docemente a porta cedia e a escada alta e pálida surgia um instante diante de seus olhos bem nítida; imediatamente mudava de posição quando ela avançava o pé. Sua própria figura adiantava-se enchendo o corredor estreito – subia devagar vendo os degraus metade escuro metade claro até perderem-se no alto confuso da casa. Atingia finalmente o patamar, a escada e a rua restavam atrás imobilizadas na quietude por uma noite inteira até que surgisse a madrugada e alguém de novo movesse o seu ar. No quarto iluminado tirava as galochas, examinava os dedos dos pés comprimidos como pequenos pássaros esmagados. Afastava-os com mãos lentas, alisava-os. Como gostava de seu quarto; sentia seu cheiro de túnel quando se aproximava e estava bem, bem dentro dele quando entrava. Notava que antes de sair esquecera de abrir as janelas e um cheiro dela própria exalava-se de cada canto – como se voltando da rua se encontrasse em casa esperando. Abria as janelas e um ar frio de céu e de água fresca rangia límpido pelas coisas renovando-as.

Hesitava um pouco tentando ligar-se às suas coisas, ver um sinal nos objetos, mas sentia logo de início que seria inútil, que ela estava liberta e de contornos calmos. Debruçava-se um instante à janela, o rosto oferecido à noite com ânsia e delícia, os olhos entrecerrados: o mundo noturno, frio, perfumado e tranquilo era feito de suas sensações fracas e desorganizadas. Oh como era estranho, estranho. Sentia-se bem e sabia que antes sufocava, parecia-lhe que de noite a água do mundo começava a viver – respirava e o alívio era quase violento, talvez o momento mais forte do dia; sempre um instante a salvara, um gesto não a deixava perdida e fazia-a debruçar-se para o dia seguinte. Mudava de roupa serena e cuidadosa. Metia-se com profundo amor-próprio na cama. Concentrava-se um instante até descobrir um cricri longínquo, nítido e frágil, o grilo brilhando. Seu próprio espírito se apoderava dela. Suspirava. Oh Deus, era estranho como não sentia nenhuma pressa. No fundo ela era aterrorizantemente quieta. Pensava de leve na manhã seguinte. Na cidade, mesmo que o silêncio fosse o ar mais próximo, atrás dele sempre vivia algum ruído. Acordava-se, ouvia-se aquele contínuo e suave machucar de papel que era o silêncio... percebiam-se uma flautinha e um pequeno tambor soltos quem sabe onde no ar, soando longínquos, límpidos e bem-dispostos – e sabia-se que na praça de um quartel soldados faziam exercícios ao sol. Mas agora era de noite, ela mal terminara de dar os últimos e ocos passos pela calçada em sombra. Submergia no cansaço, buscava-o. Tinha algo de flor o seu cansaço, um perfume alado e inconquistável de melão fresco, aquele êxtase de exaustão e voo... a fraqueza confundia-se com a exaltação mais fina. Antes de cerrar os olhos lembrava numa última visão da escada colocada à terra, branca escura, branca escura, branca escura, escorrendo imóvel entre as paredes até a porta fechada. Fechada, escura, compacta, séria, lisa, grande, alta, intransponível – como era bom, como era feliz.

No dia seguinte recebeu a carta do pai avisando da morte da avó. Morrera sem assistência, durante a noite. Na manhã seguinte a criada não ouvira o bater difícil da bengala nas tábuas do assoalho e com alívio só fora levar o leite mais tarde. Lá estava a velha sentada na cama, a camisa aberta no peito seco e áspero, os olhos profundamente surpresos, a boca aberta. O pai chorara dias e noites. O enterro se fizera com chuva, os parentes do sul já vestidos de preto e fortemente gripados. Um dia depois tomavam o trem para suas próprias casas levando cada um uma lembrança da avó e um cesto de mantimentos para a viagem no trem – o pai nada esquecia, era sua família. Herdara o casarão e as terras ao seu redor. Os outros filhos nada recebiam porque haviam abandonado a velha quando o desejo dela seria viver com todos sob o mesmo teto; aquele teto empoeirado nas incrustações grossas, tão vasto que poderia abrigar dezenas de homens e mulheres e que permanecera sempre vazio na campina cheia de vento. O pai pedia a Virgínia que viesse passar algumas semanas na Granja, se podia interromper os estudos e a vida na cidade. Mesmo a mãe andava adoentada com um incômodo nos dentes.

Assim pois ia voltar. Parou junto da janela em profunda meditação. Não estava triste, não estava alegre, mas pensativa. Interromper a vida na cidade agora que esta se tornava um pouco inteligível. Vicente. Ah mas rever Daniel... mas Vicente. Sabia que já resolvera ir porém raciocinava, duvidava, fazia contas numa certa vaidade e com alguma satisfação. Afinal compreendeu até que ponto estava clara nela própria a viagem. Submeteu-se pois. Durante dois dias não foi ver Vicente, arranjava as malas, combinava friamente com Miguel a venda dos móveis por um baixo preço, explicava-lhe que naturalmente voltaria logo porém moraria numa pensão, talvez na casa das primas – ela estava tão ocupada! Depois de alguns pensamentos interrompidos parecia ter resolvido nada contar a Vicente sobre a partida. Imaginava como seria difícil dizer-lhe e ver no seu rosto – ah ela o adivinhava – não a surpresa, o desgosto, a saudade mas aquela expressão vazia e delicada que ele tomava quando queria tornar indecifráveis os seus pensamentos. E também havia um cálculo sabido e extraordinariamente feminino – ela sorria quase voluptuosa – em manter o segredo: algum tempo depois ele haveria de sentir a sua ausência, procurá-la e Miguel informaria... E depois ela apareceria! Eu gosto de você, dissera ele um dia com uma espécie de obstinação na voz. Ela quase protestava sem força: sim. É, sim, repetia ele, você sabe, e seu tom de voz continuava obstinado como se ele fugisse a alguma coisa; os olhos abstraídos e fixos pareciam limitar e não conceder. Sem se saber explicar, a frase quase a ofendia. No meio dos preparativos parava um instante. Subitamente a viagem assumia um novo sentido, ela quisera com força voltar para espiar Granja Quieta... Em instantes seu desejo aguçava-se quase com dor e ela sentia uma alegria de rir. Sim, dizer até logo, mamãe, e sair para o campo, sair cedo ao vento, apagar-se de encontro à manhã – isso era ver Granja Quieta.

Assim chegou a véspera do dia fixado para a partida e ela devia ver Vicente pela última vez. Acordara muito cedo de madrugada, levantara-se mas nada podia fazer, mantinha-se pensativa e calma. Às vezes um longo estremecimento acordava-a, ela olhava ao redor sem compreender. Bateram dez horas. Mas o tempo não se precipitava como das outras vezes. Agora tudo estava tranquilo, limpo, marcado. Mal almoçou, séria e sombria. À tarde porém, quando devia sair, seu estranho estado acentuou-se, perscrutou-se quase aborrecida sem se entender e àquela vaguidão difícil de ultrapassar como um vácuo e que lhe retinha os movimentos. Então era saudade de Vicente... da cidade... o quê? quase irritada sentou-se à borda da cama resolvida a compreender-se duramente. Uma longa e calma tristeza apoderou-se dela. Então! então... que é isso? queria dizer-se amigável, bater com delicadeza na própria face e resolver-se num sorriso. Estava porém tão longe de ter essa força como sempre que tentava captá-la. Como continuasse a empurrar-se e a criar em si impulsos falsos para despertar, um mal-estar aflito e cansado apoderou-se de seu corpo como um enjoo lento, os nervos aguçavam-se ansiosos em vão. Pensamentos rápidos e vagos, quase febris ocorriam-lhe e ela vacilava sem se resolver. O que então? que sucedia? parecia-lhe vagamente que ia para Brejo Alto para sempre e isso alegrava-a assustando. O que então? perguntava-se sombria e colérica. A confusão amansava-a mas de súbito despertava quase num grito: preciso ir... Vicente... Dirigia-se à janela, olhava o relógio longínquo: sim, deveria dizer a Vicente que ia embora, que o amava, era isso! como não adivinhara, meu Deus, era isso! o pensamento porém fez-lhe um terrível mal, compreendeu que a confissão a deixaria fraca e que só poderia partir com o vigor do próprio segredo e se não tivesse que enfrentar o rosto de Vicente. E por que partir? ainda poderia avisar ao pai que não era possível interromper agora os estudos... sim, por que não desistir? dizia-se cheia de uma alegria presa e doída, sempre criara estados insuportáveis a si própria, ela mesma, ela mesma... porém podia interrompê-los, agora podia... Alguma coisa achava-se no entanto mudamente resolvida e ela não poderia jamais voltar atrás. – Quando ia para a mesa na Granja e descia as escadas uma por uma fatalmente, perguntava-se: se eu quisesse com toda a força poderia interromper a descida, subir e fechar-me no quarto? e sabia que não era possível, que não era possível degrau por degrau e lá estava ela perplexamente sentada à mesa com todos. Agora imóvel sem se decidir, de súbito lembrou-se de que poderia fazer café para animar-se e então tomar. E então tomar, e então tomar! pensou repentinamente viva. Mas não se erguia sequer. Quebrou-se cansada de si mesma, distraidamente enjoada de sua vida quente, de tantos gestos úmidos e lentos, de sua benevolência, do prazer e do aconchego no sofrimento – severidade e secura era o que agora desejaria vagamente, horrorizada com tantos sentimentos, mas nada conseguia, mole e atenta. O pensamento de fazer café sacudiu-a de novo com mais vigor, Deus meu, isso seria renascer, tomar café límpido, negro, quente, perfumado café – mundo, mundo, dizia seu corpo, sorrindo mudamente de dor. Com certa timidez observava como estava sozinha. Poderia chorar de alegria, sim, porque tomando café teria forças para tudo. Encostou o rosto à cama fria e lágrimas mornas, redondas e felizes correram, aos poucos iam crescendo em soluços, agora em pequenos soluços tristes ela chorava sentindo a cama fria esquentar sob a face. Num movimento de abandono não queria mais café como se o café ainda não feito tivesse esfriado enquanto ela chorava. Abria os olhos, o rosto amarfanhado e envelhecido, os cílios divididos em molhos pela água e a claridade era tão branca, tão aberta, branda... zunindo no ar... as folhas acenando... um vento secando os lábios, esticando a pele úmida. Ela hesitava. Sentia um longo prazer que era preguiça, fraqueza, pusilanimidade... – aquela sensação ah, enquanto se vive vive-se eternamente, um quase enjoo no sangue como se cedesse rápida... Algo curioso e franzido ocorria-lhe e desaparecia, um sentimento de leveza irritada. E como de súbito reagisse num impulso, decidiu com um estremecimento de energia e confusa esperança não beber café mas ir para Vicente e amá-lo como jamais o amara – cerrando os olhos risonhos e cansados pressentiu que sua sensação fora tão forte e alta que deveria ter ferido o amante em algum ponto de seu corpo.

Vicente ergueu-se e caminhou até a janela. Afinal o que esperava? que ela viesse. Há vários dias desaparecera sem aviso e isso era de algum modo irritante e inquietava; ela se fazia lembrada e isso era novo. Estava fatigado, pensou alisando como um cego o parapeito de mármore frio. Trabalhara muito e se cansara, completou piscando os olhos em compreensão. Teve um movimento elástico e longo com o corpo, sentiu-se confortável, quase consolado do dia que passara trabalhando sozinho. Viu renascer aquela satisfação íntima que era vontade irresistível de estar no meio dos outros, de conversar, de despedir-se rindo, um desejo de saber das últimas notícias políticas e de almoçar com um amigo em seguida conversando sobre rápidas mulheres, de receber um recado para encontrar-se apressado num lugar, um gosto de caminhar movendo as pernas e ler os jornais aguardando os acontecimentos – e ao mesmo tempo aquele conforto de que muitas pessoas aguardavam os acontecimentos. Sobretudo organizara no fundo de si um sentimento forte e severo, um cuidado permanente e não excessivo pela saúde, certa atitude aprumada que renascia nos momentos necessários. Procurou pelos cigarros batendo com as mãos nos bolsos, tateando. Lembrou-se de Vera de branco e franziu as grossas sobrancelhas – sim, reviu-a esperando que achasse os cigarros enquanto ele próprio então e agora repetia com prazer aquele gesto familiar. Segurava-a pelo braço apertando-a, magoando-a: como você é magra! dizia com os olhos raivosos e contentes. Surpreendeu-se um pouco ao constatar de como fora mais vivo e mais moço então, sentiu um rápido desgosto que a preocupação de acender o cigarro interrompeu. Sua magreza bem-feita parecia-lhe uma maldade obstinada e ele a recebia como uma ofensa amorosa. Cujo castigo era o amor – sorriu com malícia e disfarçou o sorriso um pouco enojado. Como você é magra! dizia zangado e os dois secretamente, com uma ponta de ódio e de deslumbramento, compreendiam-se. Da primeira vez ele falara, falara, ela ouvia, sorria, concordava mas não o olhava de frente talvez constrangida? aflita? o que havia mesmo? indagou-se e de novo toda a sua inquietação resumiu-se num piscar atrás dos óculos: será que fui inteligente demais? Todas as vezes em que dormira com mulheres voltaram-lhe reunidas num só ponto pulsando em rápida vida aberta, um ponto atento, curioso, malicioso, divertido, extremamente cansado e esperançoso. Quis reter a sensação mas viu-se no vazio, sentado na poltrona, as pernas longas afastadas, os pés, as mãos, a sala, algumas moscas. Vagamente o que restara era a sala com as moscas e ele quase esperando por Virgínia. Perguntou-se confusamente se fora delicado com todas, pensou com rápida ironia de como na realidade eram elas que muitas vezes o feriam, mesmo Virgínia com certas... Um dia ela lhe dissera tímido mas irresistível: não me belisque. Corou um pouco. Quanto a Irene, não a suportara mais, ligara-a definitivamente ao marido sorridente e aflito, enojara-se de si mesmo, apiedava-se dela e detestaria encontrar a criança, aquela família inquieta e elegante. Como elas eram brutais, como enganavam, como ardiam, sim, como ardiam e se acabavam. Havia alguma coisa nas mulheres que o aborrecia. Menos Maria Clara. Terminam me estragando, tanto gostam de mim, pensou ele sorrindo pela anedota. A delicadeza, a força com que eu as abraço, as prostitutinhas, encanta-as simplesmente, concluiu curioso e fatigado. Sua própria sensualidade acre trouxe-lhe um movimento de ímpeto denso dentro do peito e uma repulsão aguda. E esse gesto de recusa não vinha de sua vigilância sobre si mesmo mas era a própria sensualidade. Ergueu-se, a palma da mão alisou a pele áspera da barba feita, espiou-se rapidamente ao espelho – o olhar sabido que tinha quando estava só; fez quase uma careta de desgosto a si próprio tão súbita era a falta de relação entre o rosto e o pensamento, sentiu-se de novo extremamente aborrecido de estar sozinho. Foi ao pequeno terraço, inclinou-se na murada olhando a rua distante, o mar calmo, as pessoas pequenas andando e parando para espiar o mar, os carros passando velozes. Três moças caminhavam e paravam rindo. Deteve-se fixamente nelas, a face contorcida procurando o riso de longe. Ver tantas moças todas alegres; se se enamorava de uma delas, desengastava-a das outras e recebia-a esquisita e ofendida. Porque mais do que ver moças alegres ultrapassava a alegria. Isso desagradava-o. Como eu conheço a vida, pensou com uma satisfação ávida. Sorriu. Você não pode imaginar que curiosidade eu tenho de saber o que vai me acontecer, disse para Adriano. O que lhe ia suceder estava como limitado porque onde encontrasse mulheres ele as olharia. Faziam-lhe falta certas sensações que ele jamais conseguira obter. Mas alguma coisa continuava a não ir bem revolvendo-se – quase como se esse dia fosse o aniversário de algo que ele com certa dor e esforço não conseguia precisar – uma falha? alguém esperava a rir baixo que ele se lembrasse, a rir em murmúrios quentes. Vera. Vera de branco. Num impulso como sem raízes jogou o cigarro pela varanda e olhou sombrio para a rua inacessível, pensou então que Virgínia não viera e disse com raiva que era por isso que o dia lhe parecia perplexamente longo, calmo e contornante. Era mentira. Adriano perguntava-lhe de quando em quando por Virgínia, ele que não indagara sobre Maria Clara, sobre Vera e ria com um prazer sacudido de Vicente enganar toda a família de Irene, inclusive a criança. Inclusive a criança – surpreendeu-se Vicente contra Adriano com censura e hesitação. Sentiu mais uma vez que o amigo tinha algum pensamento sobre Virgínia, que ele lhe dava mais importância do que ela merecia. Mas como explicar a Adriano que Virgínia era... era pouco? tinha algo estanque e sempre seco, como coberta de folhas. Era isso? não, não era isso, pois ele não sabia sequer pensar quanto mais transmitir sua impressão de vago desgosto sobre aquela mulher que parecia estar se desenvolvendo aos poucos entre suas mãos e que não orgulharia nenhum homem. Incômoda, incômoda, sem dar prazer... Ela o recebia muitas vezes distraída, sem concentração. Ele não se interrompia, caído num espanto de olhos abertos, a sensação curiosa e quase rindo de surpresa de apertar nos braços alguma coisa pesada, séria, sem movimentos e sem um vestígio de graça. Uma vez ou outra dizia irônico, um pouco tímido com medo de feri-la: por que você não me abraça? ela se surpreendia: eu não te abraço? Mas não, respondia ele perplexo, você se deixa abraçar. Ela se quedava pensativa, estranhamente parecia ter achado engraçada a ideia. E um dia mesmo ele lhe dissera confuso: não me belisque. Como cegos encontravam-se uma vez ou outra com acanhamento, graça e quase raiva pela vergonha. Bem que ele a sentia às vezes vagamente procurar transformar seu próprio ritmo de olhar e de viver para agradá-lo mas que isso para ela seria tão difícil como abrir os olhos no meio de um pesadelo e insinuar-se num sonho mais brando. Em suma – ele franziu as sobrancelhas achando cômico, desesperado e embaraçoso – em suma, ela era incômoda. Que maçada! pensou estremecendo quase de propósito, sacudindo-se e livrando-se da sensação difícil. Novamente sentiu-se calmo e severo. Mais uma vez procurava lembrar-se devagar, do início, na esperança de acertar com o ponto que latejava dentro dele sem conseguir abrir-se. Lembrou-se de quando conhecera Virgínia – o corpo cheio e tranquilo, a franja rala, o pescoço pálido e, sobretudo, enquanto no piano seu belo e presunçoso irmão tocava de ouvido uma valsa ansiosa e ardente – ela parecia uma criança fanada, fanada entre as páginas de um grosso livro como uma flor. O irmão tocava enchendo a sala. Lembrou-se de como a valsa tinha um ritmo cheio de lentidão, pensou com um pouco de simpatia, um sorriso que lhe fazia bem, naquele longínquo rapaz tocando piano de cabelos pretos, lisos e bem penteados, vestido de verão. Olhando para Virgínia não se sentia sequer um desespero presente mas como a recordação de um desespero passado, há muito perdido e por isso agora para sempre sem solução. Terminou o pensamento com rapidez para prosseguir num outro que o havia cruzado – sim, Daniel tocara muito bem a "Viúva alegre", de ouvido e com variações, explorando-a como ele nunca ouvira, com ardor e força. A lembrança da música tão arredondada e calma era o que ele desejava e começou a assoviar com tristeza e prazer. Aquele jeito de Virgínia apertar de leve os dedos contra os lábios, amando pateticamente sua maciez. Ele lhe pedira depois para afastar a franja como se o perturbasse o ar gentil e simples que sua figura tomava. Sem franja ela era pelo menos alguma coisa como uma mulher grande e fria, perto de um tipo. Ao mesmo tempo como parecia saber a respeito de si própria. Ele nunca se lembraria de perceber em toda a sua vida que amara alguma vez uma flor amarela num copo d'água. No entanto depois que ela falava, ele pensava: mas sim, mas sim... eu também gostaria ou já gostei... A qualquer instante ela estava disposta a retirar com um cuidado controlado uma esfarrapada lembrança da infância como de um tesouro cheio de mofo com fundos de fumaça. E enchia com sua pequena e secreta narração tola o espaço. De algum modo o que ela vivia ia se acrescentando à sua infância e não ao presente, amadurecendo-a jamais. Do jeito como ela era podia-se esperar tudo, até que ela morresse de um momento para outro sem dor, sem nada, deixando-o perplexo, quase culpado. Com certa surpresa notou que esse pensamento já lhe ocorrera antes e ligou-o ao fato dela lhe ter contado que alguém, talvez uma cigana de sua terra que errava horrivelmente nas profecias, predissera a ela e a Daniel uma morte súbita. Não se sentia... Não se sentia seguro ao seu lado, receava sempre o que ela pudesse anunciar, acostumara-se a esperar de sua placidez alguma palavra incômoda. Às vezes abraçando-a, ela indagava com a voz doce e cansada e essa indagação era o que ele podia recordar de mais feminino nela: e se eu morresse agora? Havia na indagação um tom que o deixava, mais que a pergunta, desolado. Assim como ir cheio de gosto tirar uma baforada do cigarro e senti-lo apagado, frio –, os cigarros pareciam ser o seu ponto de partida, os cigarros e os óculos. Ele riu com certa aspereza: e não é que ele não pensasse na morte. Se pudesse lhe dizer: esqueçamos, esqueçamos. Mas nem ao menos saberia continuar: esqueçamos o quê? Ela era alguma coisa a se olhar e a se dizer então: por Deus..., com um pouco de cólera. Nem pretensiosa como o irmão ela era. Nem bela como o irmão ela era. Na verdade, com surpresa, ela nada era. E deveria ter mudado exatamente porque ele a amara assim. Como parecia sonsa. Sim, sonsa e virtuosa. Aquele jeito leve de andar, aquelas posições enoveladas que ela arranjava para o corpo, o modo de falar com a pessoa tendo o olhar absorto, tudo isso fizera com que ele se inclinasse na sua direção, sua inação estimulava como estimulara-o a magreza perfeita de Vera – ele quase precisava ser provocado na sua raiva e no seu desprezo para começar a amar e assim sentia-se extremamente viril. Mas agora já desejaria vê-la diferente. E mesmo terminara descobrindo que nada havia sob aqueles graciosos hábitos, apenas distração e certo cansaço do qual ela jamais se curava – aquela mulher que jamais faria um esporte. Pensava que havia um pouco de pose em suas atitudes e isso o chamara. Sua simplicidade porém deixava-o de braços inertes, sua sinceridade. Oh, por favor liberte-se mais de mim, que me pesa uma vida tão ligada à minha – dissera-lhe ele um dia numa briga; notou que brigava sempre sozinho. Mas ela o olhara de um modo tão esquisito, tão límpido e estranho que ele silenciara um instante, surpreendido e pensativo reduzido a si mesmo com uma espécie de prazer e gratidão. Num tom de voz baixo e sereno murmurava então qualquer coisa que os reconduzia ao correr dos dias. Não, a culpa não era deles, não fora de Vera: por que é que a pessoa com quem se vive é a pessoa de quem se deve fugir? ele mentia exatamente a elas. Sentiu contra Virgínia a cólera de se amarem, inexplicavelmente, como um capricho, o ódio duro de estar preso a uma mulher que tudo faria para os dois serem felizes. Era ávido o impulso que o queimava, fazendo-o respirar no mais puro e suficiente da revolta. Fez mesmo um gesto com a mão nos cabelos apenas para acentuá-la e fazê-la viver também fora de si. Detestou-a por viverem de certo modo calmos os dois, odiando-a porque nem fora ela sequer quem o seduzira. Mas o mesmo instante de dureza trouxe em si um melancólico pensamento de tranquilidade. Passando e repassando dedos obstinados no delicado friso da cigarreira, cerrou um pouco os olhos e imaginou-se livre de Virgínia, apertou os lábios com falsa rispidez e falsa alegria tal a força sincera que experimentava – mas ser livre era amar de novo. Por que exigia ela menos do que ele podia dar? indagou renascendo e fugindo. E tão inutilmente misteriosa. Ela falara por acaso de um homem que trabalhava na farmácia e ela dissera: é meu amigo. Como é que você o conhece? perguntara ele surpreso, talvez um pouco enciumado. Ela não respondera, fazia um movimento relutante com a cabeça olhando para um ponto qualquer do chão com firmeza e desgosto. Se ele insistia, ela respondia sempre: é meu amigo. Depois de algum tempo soubera de leve que ela o conhecera na farmácia mesmo, onde haviam conversado um pouco enquanto ela esperava um remédio. Não se podia pois dizer que fossem amigos; e por que esconder tudo isso? ela não podia ter interesse em ocultar um fato tão simples. Apenas porque gostava sempre de não dizer, adivinhava ele com desaprovação e surpresa. Quando a conhecera tentara estabelecer um namoro inteligente, pensava de início que ela era dessa espécie:

– Tem-se a impressão de que se conhece há muito uma pessoa ao vê-la pela primeira vez, quando se consegue a um olhar apreender a harmonia dos traços com a alma – fora mais ou menos isso o que ele dissera explicando-lhe o motivo pelo qual se sentira atraído *pela sua pessoa*. Mas alguma coisa não o deixara prosseguir nesse tom. E alguns minutos depois, na primeira oportunidade ele se transformara, experimentava outro gênero, perguntava sorrindo a propósito de alguma frase: e você? até quando você sabe?... esperava uma resposta sorridente, maliciosa de quem compreende. Com um sobressalto embaraçado e logo disfarçado assistiu-a responder com mistério e gravidade, quase ridícula, fazendo-o corar e não saber que direção imprimir aos olhos perturbados:

– Eu mesma não sei.

E quando ele julgara tudo impossível e conformara-se sem a menor dor, o caso muito tempo depois resolveu-se com facilidade, e dessa vez mais sério ele a assistiu simples entregando-se a ele com pouca emoção. Ele próprio não sabia ainda como tudo deslizara para aquele estado. Um dia encontrara-a na rua, andavam juntos um trecho sem ter muito o que dizer, tanto parecia ter terminado o começo de malícia que há mais de um ano haviam encetado. A conversa fora girando, girando, despediam-se sem pena como para sempre, com certo mal-estar. E dois dias depois desse encontro, eles, que não se viam antes desde há tanto tempo, encontravam-se de novo com surpresa ao atravessar a rua, ele a segurava pelo braço evitando um carro, levava-a depressa puxando-a pelo cotovelo como guindastada para a calçada, ela parecia uma galinha assustada a quem quisessem arrancar uma asa, riam um pouco da coincidência e olhavam-se atentamente enquanto riam. Ele caminhara com ela pelas ruas, haviam sentado num jardim. Com certa ironia para si próprio e numa audácia sem grande prazer havia-a convidado a ir ao apartamento, ela aceitara, viera rapidamente, voltara outro dia ainda sem ele chamá-la, a conversa ia girando, girando sem muito motivo. E depois quando pensava nela suas sobrancelhas se franziam, os olhos pairavam divertidos, cômodos e alegres. O modo como ela dizia olhando pela janela: está um cheiro de banho de mar, de início não o impacientava. Ele tentava corrigi-la: banho de mar não cheira, se você quiser muito diga cheiro de mar em vez de maresia, que é o certo. Mas ela, embora nada retrucasse, tomava um ar silencioso e impenetrável. E agora, por exemplo, por que não vinha? Pensou que na realidade nunca a procurara, que poderia ter ido até o edifício, perguntar ao porteiro; alçou os ombros com o olhar curioso. Quis rever seu rosto e como tivesse antes pensado em Adriano, viu uma mistura de Adriano com outros e no fundo apenas um vago rosto em fuga de Virgínia, um apelo levado pela memória. Será que ela é para mim uma "pessoa"? Como estava abatida e desfeita no jantar de Irene. Com Vera, tudo tão curto, no entanto ela não era sequer "ela" dentro dele quando a recordava. Pensava em Vera com um pequeno sinal interno, com algo que a indicava sem feri-la com uma palavra. E quando falava dela com alguém fazia-o com dificuldade e repugnância, pronunciava: Vera, com dureza, frieza. Virgínia era sempre Virgínia – sentiu-se como se a tivesse roubado, viu-a então com nitidez, os olhos castanhos, o nariz delicado, aquela indecisão no rosto como se pudesse ser assustada; quase com emoção como se fitasse um retrato antigo. Sentiu piedade por Virgínia, aquele sentimento que lhe dava alguma vergonha de si, aquela mesma piedade que fazia com que sua irmã lhe dissesse: como você é bom, Vicente! Quando ela viesse hoje com os grandes olhos abertos, sorrindo sem força, ele haveria de se erguer bem depressa e – não estender os braços, é claro – mas dizer: querida, como você demorou! o que era verdade. Sim, sim, era verdade. Já a via mesmo olhando-o contente. Contente? ela o ficaria? ou surpresa... ou o quê? Virgínia... ela riria. Não. Já agora queria que ela entrasse também para vê-la reagindo, vivendo. Caminhou um pouco excitado: por que não vinha de uma vez? Foi quando o assaltou um instante de estranheza e crua solidão, ah, ele apertou o flanco inclinando-se, a sensação de travo perplexo ao morder um fruto verde – ah, aquele lado, por um instante a vida perdia o cuidadoso sentido diário, revolvia-se a face crestada demonstrando uma superfície fresca, nova terrivelmente incompreensível – segurou com uma das mãos e com toda a sua vida o flanco direito onde a dor se desenvolvera numa flecha em movimento; suportou-a de olhos fechados, a boca pálida cerrada: dali viria um dia a morte: o avô morrera no mesmo flanco, o pai morrera no mesmo flanco, ele morreria no mesmo, algo se comprimindo num fígado desconhecido. Aos poucos a pontada desvaneceu-se. Ele afrouxou os lábios, entreabriu os olhos; tirou os óculos, toda a sua fisionomia transformou-se sem eles, adquiriu um ar inocente e tolo como o de um menino; piscando enxugou a testa molhada com o lenço, deu um suspiro de alívio que lembrava um arquejo; nesse instante perdiam-se pai, mãe, irmãos e mulheres, ele olhava ao redor do corpo nu o mundo nascente. Mais alguns momentos e uma força calma e inexplicável tomava-o de novo; ele acendia outro cigarro, os óculos repostos dando-lhe com a sensação familiar o antigo rumo dos pensamentos. Notou-o vagamente, pensou:

que seria eu sem eles. Mas por que não vinha ela – quanto mais tardasse mais difícil seria porque ele teria perdido o impulso. – A impaciência renascida cansou-lhe o coração – de novo aquela aguda certeza de que hoje era o aniversário de algo difícil e pesado. Surpreendeu-se de ter consentido em passar o dia tão só... Quando ele era pequeno respondia: tenho preguiça de ficar só. Pois se ela não vinha como ainda exigia... como ainda esperava que ele dissesse... Oh sim, ele repeliu-a rapidamente. Apenas isso. Não, não, também assim não... Sorriu inexplicável, acendendo um outro cigarro.

Depois então ela veio com o vestido branco de festa... o chapéu de abas largas sobre o rosto comprido... ela se imobilizava um instante com prazer procurando atentamente surgir numa visão... por quê? como se comemorasse o dia... Vera surgiu-lhe à memória vestida de branco. Alguma coisa crispou-se no seu corpo. E quando ele olhou as faces pálidas de Virgínia, seus lábios como infantis, aquele jeito calmo, sentiu que seria absurdo dizer qualquer coisa em tom diferente. Apesar de tudo querendo tentar, disse por piedade:

– Que demora, Virgínia!

Ela retrucou em tom delicado, quase rebuscado:

– Você sabe como são esses ônibus.

Sorrindo. Por quê? então como se isso fosse mais do que ele podia suportar, quase o momento mais compreensível do dia, esboçou um gesto de perda e desespero que a princípio vago tornou-se imediatamente consciente e excessivo. E como ela o olhasse com os olhos abertos, ele pensou: mas meu Deus! realmente era mais do que podia suportar após aquele dia e quase poderia dizer que provocava uma espécie de choro, não lágrimas, por Deus, ajudando-se com a lembrança da mãe morta a quem ele se sentia tão preso por uma certa saudade esquecida, das mulheres com as quais dormira reunidas numa só exclamação, desse dia em que trabalhando se distraíra e deixara-se permanecer sozinho, do prazer agora renovado de esperar pelo futuro, de seu sentimento por Virgínia desesperado, raivoso, infantil como um homem chora, notou Virgínia. E logo em seguida à observação, subitamente estupefata, ela concluiu: ele chorava! Incapaz de se aproximar, incapaz de falar, ela o olhava. Mas o que acontecia? pois tudo estava tão bem entre eles até agora... eles se gostavam tanto e de repente... Ela o olhava. Ele não sabia para onde se dirigir, o rosto ainda contrafeito no meio da sala, surpreendido de si mesmo: se interrompesse a expressão de dor teria que transformar ali mesmo sua fisionomia enquanto Virgínia o observaria silenciosa; se continuasse de olhar amargurado estaria no meio da sala como chorando, como nu; por que não se apoiara antes a uma janela ou sentara escondendo o rosto? mas a sensação mais forte daquele momento era de alívio; se outra mulher que não Virgínia o estivesse vendo no meio da sala... para Virgínia, adivinhava ele, era natural chorar e talvez por isso, com raiva de si próprio e dela, tivesse cedido à fácil oportunidade. Certa paz vinha subindo de algum lugar de seu corpo, talvez do flanco; era uma paz com um começo de boa disposição, de alegria leve, ele tinha vontade de rir um pouco e de brincar sobre sua própria estupidez mas não sabia como emendar o riso ao movimento anterior e continuava de rosto contrito. Virgínia pôde falar:

– Vicente, o que é isso?

Ele detestou-a por um novo, rápido e faiscante segundo; viu todos os defeitos daquele rosto pálido onde os olhos diferentes pareciam sempre indecisos. Mas novamente a onda morna e escura subia pelo seu peito e como Virgínia se aproximasse um pouco ele segurou suas mãos e como ela cedesse, ele puxou-a para perto de si, fez com que ambos se sentassem. Isso ainda queria dizer: querida, você demorou!, mesmo sem estender os braços. Mas havia algo de leve e cômico naquela cena – ele pensou nesta como se já a estivesse narrando a alguém, a Adriano, e recebesse dele a vaga vivificadora de seu sorriso; mas indagou-se se esse tipo de cena não seria deprimente para ele mesmo. Nesse momento, com as sobrancelhas franzidas, daria muito por conseguir um instante de verdadeira tragédia porque assim se livraria do peso daquele dia. Segurando as mãos de Virgínia, notou que há muito sentia dois pedaços de carne fria e rígida entre as suas próprias mãos e olhando-a rapidamente viu um rosto claro, frígido, luminoso e tenso, de lábios gelados. Então ele a assustara tanto? então tudo fora assim tão grave? a descoberta valia um sorriso orgulhoso, interessado. Imediatamente sentiu mais disposição protetora do que a de "enfim explodiu". Mas ela, com um pequeno toque – um gesto de retenção – numa sutil e súbita manifestação de vontade, mostrou-lhe que ainda o desejava na mesma atitude. E ele, surpreendido de ser encaminhado exatamente por Virgínia, pensando em contá-lo de algum modo a Adriano, Adriano que lhe parecia nesse instante a sua força oculta e a única ligação ardente de sua vida, cedeu, manteve o mesmo tom de rosto, desesperado, abandonado. Ao mesmo tempo não fingia, pelo contrário; alguma coisa nele continuava a doer em expectativa e seu corpo queimava num bom desejo de nobreza, de exaltação, sim, de nobreza exaltada.

– Por que foi que você chorou? perguntou Virgínia e como nesse momento estivesse emocionada não cuidava de qualquer delicadeza, era vulgar e feroz. O silêncio da sala flutuou durante longo tempo sem pousar nos dois.

– Não sei, disse ele.

– Sim, sim.

Ele disfarçou um olhar de profunda surpresa.

– Sim... meu querido pequeno.

Ele olhou-a espantado... Adriano sorriria – mas por que ele o viu sorrindo com tristeza, o que era impossível em

Adriano? ele olhou-a espantado... e nada havia o que fazer, a dor do lado direito renasceu de leve, daí ele começaria a ir embora, o quarto clareava-se de vento do mar, a maresia enchendo-lhe os pulmões como a um pescador, as paredes como múmias eretas, imagem imóvel: ele caiu de joelhos aos pés de Virgínia e atento à dor funda no lado e que no entanto hesitava em se definir, encostou a cabeça nas suas pernas, nas suas coxas calmas e mornas e silenciosamente respirava e recebia de novo a respiração misturada ao cheiro de Virgínia, ao cheiro da seda branca de Virgínia – Vera. Mas o que estava ela compreendendo? ainda se indagava quase divertido; era como se ela quisesse ultrapassá-lo, a ele que nada entendia do que se passava e alçava os ombros.

Ajoelhado junto dela com o rosto afundado no seu corpo. Ela olhava para a frente, seca, quase severa. Quase sem se compreender voltou a cabeça um pouco bruscamente para o além da janela fazendo vibrar as abas do chapéu que não tivera tempo de tirar. Com os olhos duros e imóveis, o rosto escondia de si mesmo uma expressão lentamente difícil que se formava com esforço e atenção, uma expressão de esgazeamento e claridade lutando contra aquela carne habituada a esperar com paciência, altivez e frieza por um momento que não chegaria. E que agora rebentava no coração com tal fatalidade. Os minutos decorriam. Ela sentiu de súbito a dor misturar-se à carne, insuportável como se cada célula fosse revolvida e rasgada, dividida num parto mortal. A boca repentinamente amarga e ardente, ela estava horrorizada, dura e contrita como diante de sangue derramado, uma vitória, um terror. Isso era a felicidade pois. O esplendor ferido tropeçava no seu peito, intolerável; rebentara em seu pobre coração um saco de luz. Ela jamais poderia ter ido adiante; fraca e aterrorizada, atingira o ponto mole e fecundo do próprio ser. Esperava. Depois com dificuldade moveu as mãos doces pelos cabelos do homem redimido, deu-lhe tudo pelos dedos trêmulos, ela que jamais conseguira insinuar nos bonecos de barro o contato de sua vida. Disse a primeira palavra de sua nova experiência:

– Vicente.

Ele ergueu a cabeça, olhou-a, surpreendeu-se, ela existiu acima de Adriano. E como ela era nesse momento forte, calma e plena como uma mulher ele submeteu-se como já se submetera às outras mulheres. Ela segurou a cabeça do homem com as mãos; num gesto precioso e fresco beijou as suas pálpebras leves. O prazer no homem foi luminoso e intenso; ele ergueu os olhos querendo com um silêncio dar a ambos a certeza de que ele era um homem e ela uma mulher. E recuou num movimento irresistível apertando o olho direito com a palma da mão.

– Mas você me enfiou o dedo no olho, dizia ele perdido de si mesmo, enxugando as lágrimas que escorriam.

Um alegre e surdo tambor fora atacado no meio do quarto, um pavilhão vazio. Alguma coisa se concluíra com sol e claridade! o tambor rufava no meio do quarto; e depois nunca um silêncio fora tão mudo, calmo, final no recinto oco. Vicente retirou a mão do olho, pareceu despertar um leve instante; viu-a tranquila e ereta sob o chapéu duro, olhou-a quase com curiosidade; pensou indistinto: meu Deus, se eu fosse o mundo teria pena de ter magoado tanto uma mulher. Vera; teria ele a ferido tanto. Mas Virgínia estranhamente já parecia curada e simples, não tendo parado mais do que o próprio instante naquele instante; retirara as mãos, pousara-as sobre o colo, guiara-as até o livro sobre a mesinha, descansara-as sobre o regaço de novo. De súbito levou-as à cabeça e finalmente desfez-se do chapéu, pousou-o, sobre a mesa, alisou os cabelos que estavam úmidos. Lembrava-se de que uma vez tivera uma colega e que simplesmente a amava, tanto como poderia amar Maria Clara. A menina – como lembrar-se de seu nome? a menina tinha longos cabelos dourados e olhos azuis, pequenos, maldosos. Enquanto Virgínia permanecia no seu medo e na timidez tudo era leve e delicado entre ambas; depois foi ganhando em confiança e um dia no meio dos risos de uma brincadeira – tudo estava tão solto, tão natural e tão feliz... sinceramente, como poderia adivinhar...? ela segurara na riqueza da amiga, nos seus cabelos longos e alguns fios trêmulos e assustados rebentaram, restaram nas suas mãos; a outra gritara de dor, voltara-se para Virgínia que ainda guardava o excessivo sorriso de alegria nos lábios já sobressaltados, e para a mão culpada, fechada e perplexa no ar; gritara: grande bruta! Sim, sim, fora isso mesmo. E um dia ela pegara na filha da vizinha e segurara-a nos braços até que entre ambas só havia intimidade; o nenê todo cheirava à própria boca, a quarto de mocinha dormindo. Quis abraçá-la e a menina chorou, a mãe veio de olhos atentos, a criancinha disse: ela fez dodói, a mãe retirara a filha dizendo que não era nada. Sim, acontecera tudo isso.

– Vamos sair? disse Vicente com delicadeza.

Ele deixara de franzir os olhos, passava a mão fina e máscula pelo rosto como se precisasse sentir a dureza dos próprios traços; ele estava perturbado; e acentuava-se na sua face vagamente uma certa linha suave que tanto indicava aquela espécie de bondade atenta de que ele era capaz. Ela olhou-o fixamente como se acordasse, como se devesse não esquecê-lo jamais.

– Não, disse.

Não, ela não queria sair, ela nada queria apagar e olhava tranquila pela janela. Nesse instante estava mesmo bonita – Vicente olhou-a acendendo um cigarro, oferecendo-lhe outro. Ela aceitou; e então realmente nunca houvera alguma coisa a apagar e a esquecer; o trecho da vida misturava-se a toda a vida e numa só corrente tudo caminhava incompreensível, essencial, sem medo e sem coragem. Levado pela imponderável força dos minutos que se sucediam no tempo unidos aos instantes que o próprio sangue pulsava. A tarde era fina e calma. Virgínia lembrava-se de que ia viajar, nada dizia e intensificava seu contato com a existência ao redor. Ele próprio chegou mesmo a falar com muita liberdade e seu humor aclarava-se, ele se mostrava amável e alegre. Ela prestava atenção com facilidade e disse-lhe mesmo quanto gostara e compreendera do que ele um dia dissera, talvez no jantar da casa de Irene. Ele se surpreendeu de que ela tivesse guardado a frase, sobretudo compreendido, e quase estendeu-lhe a mão não por vaidade mas por uma espécie de desculpa misturada a um pressentimento confuso de que eles teriam podido viver melhor, de que ele teria podido viver melhor com Vera, ter sido mais gentil com Irene. Ela se sentia tão tranquila que lhe disse mesmo: como Maria Clara estava bonita naquele jantar de Irene! Mas o modo simples como ele retrucou: ela é uma das mulheres mais atraentes que eu conheço – deprimiu-a; ela sorriu porém mudara imperceptivelmente o plano em que existia como se a sala tivesse escurecido no brilho. Lembrava-se constantemente da viagem, lembrava-se da avó, surpreendida de pensar tanto nela. Confusamente, porque a morte lhe parecia um ato de vida, a morte na velhice era um fresco fruto extemporâneo e um súbito revivescimento. Para ela quase só agora a avó começava a existir. Revia seus olhos fixos e úmidos, suas pálpebras pisando numa indecência impotente, aquela pele castanha de fazenda amarrotada, tão maior que seu corpo duro, cego, infantil. Imaginou-a sabida e fúnebre dizer: enquanto existi comi bastante. Como era velha, pesada e morta aquela avó magra que se lembrava subitamente de morrer. Estremeceu finamente a esse pensamento que lhe brotara cruel e livre, ergueu os ombros com descaso porém uma vaga angústia que se misturava também àquela última tarde com Vicente contraiu seus olhos em susto, fez seu coração apertar-se em batidas espaçadas e vazias; afastou-se do pensamento correndo. Costumava passar junto da velha correndo, dar-lhe um rápido beijo e continuar. Às vezes abria os olhos bem grandes defronte da avó como para notá-la realmente e não conseguia vê-la como se fosse uma primeira vez – a avó não existia com a diferença de que seu não existir era incompleto; só um rosto que se beijava como se beija um embrulho de papel; e de repente esta mulher morria como quem diz: vivi. Surpreendia-se de gastar a última tarde com Vicente a pensar na morta, mas por um obscuro e obstinado desejo continuava presa à horrível velha – o que de algum modo estranho significava a despedida que fazia a Vicente sem que ele soubesse. Não, ela não ia falar da viagem à Granja. Mas numa atração que lhe dava misteriosamente um gosto de coisa proibida, baixa e excitante procurava falar da avó, sim, e não dizer sequer que ela morrera... Sua animação crescia, ela contava detalhes, narrava fatos que quase se tornavam reveladores, quase sim, mas ainda secretos – e a vileza, alguma coisa irremediavelmente infame e esperta espalhava-se no ar claro e salgado do quarto. Vicente interessava-se pela avó! Brincava: deve ser bom viver à sombra de uma velha. Mas como um sino subitamente tocado repercutindo violento numa cidade, ele acrescentou:

– QUEM SABE SE UM DIA NÃO A CONHECEREI?

E de repente todo o seu louco desejo de errar a vida e subjugá-la à custa da maldade que inventava, todo o seu desejo que a tornava naquele instante de algum modo ávido feliz foi cortado com uma faca lenta e fria e o mundo caiu na realidade com um suspiro pálido. Ela sentiu o cansaço de todo o seu jogo. Por que não ser simples, boa, compreensiva, atenciosa e natural? perguntava-se cheia de censura: afinal num outro suspiro, parecia-lhe que tinha medo. Ele foi à geladeira e trouxe carne, leite, pudim; ela fez café, sentaram para um pequeno jantar. Jamais se sentira tão bem junto de Vicente. Mesmo quando ele a abraçara ela o compreendera pestanejando, pronta a perdoar no futuro as desgraças que lhe sucedessem. Mesmo que não o tivesse podido compreender, o receberia como uma mulher sabe receber um homem, como uma mãe. E enquanto jantavam, a luz acesa, ela desprezava toda a felicidade que tivera com Miguel. Vicente falava de alguém tão espirituoso, tão... Numa ousadia ela lhe dizia: com certeza é fácil dizer coisas engraçadas; a gente fecha os olhos e não pensa, e fica espantada com o que diz... Ele sorriu:

– Pois querida, então feche os olhos à vontade...

Ela também riu, cerrou as pálpebras corajosa e simples, o coração palpitante; vacilou um pouco:

– Mundo... mundo grande, eu não te conheço mas já ouvi falar e isso te incomoda... me incomoda como uma pedra no sapato!

Ele deu uma gargalhada franca e alegre e enquanto ria olhava-a atento, surpreendido:

– Diga mais, benzinho...

Ela ia tomando confiança como um cão que se alisa; fechou os olhos radiantes, prosseguiu com o rosto corado e quente:

– O corpo... da época morreu... sob as janelas que... se abriam... se abriam para a cor-de-rosa, Vicente! – ela mesma ria. Deveria parar? indagava-se, porque terminaria dizendo alguma coisa excessiva bom-dia, fulano, estragando mesmo o passado. Mas ele ria extremamente divertido e ela não podia se deter, tão fascinante era sentir-se amada. Ele ria sem constrangimento, ficava mais feio, o rosto aberto – subitamente como irmãos, como da mesma família, como quem nada espera um do outro, meu Deus. Se tivesse sabido que para conquistá-lo era preciso fechar os olhos e falar se tivesse sabido. Era com um pouco de tristeza nos olhos faiscantes de riso que ela prosseguia:

– Querido – querido, florzinha verde no violão branco. Menino – menino, florzinha verde no luar... ao luar... ao luar...

– Não, dizia Vicente entusiasmado e falando sério – o que você deve fazer para acertar é não pensar, exatamente não pensar... – Ele sorriu. – Você tem um pouco dos improvisadores de serenatas, sabe? – ele parecia de súbito confuso. – Adriano há de gostar de saber que você tem esse dom.

– Por quê? perguntou ela menos alegre.

– Bem, ele acha você curiosa. Me parece que ele gosta bastante de você, respondia ele quase trocando com ela um olhar sobre a perplexidade do fato.

Sim, era como uma noite de glória. Ela riu baixinho, suave, os olhos cheios de umidade comovida e sonhadora. Fitando-a, Vicente sentiu o coração ceder, uma espuma doce, morna e sufocante envolveu-o, seus olhos se amansaram sorrindo. Ela olhava – ele nunca fora tão belo. Com voz simpática e simples ele disse soprando de leve no seu rosto:

– Eu te amo, menina.

Mal dissera porém, sem transformar a força do rosto e procurando mesmo conservá-la para poder seguir com liberdade o novo sentimento, ele notou imperceptivelmente que não a amava, que a amava talvez exatamente antes de dizer: eu te amo. Contra si mesmo colérico, quis retirar o dito observando o rosto de Virgínia tão espantado e translúcido. Seria a primeira vez em que o dizia? indagou-se com surpresa e censura. Dissera demais, dissera demais, pensava olhando-a com cansaço e pena.

– Teu cabelo está caindo no rosto, disse com uma aspereza disfarçada. E assim dizia de novo que não era amor. Mas quase impaciente sentia que seria impossível agora roubar-lhe o "eu te amo", e ela sorria numa alegria que a tornava antipática, tão cansativa.

– Vamos sair, dar uma volta, disse ele aniquilado.

Com um movimento assustado ela segurou-lhe a mão dizendo: não, não..., porque sair faria terminar o dia. Sem compreendê-la ele olhou-a fixo, indagou: por quê? Como não poderia explicar, ela sorriu-lhe com um ar engraçado, extremamente simpático e atraente, perdido. Ele não pôde deixar de rir, disse com certo orgulho e surpresa: que mulher..., e inclinando-se para beijar-lhe os cabelos sentiu o perfume tonto e sério de seu corpo, alguma coisa a que não se podia enganar, beijou seus olhos que mal se podiam fechar de tanta vida; encostou seu rosto quase com tristeza naquela face fresca e clara como um olhar.

– Virgínia.

Depois, quando ela sentiu que mais um pouco e deveria ir, o fusível queimou, o vento do mar soprava pelos quartos escuros... Ele acendeu velas dizendo:

– Sabe, preciso traduzir esta última página agora porque interrompi antes de você ir: estava muito cansado. E preciso sair amanhã bem cedo.

Ela ficara desocupada errando pela sala que parecia voar com o vento. Espiava de perto as coisas franzindo sobrancelhas falsas, tocava-as com mãos delicadas, vivendo intimamente. Alisou com os dedos a cortina, seu corpo entregava-se a um vago movimento acompanhando o suspiro do mar, foi subindo o braço e de súbito sentiu sua própria forma recortada no ar. Sabia que se Vicente a enxergasse teria o mesmo estremecimento. Olhou-o porém ele estava distraído. Mais um minuto na mesma postura levemente viva e talvez ele a descobrisse... Notou no entanto que a rigidez substituía aos poucos a graça da atitude, sua própria sensação envelheceu e num gesto pensativo e sem dor ela recolheu o corpo às próprias proporções. Abandonou a sala, atravessou o quarto alado, chegou às portas envidraçadas e olhou a rua embaixo. O mar não se via senão de relance como um movimento escuro e profundo – ela estremeceu. Chovia, a rua brilhava negra e doce, carros corriam. Uma inspiração atravessou-a tão agudo e súbito que ela fechou os olhos abalada, raptada. Tropeçando nos móveis indefinidos, aspirando aquela reservada escuridão chegou à porta da sala onde ele trabalhava, os olhos míopes procurando as letras na penumbra mutável.

– Vicente, disse sorrindo angustiada. Deixe eu dormir aqui.

Ele ergueu a cabeça surpreso e em breve através da chama da vela lucilava um sorriso.

– Você quer?

– Muito, pediu ela rindo, a voz rouca pesada de encanto.

Fora uma noite tão feliz, os aposentos flutuavam com as chamas frágeis das velas. Eles haviam bebido um copo de leite e também um cálice de vinho claro e manso. Depois ela mudara de roupa olhando com íntima paixão a camisola que deixaria com Vicente, enquanto o ouvia fechar as portas e andar na cozinha, no banheiro. Seu rosto, depois que tirara o vestido, refletia-se brilhante e corado à luz surpreendente da vela; os ombros cobriam-se de sombras vermelhas e escuras. Vicente fechava a porta de saída experimentando mais uma vez os trincos; andavam ladrões pela zona, costumavam entrar mesmo pelas portas. O mundo parecia-lhe grande, latejante e sombrio, tão cheio de medo e de alegria expectante! enquanto a janela da saleta batia seca pelo vento e Vicente se apressava em fechá-la. Depois deitaram-se juntos, serenos; Vicente apertava com os dedos o pavio aceso da vela. A chuva recrudescia e os bondes longínquos cantavam nos trilhos perdendo-se em distância e silêncio. Ele alisou-a um pouco com delicadeza, disse numa voz quieta, quase severa, que cabia bem no quarto escuro:

– Durma, meu bem.

Percebeu daí a instantes que ele adormecera. Um silêncio de fogo se extinguindo em cinzas. Ela mantinha os olhos abertos. Sentiu por um momento falta do grilo. Ter um grilo alojado no quarto não era possuir um animal doméstico, não dava noção especial de alguma coisa mas a pessoa se lembrava sempre; era uma recordação insolúvel, dura e brilhante como o próprio grilo cantando – ela ia ter saudades quando regressasse à Granja. E porque pensara na viagem estendeu a mão no escuro para uma carícia e com um sobressalto, os olhos arremessados de súbito no ar, encontrou seu ventre frio, mole e palpitante como o de um sapo. Vicente. Esperou um pouco, tensa, aguda; depois abandonouse a uma resignação quase alegre. Ele respirava tranquilo. Indistintamente roncava. Ela sorriu aprofundando a cabeça no travesseiro com secreta malícia e novo ânimo para os dias seguintes. Um dia... pensava apertando os lábios numa incompreensível ameaça dirigida a Vicente, um dia... Ele continuava a ressonar quase roncando, inconsciente. E ela num movimento de recuo e censura a si mesma terminou por evitar o próprio futuro, num suspiro. Não conseguia disfarçar-se agora o largo bem-estar que a aprofundava no próprio corpo, pensativa, todo o ser inclinado para uma mesma, difícil e delicada sensação. Piscava os olhos no escuro com prazer. E uma nova esperança. Mas não do futuro, como uma esperança de estar vivendo aquele próprio instante. Então, no meio do vasto espaço de mundo em que seu corpo hesitava contente, ela se lembrou do pai, de quem se envergonhara uma vez não querendo ser vista em sua companhia na frente das colegas. Lembrou-se da mãe, às vezes doce como um animal de pasto e de quem ela se separara para sempre ao nascer por meio do olhar, da censura e de uma atenção imperdoável. Lembrou-se do centro do próprio coração que parecia feito de temor, vaidade, ambição e covardia – essa fora a sua vida passada. Sentiu-se isolada no meio de seu pecado; e de sua extrema humildade, os olhos molhados, subitamente com ardor ela seria melhor apenas para agradar a Deus. Mas da própria consciência de seu mal vinha também um prazer escuro e animado, uma surda e inocente sensação de ter vencido, de ter com fatalidade e depravação vivido heroicamente. Ela vigiava, perdida num meio sonho onde a realidade surgia deformada e macia, sem pensamentos, em visões. Às vezes afundava mais numa sensação e isso era dormir. Sobressaltava-se então, um instante à tona do quarto ouvindo Vicente respirar num sono morno e enovelado. Aproximava-se dele, encostava seu corpo naquela fonte tépida e serena de onde vinha um cheiro de pele cansada muito agradável. De novo perdia-se em brumas doces e extraordinárias, perseguindo um prazer íntimo que não se definia. Estacou bruscamente ouvindo-o falar:

– ... porque eu não fechei a luz... mas eu... que minha dor... minha dor... – sua voz era grossa e lenta.

– O que meu bem? perguntou Virgínia com o coração palpitante de medo. Parecia-lhe estar falando com alguém que não existia e sua própria voz assustara-a soando rouca e curta na escuridão. Sobretudo algo era mentira. O quê, Vicente? forçou-se ela a perguntar de novo e manteve-se atenta; o silêncio era espesso como se a pergunta tivesse tombado no próprio mar, sentiu que não viria resposta. Apesar de não esperá-la o ar entre os dois era no entanto apenas uma pausa e só aos poucos esta fundiu-se em silêncio e desapareceu com esforço na noite. Ele apertara o lado direito e dissera: minha dor. Estaria adoentado? estremeceu com certa repugnância e orgulho; mesmo em Daniel experimentava nojo pela doença, sentia-se sozinha e fria junto de quem sofria. A chuva caía maciamente. Estava calmo e sussurrante, ela abandonou-se enfim aos travesseiros com um suspiro. Parecia-lhe horrível fazer uma pergunta e não obter resposta; a pessoa ligava-se a alguma coisa invisível que retinha a voz; suspirou de novo. Tentava reconstruir a pequena vida cujos fios ele rompera com a voz. Voltou a cabeça para o lado de Vicente. Como culpar ambos? tudo era tão difícil, havia tantas formas de ofensas entre os que se amavam e tantas formas de não se compreender; nada de essencial fora atingido com o seu amor; ela respirava devagar, suave docemente, a mão pousada sobre o peito onde pulsava um coração que era feito de surpresa, cansaço e vinho. Aos poucos foi se percebendo acordada como se tivesse bebido água fresca. Pareceu-lhe estranho estar atentando para a escuridão; lembrou com certo medo do próprio apartamento nessa noite abandonado ao escuro, as malas abertas ao vento – um vago fervor erguia-a por um instante acima de si mesma e sem força deixava-a impalpavelmente cair no próprio destino. Relembrou a tarde com Vicente; a felicidade era tão violenta, abalava-a tudo; aqueles instantes horríveis haviam-na deixado fora de si, infamiliar, curiosa e removida de seu interior; podia-se pois sucumbir de felicidade, ela se sentira tão abandonada; mais um minuto de alegria e teria sido lançada para fora de seu mundo por desejos audaciosos, cheia de uma esperança insuportável. Não, ela não desejava a felicidade, ela era fraca diante de si mesma, fraca, embriagada, cansada; descobriu rapidamente que a exaltação a fatigava, que preferia estar escondida em si mesma sem jamais tremer, sem jamais subir; pela primeira vez notou como ela parecia realmente inferior a várias pessoas conhecidas, isso lhe trouxe à boca uma sensação de mal-estar e procura, certa ânsia sem dor como se se tivesse deslocado imperceptivelmente do próprio contorno; num vago suicídio suspirou devagar, mudou a posição das pernas, recolheu-se apagando-se; seu decorrer era como algo que se movesse em todas as direções; seu peito se comprimia informe, aos poucos a inspiração de Vicente dava-lhe um ritmo e ela se deslizou para um cansaço tranquilo. No silêncio da primeira sonolência erguia-se um tom de indagação e de olhos dormentes ela sentia um movimento dentro de si, leitoso, vago, quase inquieto como resposta absurda. Ela se disse quase como "não" e assim retrucava a "algo" que concordou e ficou satisfeito encolhendo-se e ela não só sabia o que seria como admitia tranquilamente com algum ardor que assim fosse, tal era a única espécie de experiência que possuía, tal era o seu único viver sem pecado. Na quietude do aposento a madeira do assoalho estalou. Coisas começavam a viver sozinhas. Ela adormeceu.

Abriu as pálpebras pesadas um instante – a brisa mais clara iniciava a madrugada, sonidos fracos e luminosos espalhavam-se longe enquanto o quarto guardava um silêncio noturno, morno – ela cerrou as pálpebras.

Então abriu os olhos num sobressalto – grandes nuvens de claridade se aproximavam, depois da noite de chuva fazia um frio duro e excitado, o ar flutuava fresco, úmido e cheio de ruídos... Ainda inconsciente ela se assustava, o dia assustava-a – os olhos abertos... Então a ideia cortou-a num gemido: iniciar a despedida, a despedida! era hoje a noite! a viagem! Olhou para o lado: com uma surpresa quase ridícula e vitoriosa Vicente não estava, os lençóis revolvidos, a marca no travesseiro... A camisola escorregando no ombro, sentada na cama, e aquela brisa alegre soprando os cabelos, arrepiando a pele – ela estava ofegante. Vicente não estava, levantou-se rapidamente, atravessou o chão seco e frio com os pés descalços, a camisola larga desmanchada nas pregas cuidadosamente inventadas para agradar. Sobre a mesinha da sala viu o bilhete de Vicente; Virgínia: tive que sair cedo para entregar o trabalho, meu bem, amanhã certamente falaremos, hoje trabalho o dia todo, não deixe de vir amanhã, meu bem dormiu direitinho? teu Vicente, Vicente, Vicente. Ela vestiu-se depressa com os olhos grandes e mudos, parava para dizer angustiada, profundamente surpreendida e apressada: arrh!, cheia de dor, penteava-se, saía pela porta do fundo trancando-a, jogando a chave pela soleira. Não esperou pelo elevador, desceu as escadas, depressa, viu-se na rua. A luz do dia invadia-lhe os olhos, o cheiro matinal de mar, de gasolina, ela se encolhia andando para a frente, quase correndo mas o corpo a incomodava acumulado dos dias que já vivera – olhara para o lado e Vicente tinha ido embora enquanto ela dormia – quase corria com dificuldade apertando subitamente a boca com uma das mãos. Tão, tão ferida... o peito dilatado, ardido, vazio, o ar arranhava seus olhos e ela se apressava na rua protegendo-se como se caminhasse contra o vento e a tempestade, o olhar alargado; prosseguia mas estacou com a mão no seio, o chapéu! ah meu chapéu! ela o esquecera... e isso apunhalou-a com brutalidade... ela abria a boca perplexa, apertava o busto com os dedos: meu chapéu. A sensação do arcabouço do corpo como um limite frágil e elétrico contendo apenas ar, ar esgazeado e tenso; só ferida, o corpo empurrado para trás a uma distância pálida e sem medida – assim pois voltaria para a Granja! de súbito aquela era a verdade, a única depois de acordar e não encontrar Vicente! lograda, não encontrar Vicente, ter dormido demais! e meu chapéu?!... Perdera-o para sempre. Com o corpo pesado de novo quase correndo, quase chorando tomou o táxi perguntando a si mesma se gastando assim teria o dinheiro completo para a viagem, afundando no macio do carro, falando abafada e escura para o *chauffeur* que sorria amável com um rosto fino, a barba feita há instantes, a pele esticada e feliz, pronto para iniciar o seu dia. Ele calcou o acelerador com o pé, um ruído quente encheu o veículo, ele apertou os lábios com firmeza pensando vagamente como se podia ganhar bem a vida fazendo o carro rinchar num preparativo de corrida, ganhando então dinheiro, guardando-o bem no bolso, abrindo a portinhola para o passageiro sair, levantando de novo a placa adquirida na Prefeitura: Livre. Sim. Livre, Livre, Livre.

Fechou os lábios franzindo as sobrancelhas cheio de responsabilidade e severidade enquanto tocava a buzina, olhava o sinal do poste e pensava com certa benevolência, sentindo o assento do carro já morno e familiar numa promessa de um dia cheio, de uma boa interrupção para um bom almoço, de muitas corridas por que lugares?: simpática esta primeira passageira.

Ela viajaria no trem noturno que partia às seis e pouco da tarde. E esse dia que preparava a partida, ela o atravessou de olhos calmos, secos e surpreendidos, projetada para o tempo vazio que era o futuro desconhecido. O que viria? se Vicente surgisse? a viagem, acordar de madrugada já no trem... e nunca mais talvez sentir o cheiro quieto da manhã se levantando com poeira na cidade: como seria violentada.

Cada gesto tentado para exprimir aquele largo luminoso que se comprimia no peito, cada gesto nessa direção esgotava-se sem envolver por um instante sequer o verdadeiro sentido de sua dor. Era dor aquilo seco dilacerando-a subitamente. Vestida apenas na combinação curta, os gordos braços nus, ela parava com uma camisola nas mãos antes de guardá-la na mala, quase dizendo-se: mas eu estou louca contra mim mesma, contra a realidade! pois bastaria querer e convencer-se-ia de que a realidade da viagem era outra, a do trem, a de lanchar no trem, a de rever sua casa, e não a doida. Mas algum sentimento fantástico aspirava-a para uma atmosfera lenta a sobrenatural, quase impessoal e com os olhos estarrecidos ela era obrigada a ver e a transformar. Não, não pensar, deixar-se rodar com os acontecimentos. Mas lembrava-se de Vicente e inclinava-se para diante, a mão apertando o corpo, os olhos cerrados, cheia de náusea e emoção, em crises inesperadas espaçadas como as dores que anunciam o parto. Depois um alívio e um suor frio percorriam-na com cansaço, ela abrira os olhos pálida. Guardava a camisola, afofava-a na mala com as pontas dos dedos, o mais que podia para interromper aquela voracidade de seu coração pela tragédia. Então ia embora! Era só isso. Hoje estaria no trem e... Não podia completar os pensamentos, receava esboçá-los tão definidos que eles aparecessem claros na sua pobreza; e então, independentes, ela possuísse a dor sem a compreensão e a tolerância que dava a si própria antes de saber o que realmente pensava. Adeus, meus queridos filhos, dizia ela baixinho no quarto desarrumado para provocar em si mesma enfim a crise daquele estado. Estava abatida, velha, o longo rosto amarelado. Sentia sono também: se dormisse estaria salva, pensou com medo e ardor.

Deitou-se e logo pesou-lhe o cansaço da noite maldormida. Ah, como era horrivelmente feliz em estar exausta. Um vago choro formou-se nas suas entranhas e ela se disse sentindo-se revolvida e dolorosamente contrita: é cansaço, só isso. Adormeceu caindo caindo caindo através do escuro. Estacou: a cidade metálica. A cidade metálica. A Cidade Metálica. Tudo brilhava excessivamente limpo e nela havia o medo de não poder alcançar o mesmo grande brilho e apagar-se humilde e suja. As mulheres eram louras e a um movimento de cabeça conseguiam novos penteados; finos, lisos e sedosos, quase fugitivos e irritantes cabelos correndo como rios de suas cabeças redondas. Alguém podia chegar à cúpula mais alta da cidade, ver embaixo faiscarem os metais e gritar: eu quero morrer, eu quero morrer – interrompeu-se: era a primeira vez que desejava morrer desde que vivia. E alguma coisa dizia também: meu Deus, com infinita ternura, quase com vergonha, quase com malícia: meu Deusinho. Em seguida o travesseiro era um amontoado onde se afundava a cabeça e encontrava-se quentura, quentura de penas cheirando ao próprio corpo que aspirava o perfume; uma força morna e persistente sorvia lentamente a pessoa para o centro da cama e do sono, e caía-se, caía-se, era inútil tentar libertar-se do sonho e caminhar para a luz esbranquiçada e doentia do sol que existia sobre as pálpebras como um peso vacilante. Fugir do sonho, fugir do sonho. Mas a diretora da cidade, com óculos e um sorriso, como era doloroso estar diante dela, vinha e forçava-a a comer ovos estrelados em frigideiras quentes de banha, a comê-los um atrás do outro, dezenas, Vicente, dezenas, sentindo o estômago chorar de asco. Então é que vinha de novo o "eu quero morrer" – era a primeira vez desde que vivia – mas agora tão forte e sério que lhe parecia ter apenas ensaiado até então. Com um suspiro ela arranjava um emprego de lavadora das banheiras das mulheres louras da cidade da diretora – como era rápido e turbilhonante. Eram grandes banheiras lisas e as mulheres eram tão belas, as coxas tão grandes que ela terminava por ser uma delas. Procuravam-se ovos em vão; como eram raros, como eram raros! Quando achavam comiam-nos crus e nuas, finas como de seda, entrando na banheira. Então o que ela mais temia – marrom, brilhante e agonizante – ia crescendo aos poucos, crescendo crescendo crescendo até simplesmente alguém ser obrigada a rir para mentir a tragédia; aumentava até ser demais para os ouvidos e para os olhos e para o gosto da boca e aniquilar toda a ideia de grandeza que se podia ter, os oceanos invadindo e cobrindo a terra; depois enfim diminuindo. Mas quanto? afinal quanto? basta, basta! ela argumentava com a mão estendida – afinando de tal forma que uma linha penetrava a outra como a linha atravessa a agulha e o tecido sensível. Compreendia-se que mais um pequeno esforço e seria possível acordar. Num impulso extra-humano ergueu o corpo do lodo movediço apenas com a força arquejante do próprio desejo e foi projetada violentamente para o vácuo do dia amarelo que zunia; o cheiro do quarto erguido pelo calor avivou-lhe a consciência e ela percebeu com um leve suspiro que acordara – uma leve mão aflorava à água e o sonho se turvava. Numa forte enxaqueca seu estômago se contraía, a cabeça latejava. Com a combinação arregaçada sentou-se quase inconsciente na cama e como nas primeiras vagas do sono deixou-se ficar longo tempo. Abria às vezes ainda mais os olhos, espiava ligeiramente, recolhia-se depois horrorizada. Despertou finalmente. Um relógio batia fechado num apartamento longínquo, sombra e poeira. Ela ergueu-se a meio. Do cansaço desperto e novamente ansioso, como de matéria revolvida, parecia exalar-se um tênue impulso, desorientado a princípio, depois agudo, quase gritante com a força contida dos desabrochamentos – pôs-se de pé. Mas estou louca? mas não, repetia-se radiante e fraca, mas não.... repetia sem saber, que importa o que vem... era tão simples... um estremecimento de vida percorreu-a veloz, intolerável, quase vomitou. Numa impressão confusa sentia que não havia desgraça grande demais para seu corpo... sim, que tudo ela suportaria, não, não por coragem mas porque vagamente, vagamente, porque o impulso inicial já fora dado e ela nascera; ela pensava a própria sensação de fatalidade que era afinal a sua última certeza de estar vivendo, a impossibilidade de no mais fundo da carne admitir que nesse mesmo instante poderia estar morta. Sim, e depois parecia ter chegado ao limite de si própria, lá onde se confundiam a alegria, a inocência e a morte, lá onde numa cega transubstanciação as sensações tombavam no mesmo diapasão... e como ela chegara ao limite de si mesma, sentou-se de novo, quieta e branca e espiou levemente as coisas sem espera, sem lembrança; alisou a alça da combinação, um dos grandes seios pálidos, reduzida subitamente ao começo. Das construções vinham as vozes. Chegara a um instante raro de solidão onde mesmo o mais verdadeiro existir do corpo parecia hesitar. Ela não sabia qual seria o próximo instante – como pela primeira vez a vida vacilava pensando sobre si mesma, chegando a certo ponto e aguardando a própria ordem; o destino se esgotara e o que ainda prosseguia era a sensação primária de viver – o tema interrompido e o ritmo latejando seco. Os momentos soavam livres de sua existência e seu ser destacou-se do tempo sobre o qual decorria. Apertou a mão no peito – na verdade o que sentia era apenas um gosto difícil, uma sensação dura e persistente como de lágrimas insolúveis engolidas depressa demais. Das construções vinham vozes. Pareceu refletir um instante e pôs-se à escuta.

– A pequena respondeu: vai tu, isso é que é!

– Mas foi?

– Pois então, homem!

O fim emendou-se a uma gargalhada grossa e baixa penetrada por outro riso mais claro misturado a um profundo e longo; num tom mais alto um homem moço riu tão calmo e viril que ela aguçou os ouvidos e antes que ele terminasse todos juntos recomeçaram dissonantes e violentos. Pararam e ouviu-se o arranhar da pá na terra, seguido de baques sonoros sobre madeira oca. Teve um suspiro rápido, abaixou a cabeça olhando o chão empoeirado. Veio-lhe fatigada a ideia de que as coisas esperavam continuação, de que devia mover-se e movimentá-las. O trem, as malas, Vicente. E como estava muito afastada de si mesma e de sua própria força, procurou, sem mesmo conhecer a natureza de seu impulso, ligar-se a uma dor mais sensível e mais possível, daquelas que provocavam uma solução; levou-se confusamente a pensar que ia se separar de tudo e chorou falsamente. Mas não havia tristeza, havia cansaço e indiferença enquanto olhava as tábuas escuras com resignação. Depois disso pôde enfim viver quanto às malas e ao trem, ao seu destino diário e aos dias futuros que pareciam precisar dela para existir. No fundo de tudo, quase despercebido, havia horrível como uma luz amarela e desesperada o perigo de si própria, o medo de repetir alguma vez mais aquela sensação de há pouco, um pressentimento de começo onde ela adivinhava a aproximação da morte, vertiginosa e calma. Viveu um dia grosso e sem luz. De um só jato chegou à hora da partida; o sol ainda iluminava a cidade cheia de bondes e pessoas. As duas malas já colocadas no vagão de carga, ela assistia às despedidas dos outros. O chapéu marrom enfeitava-se de azul combinando com o vestido sob o capote cinzento. Sobretudo temia o instante em que o trem desse a primeira arrancada, o primeiro apito e a primeira dor. Entrou no *toilette* estreito que cheirava mal, tirou o chapéu pequeno, começou a lavar inutilmente o rosto, a pintar-se, a se pentear; ajeitando a roupa, enganando o instante. Pintava os lábios quando o trem se pôs em movimento, empurrou seu braço, deu um violento risco de *batôn* na face pálida e abatida, adeus! O coração comprimiu-se respirando apenas na superfície, o rosto escurecido e morto. O pior passara. Ela saiu aos solavancos, sentou-se bruscamente no meio daquela gente estranha. Olhava pelo trem, a poeira nos olhos, os lábios ressequidos de água e sabão. Uma criança alourada chorava no colo de uma senhora jovem e gorda. A última claridade cortante da vidraça estremecia entre ruídos surdos; seu coração endurecia pequeno e enegrecido. Levantou-se para tomar café alisando a saia já amarrotada; seu peito contraía-se áspero como um olho avermelhado e seco de poeira. Uma ânsia rouca e assustada empurrava-a com os movimentos sacudidos no trem para o fundo do carro enquanto ela forçava o corpo para a frente tentando alcançar o vagão-restaurante – o apito soou súbito e longo, a locomotiva sacudiu-se ainda mais depressa, não, meu Deus, não, dizia-se ela num desespero íntegro e obstinado olhando friamente para diante e atingindo com dificuldade as etapas do trem que corria; enquanto perto do coração era como se ela tivesse tragado um objeto negro e imóvel. Uma criança magra chorava no restaurante diante de um copo de leite, sempre, sempre. Quando viera para a cidade, com o corpo desperto afastado do encosto do banco, o coração tonto de curiosidade e juventude, uma criança também chorava; e um cheiro excitado de comidas, perfume, carvão e cigarros dava-lhe aos olhos uma pausa misteriosa e calada; o rosto sério e sensível sob as longas fitas daquele chapéu excessivamente infantil para a moça avançada que ela era, algumas finas rugas. Mas agora era como se tivesse tragado uma resistente fagulha, os olhos ardentes. Lembrava-se da viagem para a cidade – naquele dia vinha um impulso do hálito de carvão quente e capim úmido e daquele ruído contínuo que parecia empurrá-la para a aventura, para a aventura, a aventura; sob as velhas fitas do chapéu ela engolia alegremente a poeira e observava o cansaço excitado dos viajantes sacolejando benevolentes, os olhos claros e grandes das mulheres; parecia um piquenique. O barulho das rodas impedia então a conversa e os passageiros olhavam-se isolados pela atmosfera cinzenta de ruídos; e era bom como num lar, ela mesma sentada junto de Daniel que lia jornais escondendo o coração. Era bom como num lar. As pessoas comiam sanduíches sem se aproximar dos encostos dos bancos, como ela própria, e mastigavam ocupadas em avaliar a distância. E agora... Agora veio o café, um pãozinho com manteiga e ela estava só. Não se sentia infeliz. Sobretudo experimentava uma altiva e fria sensação de que ninguém poderia tirar-lhe o que ela vivera; concedia certa atenção íntima e obscura ao que estava sucedendo e que mais tarde, talvez impossível de relembrar, faria no entanto parte de sua história. Olhou pela janela: um botequim isolado no meio do mato ralo, construído em tijolo e cal, prenunciava uma aldeia; eram apenas duas portas, um cão deitado afugentando moscas e tudo passou celeremente, a própria povoação em sombras, em traços rápidos, longos, inacabados. O trem avançava pelo atalho aberto na mata escura, molhada pela última chuva; o cheiro de água adocicada, os trilhos refulgiam sinuosos, desapareciam sob o trem. Ela começou a pensar em como na realidade poderia não ter partido; e a ideia de que estaria nesse momento na cidade esperando o dia seguinte para ver Vicente acordou-lhe um novo grito abafado no coração. Jamais tivera uma noção mais precisa e estranha de dois lugares existindo ao mesmo tempo, de uma mesma hora decorrendo em todo o mundo, e esta sensação instantânea aproximou-a como nunca do que ela não conhecia. Como eu sei inventar as coisas até o fim – levava-se por uma obstinação inconsciente a um ponto em que na verdade atingia o que pretendera e no entanto não podia suportar o que ela própria criara. Seria tão mais fácil ser melhor para si mesma; as pessoas se preveniam para ter companhia durante todos os instantes da vida, mesmo Daniel; e ela, misteriosamente desprendida, conseguira ficar só. Lembrava-se de como pouco tempo antes de ir morar na cidade com Daniel aceitara passar um mês na fazenda longe da Granja, mesmo quando sentia aborrecimento e cuidado pelo que estava por suceder; lembrava-se de como não pudera jantar naquela fazenda de velhas e de empregados lesos, o peito preso em lágrimas, o corpo ardendo de silêncio; e de como não pudera dormir, deitada na estranha cama baixa, ouvindo grandes ratos caminharem; e de como não se surpreenderia então se a porta se abrisse e entrasse um ser e a marcasse com dedos doces e roxos, sem ninguém para salvá-la, longe da família de membros lassos mas que se fechariam ao seu redor e impediriam o que era fatal de se aproximar; como pudera esquecer esse mês de medo e meditação? só agora a recordação voltara. E depois, os olhos fitando a escuridão atrás da vidraça do trem, lembrou-se de como não seguira para a Granja com Daniel quando ele noivara e de como no entanto teria sido fácil não ficar só; então morara com as primas... e sim, enquanto não achava um apartamento ficara na pensão. Com um suspiro afinal aproximou-se da lembrança da pensão. Era dia santo; quando entrara para jantar pela primeira vez – as mesinhas cobertas com toalhas quadriculadas de vermelho, um jarrinho de rosas murchas, ninguém a olhava, ela já adquiria um ar distinto e calmo – de novo nada pudera comer, a garganta contraída por uma solidão emocionada e nervosa. Suas mãos tremiam e ela as olhava espantada. Depois subira ao quarto de biombo encardido; vestira a camisola e a um movimento descobriu-se no espelho comprido, o corpo grosso aparecendo num voluptuoso triste através da fazenda fina – aquelas horríveis camisolas de solteirona antes de Vicente. Via o rosto vermelho de lágrimas, o cabelo penteado num rolo discreto de mulher que anda só; uma criança disforme e esquisita que despertaria olhares de curiosidade. Ah sim, não existia Deus, isto se tornava tão claro, o vento alegre e fresco dizia-o entrando no quarto, as flores vermelhas do jarro repetiam-no e tudo se bastava com segredo e terror. Sem saber o que fazer da longa noite ela despira a camisola, vestira-se de novo. Não se atrevia a pensar pressentindo que o pensamento a isolaria ainda mais. Uma lâmpada acesa da vizinhança dava leve penumbra ao seu quarto; o biombo parecia mover-se e respirar. As flores estremeciam na jarra estreita. A mesinha coberta com uma toalha empoeirada pairava extraordinariamente quieta como se não tomasse contato com o chão. Ela se apoiara a meio sobre a cama forrada, recostara-se no travesseiro e fitava o ar da noite morna; zumbidos enchiam o silêncio asfixiado de verão. De súbito, no coração da casa velha rebentou uma veia em estilhaços e sangue, em alegria congestionada – ela sentou-se com um sobressalto na cama, abafou um grito de horror. Uma pequena orquestra tocava no salão embaixo. O saxofone atravessava os parcos instrumentos deslocando-os. Imóvel, apertando a blusa no peito, ela ouvia como em sonho o fox rouco e desconjuntado. Acenderam uma luz na casa defronte e seu aposento ligeiramente atingido abriu-se em vaga claridade. A música estacou, palmas úmidas e curtas sucederam-se em linhas quebradas, interromperam-se. Aquele dia de data santificada, o comércio fechado, encontrando homens de pijamas nos corredores e nos banheiros mistos da pensão; agora eles arranjavam uma orquestra... Amanhã! amanhã ir embora e procurar alguém definitivamente! prometia-se. E isso – como ela era poderosa às vezes – e isso que ela sabia ser uma mentira apaziguava-a, fazia-a poder esperar com o coração mais uniforme, consolada como uma criança, palpitando com cuidado para não se magoar. Como era preciso ser delicada consigo – isto ela aprenderia sempre mais, a cada momento que fosse cumprindo; viver como se sofresse do coração – tateando, dando-se boas notícias suaves, dizendo sim, sim, você tem razão. Porque havia um instante na permissão que alguém se dava que poderia chegar a um estarrecimento seco e tenso, a alguma coisa da qual simplesmente não se conseguiria dizer o fim. Um estado em que ter força seria a própria morte talvez, e a única solução estaria na entrega rápida do ser, rápida, de olhos fechados, sem resistência. Passava os dias no quarto. Enquanto os maridos trabalhavam, as mulheres vagavam pela pensão em roupões leves e floridos, reuniam-se na sala para conversar, uma pintava as unhas da outra, faziam-se penteados novos e emprestavam-se *batôns*, cosiam roupa, viam revistas, como os macacos do jardim zoológico. Só um casal mal aparecia. Ele tinha sobrancelhas baixas sobre olhos dissimulados, rosto minúsculo e orelhas largas como um morcego. Ela era pequena, de pouco pescoço, o peito ligeiramente saliente, dócil, curiosa e feia. Os dois pareciam ligados por coisas secretas, como por um crime sexual; mas ele a protegia e ela se sentia protegida. Lembrou-se também de como agradecera quase ardentemente a uma delas que lhe emprestara uma revista e como então retraíra-se com frieza pensando que fora ridícula; subira para o quarto e ficara refletindo sobre se agradecera pouco ou se humilhara demais; e então procurara castigar-se não lendo logo a revista, buscando assim a perfeição? sim, meu Deus, mas sim, fora isso o que buscara, o corpo grande e tosco de criança, fora isso o que ela buscara com seriedade: a perfeição de si mesma. Uma larga e misteriosa vida de criança – era o que parecia ter sempre experimentado com olhos grandes e frios. Lembrou-se também de como no silêncio do novo apartamento chegava-lhe tantas vezes aquilo que não faltava todos os meses e de como assim a vida se sucedia no seu corpo, impassível, seguindo um ritmo a que ela assistia orgulhosa e inquieta, cuidadosa. Lembrou-se de como se sentava depois do jantar à mesa, docemente atenta, o coração transpassado pelo medo e pela espera; um vento leve perpassava pela superfície do corpo, esfriava o ar, a nova cortina estalara cega. Uma presença de brancos lábios assustados enlanguescia no ar, o silêncio era aspirado numa vertigem, ela inclinava a testa, um som vinha de longe da rua, nascido de movimentos e palavras: sim, sim..., respirava seu corpo fracamente, as pálpebras piscando. Sim, sim..., num cansaço surpreendido alguma coisa não se realizava, deslizava como o vento e desaparecia para sempre; um receio frio fazia-a estremecer; o longo e tenso silêncio aguçava-lhe inutilmente os sentidos... Passava os dias se compreendendo. Lembrou-se enfim de como numa tarde, riscando a toalha com a unha, pareceu-lhe ter ouvido baterem à porta. Levantou-se e abriu-a sobre o corredor vazio. Não encontrar ninguém assustara-a tanto que ela recuara, fechara a porta rapidamente sem ruído e encostara-se à parede sentindo o coração bater tonto e brusco, aquela sensação de erro que jamais se elucidara, uma fatalidade soando no relógio com fineza e precisão. A solução estava na entrega rápida do ser, sim, sim, de olhos fechados, sem resistência. Isso era bem existir. Então era isso existir – precisava-se repeti-lo sempre e assim podia-se viver com certa felicidade absorta, maravilhada. Como buscar no centro das coisas a alegria? por mais que nalguma vez remota e quase inventada a tivesse encontrado e vivido nesse próprio centro. Agora possuía a responsabilidade de um corpo adulto e desconhecido. Mas o futuro viria, viria, viria.

Seu leito ficava sobre o de uma senhora cega. Um rosto sorridente e perscrutante que parecia extraordinariamente vivo, inteligente. Ofereceu-lhe com mornidão auxílio sem conseguir sofrer com a mulher. A cega respondeu com voz firme, clara e delicada:

– Se precisar chamarei.

Subiu com esforço, fechou as cortinas e na estreiteza do compartimento deitou-se. O rodar do trem vibrava no seu cérebro e adormecia-o; cerrou os olhos profundamente.

Talvez abrisse-os com lentidão muito depois, mas eles se descerraram como no mesmo instante... Era noite escura, o trem fugia. A cortina sobre a janela movia-se vagarosa e suave a um vento brando. E ela pensou ou viu uma sombra que era a de uma mulher extraordinária, fina e tranquila, tão móvel e esfuziante como o próprio ar, olhando-a como quem se debruça em silêncio. Virgínia abriu realmente os olhos que há tanto tempo cerrara e num susto soergueu-se no leito estreito e sombrio que a cortina velava. O trem corria sem obstáculos pela noite calma e perfumada. Quanto tempo decorrera ao redor da mulher sentida? sorriu sem saber por quê, a cabeça pensativa; pressentia com um prazer sereno e absorto como era novo, inexperiente e indecifrável o existir, como ela própria poderia algum dia ser adivinhada por um desconhecido numa estrada de ferro sem dizer uma palavra. Cerrou as vidraças, a cortina, deitou a cabeça pesada e pálida sobre o travesseiro que estremecia com todo o vagão-dormitório. Perdeu a consciência e só uma ou outra vez sentia a luz amortecida e nauseante acesa sem fulgor sobre a cabeça, ao alcance da mão. Voltava-se para o outro lado e de novo esquecia. Depois abriu os olhos e sem entender-se ficou espiando, ouviu o roncar de um homem perto de seu corpo, atrás da cortina áspera de poeira, no compartimento contíguo. Agora todo o carro arquejava escuro, as luzes haviam sido apagadas, o rodar do trem era íntimo, fantástico. Uma escuridão compacta comprimia seus olhos abertos. Afastou a cortina que cobria o vidro exterior do leito e um luar azulado cortou seu corpo de surpresa... O trem corria violentamente pela noite e as campinas se estendiam lívidas, exangues... atrás no passado, jamais conseguindo alcançar o momento em que ela vivia. Seus olhos passavam correndo por uma árvore e a árvore era imóvel, sem que uma brisa ameaçasse suas folhas. No entanto estava frio. O verde dos milharais silenciosos estendia-se azul arroxeado e fulgurante na paisagem misteriosamente clara; mas o fundo da visão ocultava-se negro e reservado, um braço escondendo com o segredo os olhos. Percebia um poste telegráfico ao longe e o trem aproximava-se dele no mesmo ritmo de atenta ofegação; quando sua janela o alcançava e ambos eram o presente, o poste era com violência arremessado de uma só vez para trás e o trem afastava-se esquecendo-o bruscamente. Procurou um sentimento em si mesma e estava apenas clara, insonemente clara. Não tentou dormir, a resolução serenou seu rosto – a cabeça no travesseiro alteado ela olhava as planícies se sucederem, ouvia o apito desperto do trem erguer-se para o céu; uma ou outra fagulha passava em turbilhão pela janela, um pequeno grito de dor, arrastado. Água brilhava às vezes quietamente lá fora e logo desaparecia para sempre, até o fim de sua vida. Ela flutuava nas vagas profundas do sono com os sentidos lassos e perdidos. Rara vez, como o riscar silencioso de um cometa, emergia quieta das ondas à tona, elevada por um simples impulso, pela mesma ausência de força que inspiraria um descerrar de pálpebras. Levemente acordada pairava longe do mundo, oscilando sobre a própria dormência, rodeada pelo escuro momento passado e pelo que já se esboçava: estar acordada era então da mesma matéria do dormir, mas purificada num só véu e ela via através dele sonâmbula e mansa. Enquanto durava o segundo longo ela pensava e sua lucidez era a própria claridade crua do luar; mas não sabia o que pensava; pensava como uma linha parte de um ponto prolongando-o, pensava como um pássaro que apenas voa, simples direção pura; se olhasse o vazio sem cor ela nada enxergaria porque não existia o que enxergar, mas teria olhado e visto. Assim dormia ela de outra espécie nos dias de confusão e martírio; concentrava-se então no sono como se atiçassem com uma lança e ela encolhesse o seu existir deixando a vigília vazia. Muito do seu passado não se realizara à flor do dia mas nos lentos movimentos do sonho, embora ela raramente pudesse relembrá-los. Ouviu ruídos abafados de malas e de passos, compreendeu que dormira. Era madrugada, a noite ia-se esvaindo; uma luz nevoenta pairava em halos sobre as coisas. Pela vidraça descida via que o sol ainda não nascera mas percebia a frescura e a vida nova tremendo delicadamente em cada folha. Sentou-se sobre o leito ergueu o espesso vidro e um súbito frio alegre rodeou-a; não suspeitava que a noite tivesse terminado tão completamente. Penteou os cabelos emaranhados, desceu para tomar alguma coisa. Para seu alívio a cega desaparecera. Bebeu café com poeira, experimentou doces escuros e oleosos. Um homem gordo olhava-a de dentro dos olhos com o queixo encostado no peito. Ela bebia o líquido morno; talvez estivesse triste mas tinha nesse instante a firme sensação de que não podia viver de sua própria tristeza, de sua alegria ou mesmo do que sucedia; de que então? revolvia-se inquieta e atenta como se procurasse uma posição para viver. Ocorreu-lhe enfim pela primeira vez que veria todos de casa, que voltaria ao seu quarto. Que Daniel estaria na Granja, a esposa... não, a esposa passava os seis meses perto dos próprios pais... Daniel atendendo com o pai a papelaria? Como mais tarde acharia bonita a paisagem começou por notá-la numa percepção ligeiramente distraída. Depois do café fumou e enquanto fumava procurava concentrar-se, compreender sua vida naquele instante. Buscava observando-se – mas nada via senão o céu cinzento como sucedia quando tentava pensar com profundeza. Parecia buscar a ligação que deveria haver entre a espécie de elfo que ela fora até a mocidade e a mulher de corpo sensato, sólido e cauteloso que ela era agora. Iria rever sua terra e temia, um pouco nervosa, impaciente e tímida, o próprio julgamento. Tive minha oportunidade na adolescência, não sabia ela que pensava soprando a fumaça com a sorte de prudência e falta de graça que usava em relação ao cigarro. Perdi minha oportunidade na infância. Embora seu corpo atual tivesse um destino diário. Lembrou-se de Vicente com uma saudade assustada que era também surpresa pela estranha calma e alegria de alívio. Quem sabe, nem voltaria, chegou a imaginar. Observou afinal que esta fora sua impressão desde que recebera a carta do pai. Mas não queria pensar e afastou o pensamento fechando rapidamente os olhos, movendo a cabeça e expelindo a fumaça com decisão. Sentia um pouco de fome e isso prometia apagar qualquer coisa. Quando eu comer..., dizia-se numa vaga ameaça, os lábios secos, como a um novo dia. Ocorreu-lhe numa primeira alegria emocionada que veria Daniel, que ele repetiria "cada vez mais teu tipo se torna material..." e ela enrubesceria com sua falta de filhos. Sentiu-se apaziguada, expectante; mesmo numa vida pouco feliz e compreensível a continuidade dos momentos resultava em alguma coisa flutuante e no entanto estável, o que afinal significava uma vida equilibrada. Uma menina pequena com uma toalha amarrada no pescoço, dentes quebrados e olhos castanhos num rosto redondo, sério e pálido – estava em pé junto dela. Olhando-a. Virgínia deu-lhe um rápido sorriso. Sua última experiência com crianças fora trágica.

– Tu fica? perguntou a menina.

Surpreendida, quase assustada, Virgínia olhou-a com mais atenção.

– Tu fica? continuou a outra com paciência e delicadeza.

– Como...

– *Tu fica?* indagou a menina gritando.

– Fico, sim, fico, apressou-se Virgínia alarmada olhando-a com atordoamento. A menina continuava em pé observando. A mãe, sentada de costas, percebendo que algo se passava, voltou-se, olhou rapidamente com seus olhos amarelados, perguntou: estavam conversando? Virgínia assentiu. "Ela não tem claro as palavras ainda", disse a mulher numa estranha linguagem, sorrindo e voltando-se para a frente. Parecia contente de ver a criança ocupada. A menina espiava as duas esperando com mansidão.

– Tu fica? perguntou depois de uma pausa.

– Fico. E você fica?

Ela pareceu cair numa grande perplexidade a essa pergunta; recuou assustada sem desfitar os olhos de Virgínia. De repente andou até a mãe:

– Sim, sim, disse a mulher sempre de costas, a expressão impossível de se adivinhar.

Caminhou até Virgínia, parou a uma pequena distância:

– Eu fico.

– Ah, sim, ótimo, ótimo.

– E tu fica?

– Ficar onde?

De novo a pergunta aterrorizou a criança, ela olhou angustiada, o rosto claro e redondo. Seria idiota? O nariz escorrendo faiscava úmido ao sol, suave e curto. Virgínia aproveitou o seu recuo para desaparecer. Quando já atingira o fim do vagão com horror foi alcançada pela menina.

– Esta é Conceição, disse ela mostrando uma boneca de pano. Alçava o rostinho com ânsia e delicadeza, o nariz sujo parecia aguardar como se ela fosse cega. Virgínia apertou os lábios, os olhos subitamente difíceis de esconder: Deus meu, o que queria aquele animalzinho?

– Ah é linda, linda a tua Conceição, disse-lhe quase num soluço.

u fica? Talvez ela tivesse voltado para ficar mas ninguém o sabia e ao seu redor os instantes não se ligavam ao futuro, apenas temporários e soltos – diziam-lhe todas as coisas e ela compreendia. A avó morrera e o pai subia as escadas ereto, os degraus rangiam. Virgínia adiava para o dia seguinte o cumprimento da promessa de saber se ele sofria e ajudá-lo. A mãe suportara uma leve moléstia, os dentes começavam a mostrar-se velhos e doentes. E logo que se ergueu do leito tudo poderia estar pronto para Virgínia voltar. Aquele tempo em Granja Quieta era tão plácido e inconquistável que ela admitia sem surpresa a possibilidade de regressar sem ao menos percorrer o campo uma vez, sem restar um instante tranquila junto ao rio.

Ela olhava. Em vão buscava indícios de sua infância do vago ar de cumplicidade e temor que respirava. Agora o casarão parecia receber mais sol. As caliças soltas das paredes roídas haviam perdido a triste doçura e mostravam apenas velhice cansada e feliz. O pai, apesar de continuar o mesmo, agora inexplicavelmente se tornara um tipo, o seu próprio tipo. E a mãe se transformara. A pele secara, adquirira um tom arisco; conservava-se ainda jovem da testa até o início da boca, mas depois desta a velhice se precipitava como se tivesse custado a conter-se. Acordava de rosto repousado, engurgitado, comia bem, bordava, o queixo duplo e firme, a cabeça a meio erguida com satisfação e dignidade, fazendo uma história perfeita de sua vida. Os traços de seu rosto e de seu corpo haviam-se tornado graúdos e domésticos; uma gordura pálida torneava-lhe a figura que já agora, tão envelhecida e rígida, adquiria pela primeira vez uma espécie de beleza, uma familiaridade e uma simpatia, certo ar de fidelidade e força como o de um canzarrão criado dentro do lar. Parecia ter descoberto um novo segredo de que viver; interrompia-se um instante, passava a língua sobre os dentes:

– Quando eu ia a Brejo Alto..., dizia ela...

Porque durante quinze dias o marido a conduzira diariamente em charrete ao centro até que ficasse pronta a nova dentadura. Fora mesmo necessário coser às pressas um vestido azul de linho com várias filas de botões. Mal passava a língua nos dentes a pequena e calma cidade voltava-lhe numa perturbação que a levava a piscar, a língua esquecida sobre os dentes superiores, o lábio arregaçado. Tornara-se um hábito procurar os dentes para um rápido contato. E já agora a carícia se sucedia inconsciente num cacoete irresistível que não lhe parecia trazer mais a lembrança nítida de Brejo Alto porém apenas um certo gosto apressado e angustiado, um resmungo de aprovação. Olhando-a Virgínia sentia-se entesada e enojada adivinhando como aquela mulher ainda podia viver; e como a forma de amor que a mãe agora sentia era feita de gula, de total entrega, cansaço arquejante e esperança, por Deus, de esperança. Seus próprios pensamentos assustavam-na. Virgínia reprimia o corpo, voltava a cabeça para o lado como se a desviasse de si mesma. Olhava-os fixamente porém continuava a enxergá-los como no momento de saltar do trem: os rostos ligeiramente tortos e infamiliares como se os visse num espelho. Na Granja respirava-se agora uma verdade simples, quase sadia e arejada. Em cada quarto acender-se-ia uma cor diversa mal se fechavam as portas? Nas vidas limpas e claras onde nenhum anjo úmido se insinuaria jamais, o milagre secara em hastes de ervas quebradiças ao vento – onde, onde estava o que ela vivera? Granja Quieta perdera o que possuíra de claustro. Só por um instante ela captava no ar aquela vibração antiga, aquele trêmulo viver das coisas do casarão que ela tanto soubera ouvir em pequena. A Granja subira à tona em sua ausência e rebrilhava ao sol; seus moradores pareciam ressuscitados mas, sem consciência da própria morte, andavam calmos sobre um chão plano. Que sucedera? ela sentia ali cada coisa livre de sua presença e de seu toque – numa revolta a vida negava-se a repetir-se e a ser subjugada. Agora a casa bem servia ao seu corpo grande e tímido – observava ela com ligeira amargura num sorriso que desejava significar experiência vivida mas que era apenas triste e pensativo. Mesmo no parque de Brejo Alto – ela estacou apertando o xale que voltara a usar – o chafariz parara sob a pequena estátua do menino nu e sem o brilho da água desvanecera-se o deus infantil. Uma criança viva brincava no chafariz seco. O vestido amarelo. Dois hotéis novos haviam-se instalado no centro, alguns rapazes e moças atravessaram as ruas com chicote e roupa de montaria observando.

As roupas de Esmeralda tinham o mesmo cheiro agradável de frescura e sal. Assim ela se enfeitava, cuidava-se e queimava perfumes no quarto – e tão ativa era sua preparação que o tempo se acumulava enquanto ela pensava viver minutos. Usava com volúpia as roupas femininas; os seios escondiam-se como joias entre babados e franzidos, as grossas pernas pálidas brotavam de saias largas. Ela olhava com surpresa os vestidos nus, as sedas lisas e os cabelos curtos de Virgínia.

– Você aprendeu pouco na cidade, Virgínia, dizia-lhe.

Com a idade parecia ter se precipitado no seu verdadeiro corpo e Virgínia adivinhava como os homens poderiam querê-la. Vicente, sim, Vicente voltar-se-ia para olhá-la com atenção, inconsciente de que seu rosto de súbito se tornava masculino e duro... – ela conhecera-o nessa expressão tantas vezes na rua. Por que Esmeralda não casara afinal? alçava os ombros com indiferença. O rosto em cima redondo resolvia-se em ponta deliciosamente feminina, quase repugnante a outra mulher, de tão atraente e de tão destinada aos homens apenas. E tinha ainda outras marcas. Uma minúscula boca arqueada e dura, quase no queixo como um brinquedo inaproveitado, uma boca pálida sempre viva, olhos um pouco salientes, negros. Alguma coisa nela inspirava o desejo de pisá-la e maltratá-la mesmo sem raiva. Ao redor dos olhos as finas rugas, a pele de cor medrosa apesar de amadurecida e quase cozinhada. E aquela força pulsando com uma altivez de única mulher. Daniel quase nada fazia, deixava ao pai o cuidado da loja. Queimado de sol, caçava, nadava no rio, ganhara músculos fortes e brilhantes, vivendo com ferocidade e calma do próprio corpo. Ela olhava-o de longe; como aproximar-se? Com preguiça e cansaço dizia-lhe pequenas coisas inúteis, eles mal se encontravam. Ele não parecia sentir falta de Rute, ninguém falava nela, aliás. No entanto daqui a quatro meses ela voltaria para cumprir um semestre junto de Daniel. Virgínia conseguiu alguns momentos do irmão; foram ao balcão, apoiaram-se calados, distantes.

– Daniel, disse ela.

Gostaria de falar sobre Vicente.

– Hem? perguntou ele.

Ele nunca soubera perguntar nem ouvir, isso era verdade. Ela pensava: nada temos um com o outro, nada. E numa calma apatia olhava o ar transparente. Era quase o fim da tarde.

– Você tem estado bem? perguntou-lhe afinal.

Ele olhou-a rapidamente e nada respondeu. Ela encheu-se de um sentimento difícil e frio, viu seu terno branco tão engomado e estreito nos ombros, os cabelos bem lisos, insistiu por brutalidade:

– Você tem estado bem?

– Você só soube engrossar mas continua a mesma Virgínia: de uma vulgaridade e de uma falta de compreensão que faz pena. Vá para o diabo, minha filha.

Ficaram um instante pensativos. Ele disse afinal.

– Vou andar.

Ela continuou debruçada sobre o balcão; viu-o sair, encolheu os ombros. Ele andava duro e limpo. Andava, andava, os passos se sucediam no silêncio da estrada pisando folhas úmidas e espessas. Penetrou pelos atalhos; sem pressa avançava, avançava. O casarão perdera-se, ele andava. Cortou o caminho, atravessou a nova estrada, penetrou nas primeiras ruas de Brejo Alto. Na estreita travessa coberta de capim algumas galinhas ciscavam ao crepúsculo. Ele andava pisando a pedra seca. A rua escura em declive abriu-se para uma nesga de rio luminoso, incolor e frio; todo o lixo de Brejo Alto amontoava-se negro à sua margem; pôs as mãos nos bolsos, franziu os olhos como afrontado pela evidência das coisas. Estava agora num largo de muros altos, calmo e cheio de ar claro como o pátio de um convento. Àquela hora as janelas se fechavam, uma ou outra entreaberta mostrava no parapeito uma almofada não recolhida. Brejo Alto parecia construído de pedra pálida, ferro batido e madeira úmida. As casas inclinavam-se velhas e enegrecidas como depois de um incêndio, as ervas cresciam aos tufos nos telhados inclinados – ele prosseguiu, alisou os cabelos negros, finos e penteados, penetrou no centro comercial; das lojas ainda abertas vinha um sufocante cheiro de lugar sombrio onde andam baratas velhas, cinzentas e vagarosas, um cheiro de celeiro. Dos fios do telégrafo pendiam trapos sujos e papéis. Viu a igreja. Com um movimento rápido tirou as mãos dos bolsos; penetrou na umidade penumbrosa pisando com pés cuidadosos e tranquilos as lajes de tijolo. Uma vela acesa ardia sob o altar de São Luís, magro e delicado. Ele leu: Não Ponha Papel no Chão e então saiu, as mãos nos bolsos; o ar ainda era claro; ele andava. De súbito viu: eram cinco pessoas que se aproximavam. Estacou, encostou-se à parede. A mulher era seca, o decote excessivamente largo, um ombro espiando por um rasgão; usava chinelos azuis e a cabeleira assanhava-se num enorme desenho ao redor do rosto moreno e magro. Segurava pela mão uma guria pequena que se arrastava com um pedaço de pão no punho fechado, choramingando. À frente da mãe vinha uma menina de uns doze anos, comprida e séria dentro de um grande vestido preto, o rosto de viúva. Uma garota magrinha e viva saltitava ora adiante ora atrás da mãe, apanhava uma pedra, roía um pão enxugando com o antebraço o narizinho largo que escorria. E atrás de todos um menino de uns nove anos, boné enterrado até o meio da testa, uma sacola enfiada pelo braço à altura do ombro. Cinco pessoas, disse ele à meia-voz. A guria pequena deixou de chorar, lambeu a manteiga dos dedos. O menino aproximou-se, tirou o boné com cansaço. Ele, a menina de preto e a mãe olhavam as casas com os rostos franzidos pelo resto de nevoenta claridade. A mãe, segurando a mão da guria pequena que se sentara no chão, hesitava. As casas pintadas de rosa. Dirigiu os olhos para um terraço, examinando. Uma mulher gorda e branca fazia tricô balançando-se. O menino de boné e a menina de preto olhavam a mãe aguardando. Esta ainda passeou os olhos pelas casas, pela mulher que se balançava. Depois puxou a guria pequena pelo braço e disse baixo, a voz grossa:

– Aqui não.

Mas por que não? perguntou-se Daniel perturbado, quase em cólera. A menina de preto recomeçou a andar. A mãe arrastou a guria pequena que esfregava os olhos sonolentos. O menino endireitou a sacola nos ombros, vestiu o boné alisando-o. A garota magrinha e viva saltitava adiantando-se numa corrida e esperando a roer o pãozinho ou atrasando-se junto de algum portão. O grupo foi diminuindo e desapareceu. Ele vira, ele vira. Suspirou profundamente como se acordasse e seus olhos tinham realmente a cega luminosidade dos olhos que voltaram do sono. Uma fraca lâmpada começou a piscar no ar incolor e agudo do crepúsculo. Antes que desviasse o olhar ouviu um rumor no início da rua. Voltou-se e nada enxergou a princípio porque outro grupo se aproximava contra a luz. Aos poucos foi distinguindo e numa exclamação abafada reconheceu dois soldados conduzindo um preso, empurrando-o, estacando eventualmente para espancá-lo. O grupo avizinhava-se, ele coseu-se à parede. Uma sensação de náusea encheu-lhe a boca de uma saliva que lembrava sangue. O preso seguia entre os dois soldados com os olhos vermelhos piscando, a boca aberta, o rosto marcado pelas mãos dos policiais. Daniel encolheu-se: eles passavam ao seu lado, o preso soltou um gemido e um dos soldados empurrou-o com um murro às costas. Daniel cerrou os olhos profundamente, apertou com palidez os dentes. Uma deliciosa estranheza tomava-o dando-lhe asco e força, um extraordinário sentimento de aproximação. Ocorreu-lhe derrubar os soldados e libertar o homem – mas com os olhos imóveis ele se sentia mais capaz de derrubar o homem e machucá-lo com os pés, com os pés. Sorriu de súbito afagando o lábio superior como se alisasse um imaginário bigode. O prisioneiro e os soldados mergulharam numa esquina... Num sobressalto ele observou a rua de novo vazia e contendo uma praga dirigiu-se quase correndo para o lado onde vira desaparecer a mulher e os quatro filhos. Avançava encostado às paredes... dobrou uma esquina, sim, lá estavam eles afastando-se no fim da rua... Ele se apressava, os passos ressoavam, e o medo de não alcançá-los fê-lo gritar chamando-os. A mulher voltou-se, hesitou um instante na rua deserta, o grupo parou. Daniel aproximava-se, alcançou-os em breve com a respiração ofegante, os olhos brilhando. Agora via de perto a mulher, enxergava-lhe a pele escura e suja, aqueles olhos inquietos cansados. Assustado meteu a mão no bolso, retirou uma moeda... Estendeu-a à mulher com brusquidão. Sem descerrar os lábios ela fitou-o com espanto, ia tocar na esmola mas a uma súbita desconfiança estacou, respondeu-lhe:

– Não, agradecida.

Um movimento de ira e surpresa tomou-o. Os dois olharam-se silenciosos; ele brutalizava-a arduamente com seu olhar cru. Depois de um instante Daniel disse afinal quase com delicadeza porque sabia que a tinha submetido:

– Tome.

A mulher hesitou. De súbito estendeu a mão, pegou a moeda, lançou-lhe um olhar rouco e difícil sem murmurar uma palavra. Ele a viu afastar-se, olhando-a com decisão e prazer, com força penetrante e profundo riso interno – lançava um grito de triunfo batendo as asas sobre a vítima. A noite caía aos poucos. Na porta estreita e cerrada quase brilhava a placa: Sete & Snabb – Despachantes. Uma menina magrinha surgiu numa esquina e como um raio sumiu no interior negro de uma casa. Fitou indeciso a rua deserta. Rute, Rute, murmurou num soluço seco. As sombras dos armazéns fechados atravessavam o chão pálido, prolongavam-se pela rua, atingiam a outra calçada. Ele hesitava. E depois continuou a andar movendo-se na penumbra como um vampiro.

Não era só de Daniel que ela se via afastada. Na sua ausência os pequenos fatos diários que ignorava erguiam-se em barreira e ela se sentia excluída do mistério da família. Entre as conversas os instantes de silêncio enchiam-se de reserva e vaga desaprovação. Pareciam culpá-la de não continuar ausente, de ter vivido com eles a infância e a juventude. Como que se defendiam de uma acusação que na realidade ela não saberia fazer.

– Que foi que aconteceu de bom? perguntava sorrindo falsamente.

Era tão difícil contar o que sucedera na separação... tudo escapando às palavras.

– Bem, tudo correu igual a sempre, diziam afinal aborrecidos.

Sentiam-se presos uns aos outros e os olhos brilhavam irritados quando então se falavam. Na verdade o que sucedera: haviam experimentado certo prazer diário e calmo em almoçar e jantar juntos, encontravam-se nos corredores cruzando-se, comunicavam-se por pequenas palavras soltas. Viviam juntos como para ainda estarem juntos no momento da morte – juntos, se algum deles morresse, todos teriam menos medo de morrer. O atrito em cada minuto, a respiração do mesmo ar provocara neles o que havia de mais rápido e eles trocavam palavras curtas. A conversa iluminava objetos, questões de direção da casa e da papelaria. O hábito permitia-lhes trocarem impressões com um olhar veloz, com um meio sorriso que jamais penetrava no fundo do dia. Talvez cada um deles soubesse que poderia libertar-se unicamente por meio da solidão, criando seus próprios pensamentos íntimos e renovados; porém esta salvação individual seria a perda de todos. Como que agora já evitavam uma sensação mais acordada porque não a poderiam transmitir. E para continuarem a possuir aquela segurança assustada, que ignoravam poder dispensar, reuniam-se sombrios, inconscientes.

Virgínia tentava conversar com Esmeralda; quis contar o que Vicente – um rapaz – lhe tinha dito. Como fosse difícil repetir um elogio e como se envergonhara diante do olhar ávido e duro da irmã, acrescentou apressada com desgosto: bem, estou apenas repetindo o que foi dito... Esmeralda concordou rapidamente, impaciente e curiosa: é claro, você está apenas sendo sincera... Apesar da consciência avivada sobre os próprios movimentos, Virgínia assentou com um humilde gesto de modéstia que logo em seguida apertou com dedos frios de ironia seu coração surpreso. Depois não foi possível continuar a falar porque, enquanto suas palavras tropeçavam para diante, ela restava rigidamente má para si mesma, ainda apegada ao ridículo daquele movimento íntimo e servil. Como se Esmeralda fosse a culpada, evitou-a pelo resto do dia com repugnância e mal-estar. De noite foi despertada por ruídos estranhos vindos da cozinha. Levantou-se, desceu as escadas. Esmeralda esquentava água, com um saco de borracha na mão.

– Mamãe? perguntou Virgínia abotoando o roupão.

– Não.

– É você então que está sentindo alguma coisa?

Esmeralda não respondeu logo, contraiu a boca num impulso reprimido de irritação como se Virgínia a estivesse obrigando a responder.

– Não é nada, uma dor à toa, disse de má vontade, seca.

Virgínia olhava-a com frieza. Queria insistir mas tinha receio. Esmeralda sempre gostara de parecer empurrada pelos outros. Já ia embora quando viu a irmã, quase num pedido de socorro, torcer a cabeça, apertar os lábios desviando os olhos – e assim ela dava a Virgínia a oportunidade de ver como sofria.

– Mas o que é afinal? indagou Virgínia.

Esmeralda abriu os olhos, fitou-a com sombria raiva:

– Para o inferno, não é nada.

Assim Virgínia sentia que entrara na família. Suspirou.

– Pois você está aí quase chorando..., disse.

– Que é que você quer? que eu ria? Bela vida eu tenho, não é? dá mesmo vontade de rir – com um sorriso duro ela acrescentou – Ou você quer que eu vá ouvir Vicentinhos idiotas? Bela vida que eu tenho...

Virgínia corou surpresa, hesitou um instante.

– Mas quem tem vida melhor? disse com mal-estar, ligeiramente importunada e de súbito com sono.

– O bispo. Me deixe, dane-se.

– E dane-se você também. Vive se comendo viva, pensa que eu não sei? que eu sou cega? martirizando a pobre da mamãe, os outros, acusando, roendo-se como um verme... Me deixe também, então. Nunca tive nada com a sua vida. Nem você com a minha.

– A pobre da mamãe... Você tem pena dela, hem?

Trocaram um olhar sem palavras, sem sentido traduzível. De fria curiosidade, de ódio iminente, de mútuo apoio e prazer.

– Tanto que eu me sacrifiquei, esta é a paga, disse Esmeralda.

– Você se sacrificou porque é de sua natureza sacrificar-se, assim como é da minha e da de Daniel não sofrer. Nunca sofri porque não quis. Porque você quer ter uma desculpa para seu medo, isso é que é...

– E se fosse isso que culpa eu teria? esguichou a voz de Esmeralda violenta e abafada.

– Faça o favor de não gritar e de não acordar os outros, disse Virgínia.

Saiu da cozinha; o relógio do pequeno corredor escuro batia duas horas. Sim, que culpa? Um sentimento lento e meditativo parecia tomá-la para o resto dos dias. Como não pressentira o que havia de rastejante no casarão? como pudera deixar a cidade? A fraca luz da cozinha continuava acesa; e Daniel ainda não voltara. Subia devagar a escadaria segurando a saia do roupão, pisando descalça no veludo adormecido e silencioso. No topo da escada parou e olhou a escuridão da sala embaixo. Esperou um instante. Então lembrou-se: costumava atravessar o corredor em trevas sentindo o tapete nos pés descalços, o pescoço endurecido de medo... a cada passo, a mão a prenderia pela roupa, pelos cabelos; quando divisava de cima da escadaria a claridade abafada da sala arremessava-se incontrolável pelos degraus negros, os olhos rasgados e secos; na luz hesitante e recolhida do candeeiro ela respirava baixo, o coração batendo largo, oco, lívido; tocava nos objetos com mãos leves, buscava profundamente sua intimidade; a mãe bordava, o pai lia, Esmeralda então mais doce olhava pela janela a meia claridade do pátio, Daniel riscava num caderno; a sala desoprimida; ninguém a olhava e essa era a proteção que eles podiam dar; despercebida, andava devagar entre eles, aspirava de novo o fluido familiar e estranho, sentia que estava salva contra o campo vazio, negro e sussurrante, contra o corredor fechado de escuridão; atrás da janela os vaga-lumes violáceos acendiam e não deixavam vestígios.

Num desejo inexplicável ela quis agora descer novamente pela escadaria. Estendeu a mão no escuro e em contato com o corrimão frio quase se separou do que havia de natural na sua resolução; hesitou um instante como acordada pelo mármore gelado; afinal sob a sua mão quente o corrimão parecia animar-se, ela recolheu com a outra mão a saia do longo vestido; enquanto descia os degraus, inconsciente aprumava o farto busto numa atitude majestosa e lenta, sentindo-se inexprimivelmente uma outra pessoa, alguém indefinível porém de extrema familiaridade como um velho desejo que já não precisa de palavras para renovar. Uma lembrança difusa e vívida. Estacou um instante. Depois apertou o roupão, caminhou para o quarto.

No dia seguinte logo cedo abriu com seriedade e vagar o álbum de fotografias. Lá estavam parentes de chapéu enterrado até a testa, os olhos fundos e escuros, as poses afetadas, tão difíceis. E de novo o ridículo enternecia-a, fazia-a cair num sentimento confuso e doce que sempre fora talvez o mais forte de sua vida. É preciso não ter vergonha de gostar da família – essa era a sensação inexplicável. Parecia-lhe estar pegando em retratos de mortos e no entanto via sua mãe moça, seu pai de bigodes tensos e rosto de homem, suas tias mesmo agora vivas; seu coração cerrou-se numa saudade ansiada e triste. Meus amores, pensava de olhos úmidos, consciente do falso da expressão, aprofundando-a mais com gosto. Um amor real, doloroso e largo, escapava de seu peito e ela sorria emocionada e benevolente com a força dos próprios sentimentos. Afinal a vida, pensou num impulso alegre e tímido, num suspiro. Já agora fixava sem atenção os retratos onde a mãe com roupas antigas e elegantes expunha as olheiras negras – sentia-se misturada e esperançosa, o coração tão alvoroçado e terno como se a estação tivesse mudado, como se subitamente ela começasse a amar pela primeira vez um homem.

Quando se sentou para almoçar com todos, ela que ainda não se desacostumara de comer sozinha, cuidadosamente com Vicente ou com estranhos delicados em restaurantes – com um espanto reprimido viu, repetindo a impressão que tivera no primeiro almoço depois da viagem, o modo como eles comiam, mastigando de boca aberta, um ar de gosto indisfarçado; engoliam com gula, afastavam o prato vazio com indiferença e saciedade. Esmeralda apoiava os braços até o meio da mesa; quando alguma coisa no prato da mãe lhe agradava ela se adiantava sem uma palavra com o garfo; a mãe aprovava com um resmungo rápido. Com certa repulsa comoveu-se agudamente, não conseguindo tragar o alimento, as lágrimas nos olhos – tanto estava fraca e envelhecida pelos últimos tempos na cidade, tanto era horrível ver a família reunida almoçando silenciosa e voraz. Nessa noite ainda ela mesma se abandonava e à mesa do jantar todos se pareciam. Olhava-os e sentia-se agora unida a eles, sabia de que modo amá-los – tão forte era o espírito da casa. Havia instantes em que a sala e os corpos inclinados para os pratos, aquele silêncio que vinha do campo, o ambiente que nenhum sentimento particular poderia indicar, eram por ela intensamente compreendidos – estacava com garfo no ar, olhando-os contrita e feliz. Experimentava uma espécie de renúncia que era como um passo vagaroso para a frente, notava com uma surpresa mansa que poderia casar, engravidar, tratar dos filhos, falar alegremente, mover-se dentro de uma casa bordando toalhas de linho, repetir, sim, repetir o próprio destino da mãe.

E como se todos compreendessem que ela voltara enfim, os jantares tornaram-se calmos e alegres; permaneciam à mesa conversando, rindo, despediam-se tarde caminhando devagar para os quartos, os rostos ainda sorridentes e pensativos. Só Daniel saía mais cedo ou deixava mesmo de comparecer às refeições. No dia seguinte todos se encontravam, riam, viviam como num navio. Perguntavam-lhe o que vira na cidade; ela e Esmeralda conversavam cruzando palavras que não se contradiziam. Esmeralda repousava os seios grandes sobre a mesa e sorria sacudindo-os com gentileza e brilho; o pai mastigava sem olhá-las e no entanto ouvia. A comida era mais farta do que no passado, falava-se em fechar a papelaria, em aproveitar a Granja para uma fazenda franqueável a hóspedes. A mãe ouvia comendo com gosto, os olhos pensando na ideia; Daniel cortava a carne com precisão e indiferença, Virgínia escutava o pai num desgosto silencioso. De uma vez olhara para Esmeralda. Sem se saber observada, esta interrompera a refeição, os dentes cerrados, o queixo brutalmente para a frente num sorriso de força enquanto os olhos entrecerrados espiavam para nenhum lugar, dura de esperança, quase de vingança. Sim, hóspedes, hóspedes, hóspedes – parecia dizer ávido seu busto cheio e emocionado. O que é que você conta da cidade? ainda continuava ela a perguntar. As duas ficavam à mesa depois que todos se retiravam; pareciam-se ligeiramente, ambas eram quase altas e grandes. O que contar? – Virgínia apoiava o rosto no espaldar de outra cadeira, lembrava-se de quando sentira febre e enjoo, o quarto ficava áspero e sua solidão crescia com dor enquanto ela se inclinava da cama para o chão olhando vagamente os riscos e a poeira do assoalho, pedindo a Deus para enfim vomitar. E se falasse do amor, que lhe dizer? a sensação era a de ter sido abandonada enquanto dormia, olhara para o lado, Vicente não estava e ainda agora o coração se apertava em susto, arrependimento e perplexidade: dormira demais. Sim, poderia contar sobre uma mulher que vira um dia; descreveu a Esmeralda suas roupas, só isso, como ela era luxuosa. Mas nunca poderia esquecer essa mulher encontrada num ônibus – uma verdadeira senhora, Esmeralda – quase a coisa mais forte da cidade. Que linda ela era – Esmeralda escutava com o rosto amargurado, a juventude perdida – que linda ela era. Mas não sabia dizer o resto. Como narrar-lhe sobre seus olhos vivos e preocupados, a boca ávida, o pescoço inclinado para a frente apresentando um rosto horrivelmente egoísta e distraído dos outros. Ela vinha da rua – via-se isso – tomava o ônibus para casa, os lábios duros de desilusão, mas não queria auxílio, ninguém poderia ajudá-la, desprezava os outros com espanto. Viera claramente de um lugar importante para a sua vida. O chapéu forrado de pequenas plumas negras e macias era ridiculamente elegante. Nas orelhas grandes e finas, de uma cor morena muito lavada, brincos luxuosos rodeavam-se de instantâneas setas de brilho, e emprestando a todo o rosto uma vida ríspida e ameaçadora. Nos dedos os ricos anéis e a aliança; ela se sentava no ônibus, sacolejava com ele, a mão fixa no espaldar do banco da frente, a memória longe, o rosto orgulhoso, sério, duro e ardente mas que seria brutalmente humilde, violento e decomposto para alguém – para alguém que ela ainda agora procurava. Estendia a mão com a aliança e os anéis pensando com seu rosto que tanto saberia humilhar e que amava; ela era casada e ferida, via-se isso, via-se isso. Esmeralda ouvia, os olhos perdiam-se imaginando, uma inveja acre e insuportável secava-lhe os lábios. Virgínia observava-a, com surpresa adivinhava quanto ambas eram feitas de algo insinuante, medroso e baixo, como ambas afinal eram irmãs. Com desgosto e desânimo mudava de assunto, contava que seu pequeno apartamento tinha uma escada particular, que à sua porta passavam também as escadas gerais, que o dia inteiro ouvia os passos dos que subiam e desciam. Contou que um dia, voltando de algum lugarà hora em que se apagavam as luzes da cidade... – Esmeralda interrompeu-a:

– Como?

Virgínia não entendeu:

– Como o quê?

Esmeralda dizia quase perturbada e tímida como se tivesse medo de tocar:

– O que você disse ainda agora.

Virgínia custou a compreender e finalmente disfarçando a surpresa repetiu:

– As luzes da cidade se apagam...

– Sim, sim, disse Esmeralda com frieza, continue.

– Você não foi a teatros? perguntava-lhe ainda.

– A nenhum, dizia Virgínia.

Fora uma noite a um concerto em companhia de Vicente e Adriano; haviam jantado ligeiramente num pequeno restaurante e ela sentia-se confortável, simples e alegre. No vestíbulo do teatro estacara diante de peles abafadas, narizes macios de pó, um frio de luz, movimentos limpos e gelados. As mulheres faiscavam calmas entre sussurros. Ela própria sentia-se grotescamente humana com o vestido azul de lã e os sapatos creme, o cabelo repartido de lado e solto. Num pequeno espelho de bolsa observava furtivamente seu rosto sério, comprido, pálido e grande – uma freira falhada de olhos duros e martirizados. A sala de concertos arfava abafada e as notas do piano tombavam solitárias entre os leques. Não conseguia tirar prazer da música mas refugiava-se no som com certa angústia, o rosto branco inclinado para o palco distante, o corpo contido e imobilizado. Enquanto Adriano se perdia nos fundos do camarote, enquanto Vicente percorria com olhos naturais aquele mundo superior, do qual ninguém sabia que ela e Esmeralda poderiam ser criadas de servir, com alegria e curiosidade.

– Não, a quase nenhum.

– Que é que você conversava com as pessoas?

– Ah, não sei... Naturalmente eu não conversava com elas como com você... Procura-se dizer coisas agradáveis, mostrar que se tem instrução, que se sabe o que se usa, os costumes das outras terras... Mostrar que a gente não é filha de qualquer um – ela se animava com os olhos móveis, a espuma da saliva surgia nos cantos dos lábios. – Lá na cidade se você não se defende fica para trás... Você pensa que no meio das pessoas eu falava assim como agora? Não! procurava não errar, dizer coisas...

Esmeralda assentia. Enquanto ela, com os olhos ainda fixos, lembrava-se de si mesma ameaçando com o dedo: se eu pedir cigarro você não me dê, hem? e depois pedia, a pessoa negava, ela pedia, a pessoa negava, assim, assim – ela olhou um instante ao redor ligeiramente oprimida. Aos poucos no entanto retomou uma força sorridente. Esmeralda assentia examinando-a com mais interesse.

– Você namorava?

– Não, disse Virgínia – as duas mulheres fitaram-se firmemente nos olhos.

– Você passeava perto do mar?

Disse-lhe sobre o mar, pensando na realidade em Vicente, no seu apartamento. Ela era talvez fria para os homens mas como era sensível ao mar. As ondas formavam-se na superfície da água sem alterar a massa quieta e grossa – e isso movia nela um impulso sério, perigoso. As ondas maiores rebentavam cheiros salgados de espuma no ar. Depois que a água batia nas pedras e voltava num rápido refluxo, restava nos ouvidos uma ressonância de deserto, um silêncio feito de pequenas palavras arranhadas e curtas, de areias.

– E você tomava banho?

Vicente convidara-a muitas vezes mas ela tivera vergonha. Oscilante, hesitando na sua falta de direção, parecia temer o prazer que sentiria. A ideia de que o mar pudesse rodeá-la fazia escurecer sua vista enquanto num profundo suspiro ela se demonstrava quanto gostaria de senti-lo e Esmeralda quedava-se pensativa, ouvindo seu silêncio sem entender. Finalmente não aceitava porque tinha medo do mar, medo de afogar-se. E foi isso o que disse a Esmeralda e quase só isso era o que ela própria sabia.

– Não, não tomei. Tem-se medo.

– Sei, disse Esmeralda.

Tornava a indagar e a indagar como quem tateia angustiada, sem jamais encontrar a pergunta que realmente desejaria fazer. Virgínia compreendia-a sem palavras enquanto se olhavam sinceramente profundas e falavam de coisas diversas. Sabia que Esmeralda gostaria de ouvir que um dia estava sentada num ônibus distraída e cansada; subitamente os rostos imóveis acima dos corpos, a quentura das rodas, a poeira brilhando seca de encontro ao sol, de súbito um movimento de seu próprio braço roçando no banco ou no seio acordou-lhe a compreensão da luxúria que vibrava em suaves sons ininterruptos no ar e ligava com fios frágeis e trêmulos as criaturas. Lá estava tremulando a boca de uma mulher, quase em choro ou quase rindo talvez; e o pescoço da outra, liso e grosso, imobilizado por movimentos reprimidos e fechados; e a mão daquele homem branco apoiando-se como enfim sobre o bastão do banco, cheia de anéis que aprisionavam os dedos largos e velhos... um instante mais e o momento se resolveria num grito abafado, em fúria, fúria e lama. Mas aos poucos o ônibus recomeçara a andar, todos penetraram com ele numa rua sombria e silenciosa, os galhos das árvores balançando serenos. Virgínia sabia vagamente que era isso o que Esmeralda esperava ouvir, sabia que deveria contar-lhe o que sucedera num certo ônibus; mas revia sem entender os rostos viajando e só poderia pensar e dizer: fazia um calor! todos estavam tão cansados, eram duas horas da tarde – só isso. E Esmeralda não compreenderia.

– Lá há muitas mulheres que não prestam? indagava Esmeralda sombria aproximando-se da pergunta.

– Há sim.

– Ah...

As duas quedavam-se pensativas à espera.

– Como é que elas fazem? tornou a perguntar a outra.

– Um dia eu estava sentada num café e uma delas tomava um refresco olhando para os lados. Ela era magrinha, pequena, os olhos pintados, faltava um dente do lado. Um homem enorme estava sentado numa das mesas perto dela, riu, perguntou baixo mas eu bem ouvi: de que é o refresco? Ela disse: de laranja e está azedo.

– Só isso? interrompeu Esmeralda.

– Só isso: de laranja e está azedo. – Pararam um instante fitando-se. – Eles ficaram olhando um para o outro, depois ela disse: você é gordo! Ele riu apertando os olhos, não disse nada, mas depois disse: sim, sim... Os dois então começaram a rir. Eu tive medo que me vissem e saí.

– Ah... – Esmeralda observava-a e acrescentava num sorriso onde havia algum prazer. – Se fosse eu ficaria.

Virgínia encolheu os ombros cansada e distraída. A pensão em que morara ficava perto de uma rua onde havia umas vagas casas suspeitas. Numa tarde de domingo algumas mulheres, duas magras e de olheiras e duas mais ou menos gordas, coradas, de olhos intensos – vieram passar na rua boa, passaram pela pensão onde, nas cadeiras da calçada, algumas esposas sufocavam: mas vir buscar homem aqui!... Não diziam "buscar um homem" ou "buscar homens", mas "buscar homem". Mas não, entendia confusamente Virgínia, não era para buscar homem. Elas estavam de cabelos molhados do banho, de vestidos claros e calmos, e de braços dados vinham para a rua direita passear no domingo dos outros. Se um homem as reconhecesse e se dirigisse a elas, elas haveriam de ceder porque já não admitiam o próprio desejo, cederiam talvez imediatamente, surpresas e pensativas, com melancolia e brutalidade, rindo e divertindo-se. Virgínia compreendia-as tanto que se assustava, subitamente reservada e severa; desviava-se das perguntas de Esmeralda com irritação e censura. Esmeralda fixava-a atenta, os olhos concentrados. Admitia lentamente e com dificuldade a existência de Virgínia e não conseguia aceitar que a irmã fosse realmente outra mulher. Inclinava-se para ela, ouvia com certo desprezo e um pouco de ironia, apesar do interesse. Quanto a Virgínia, pela primeira vez experimentava uma conversa entre mulheres. Mesmo sem amor ou compreensão era bom conversar com Esmeralda. Entre mulheres não havia necessidade de falar em certas coisas, o principal já estava dito como antes delas nascerem e só restavam mansas e frescas noções íntimas a narrar, pequenas variações e coincidências. Era uma conversa familiar e tola, de algum modo um lamento, de algum modo uma defesa; uma esperança misturada a conselhos cheios de uma longa experiência enquanto os olhos mergulhavam nos olhos com profundeza, absortos e quase distraídos, pesados de pensamentos longínquos; a voz diminuía, mais lenta e mais baixa. Virgínia terminava encostada à cadeira com olhos vagos, em silêncio enquanto a outra apoiava a face na mão que o cotovelo sustentava sobre a mesa. Não entre as mulheres do grupo de Vicente; estas pareciam especializar-se em homens; sentiam-se superiores e alegres em se darem com eles em amizade apenas, formando um grupo heroico e vagamente pervertido, surpreendido de si mesmo.

– Lá faz muito barulho para se dormir? perguntava Esmeralda. E os cinemas? E esse rapaz, esse Vicente, onde você conheceu? como é ele?

– Daniel me levou um dia e apresentou numa festa... Ele... ele... afinal é uma pessoa normal... Não sei, não tem nada de particular. Usa óculos. – Não saberia dizer a ninguém e nem a si própria como ele era. No entanto como o conhecia em si mesma, gravado nas reações de seu próprio corpo. Sentia-o bem renovando por um esforço de vontade e de memória a ligeira aversão que sua carne experimentava na presença dele; como a rápida e imediatamente fugitiva percepção de um perfume: uma leve contração sob a pele; menos que repulsa, uma profunda certeza do homem dentro de seu sangue como se ele estivesse ligado a ela de um modo excessivamente íntimo, quase vil. Através de Esmeralda que nada sabia, tomou um gosto diferente e mais intenso pela cidade. E olhando aquela mulher bela que jamais conhecera um homem sentiu-se afrontosamente rica, aprumava o corpo com orgulho, surpresa e desencanto. Lembrava-se então nitidamente de Vicente... via-o andando como dentro de si. E sua sensação era tão verdadeira que ela o enxergava caminhando através de uma atmosfera penumbrosa e macia porque seu próprio interior devia ser penumbroso e macio – este sempre fora o ar de seus pensamentos e sonhos. Mas se deliberadamente queria rememorar seu rosto, surpreendida via surgir diante de seus olhos um esboço de Adriano. E uma noite teve um sonho com Adriano – um sonho que a encheu de surpresas, vergonha e mistério; proibiu-se profundamente qualquer alegria e nada mais sonhou. Com desprezo ela no entanto não podia negar-se, confusa: sim, decerto Adriano era uma pessoa, sim; o homenzinho; depois de estar com ele queria-se às vezes encher o vago ímpeto de força que nascia com uma exclamação clara e viva: sim! mesmo que não. Afastou-o com um gesto de cabeça; porém ele vivia contendo-se ao seu bordo. Forçava alguma lembrança que brotando trouxesse Vicente à sua presença. O que mais recordava dele no entanto era alguma coisa que não se podia falar nem pensar, uma certa condição que se estabelecia entre ambos logo que pensava nele, ligando o contato... e que se concretizava na visão dela própria assistindo ao gosto sério de Vicente em andar pelo aposento sabendo que ela estava presente, em alguma coisa que enchia o ar dos dois, uma reserva atenta de ambos – uma atmosfera de ligeira diferença de sexos como um cheiro abafado de pó de arroz – enquanto ele com pequenos gestos de pálpebras, de dentes, de lábios, afirmava sua livre masculinidade discreta que, embora existisse verdadeiramente, tinha qualquer coisa de falso e excedente – Virgínia e as paredes assistiam. Lembrava-se em um segundo de como ele mudava a roupa na sua frente. Era um dos acontecimentos interiores de sua vida em comum. Quando ele ia mudar de roupa, como se alguém apertasse um botão, a vida caía num quadro conhecido e eles cuidadosamente se repetiam em todas as minúcias: ela se imobilizava com olhos grandes como numa aula, os lábios encostados um ao outro em atenção inocente de si mesma porque na realidade interessava-se; ele parecia interromper os pensamentos enquanto mudava de roupa, os olhos atentavam a um ponto do teto ou da parede conforme lhe impusessem os movimentos. No instante de transição entre uma peça e outra, o corpo desembrulhado no ar fresco do quarto, ela fitava-o rapidamente mas sem brusquidão, sorria-lhe com os olhos apertando de leve a boca. No instante mesmo em que uma nova peça o vestia, o acontecimento terminara e os momentos prosseguiam cicatrizados ao seu redor. O fato era tão tênue que ela se lembrava dele todo num ligeiro segundo, num mover de pálpebras – a recordação na verdade reduzia-se no jogar de uma camisa na cadeira enquanto revendo esse movimento ela se mantinha um instante no ar à escuta, o corpo vivendo no próprio interior como no interior veludoso, sombrio e fresco de um fruto. Ele andava terrivelmente bem-disposto no último tempo; de uma saúde tão límpida que a deprimia; como chocava a naturalidade; só se sentia bem entre pessoas tímidas e nada a perturbava tanto como o desembaraço. Assistindo agora à vida de Esmeralda parecia-lhe tão assustador e largo ter um homem como se ele tivesse nascido de seu desejo. E às vezes mesmo esse desejo parecia extraordinariamente errado. Ter um homem que podia morrer de um instante para outro mas que alto, alto, numa tensão de equilíbrio, parecia viver eternamente. Ela se apoiava à coluna do balcão, olhava as estrelas cheias, tão brilhantes e sem pisco, envolvidas por um lençol vago de névoa, via láctea! olhava como se ela e Vicente estivessem vendo juntos. Sem lembrar-se de que quando estavam reunidos ela queria quase colérica ficar só para poder olhar melhor. Via as estrelas duras e calmas, pensativa antes de dormir – refletia coisas tão altas que nem vivendo todas as vidas poderia realizar seu pensamento: Vicente era um homem; ele estava vivendo longe. Eu te sinto em alguma parte e não sei onde estás – conseguia ela pensar em palavras. Seu amor era tão fino que ela sorriu constrangida, atravessada por uma frígida sensação de existir. Parecia-lhe extremamente estranho que nessa mesma noite ela vivesse nesse mesmo mundo, que não estivessem juntos e ela não visse o que ele fazia, tão mais forte que a distância era o seu pensamento de amor. Amor era assim, não se compreendia a separação – concluía com docilidade. Mas não sabia também se queria ter ao seu lado nessa noite aquele médico pálido e de barba crescida, o único homem de quem ela sentia a inexplicável, ansiada e voluptuosa necessidade de ter um filho; sentiu sua vida apertar-se de amor por ele, seu coração pensava com força, com timidez e sangue, vem para mim, vem para mim, por um longo instante veloz. Como passara pelo que poderia ser sem conseguir tocá-lo... O que nele amava não se poderia realizar como uma estrela no peito – sentira tantas vezes o próprio coração como uma dura bolha de ar, como um cristal intraduzível. Sobretudo o que nele amava, tão pálido e malicioso, era de uma qualidade impossível, pungente como um agudo desejo ridículo; ela se sentia docemente capaz de ser dos dois. E Vicente era perfeito, era um homem calmo. Pensou com surpreendente clareza, usando para si mesma quase palavras: eu o amo como ao que faz bem, ao que dá bem-estar mas não ao que está fora do corpo e que jamais o apaziguará e que se quer alcançar mesmo com a desilusão; meu coração não se inflama nesse amor, minha ternura mais íntima não se usa; seu amor era quase uma dedicação conjugal. Doía-lhe porém pensar assim, tanto era terno, pressuroso e cheio de vida alvoroçada ele existir nela, respirar, comer, dormir e não saber que ela poderia pensar assim dele. Forçava-se severa a uma fidelidade de cuja espécie secreta só ela entendia. Meu amor, meu amor – dizia e por um certo esforço o amor afinal estremecia tanto no seu interior que pela primeira vez subia a uma irrealidade e a uma inconquista, parecia não existir confundindo-se com o que havia de mais arrebatado no sonho. E ainda para se aproximar de Vicente refletia que o médico, junto de Arlete e do guarda do jardim zoológico, estava ainda solto à espera e que ela, por impaciência e falta de tempo, não o absorvera. Também se sentia infeliz, apoiada ao balcão, atentando para o ruído de uma charrete longínqua – e de súbito, por pura volubilidade, desejava alguma coisa perfeita, algo como que a matasse. Um certo ardor tomou-a, Vicente, nem ele sabia como podia ser quase perfeito, nem ele sabia como tinha fome e pedia para ir a um restaurante e hesitava entre os pratos a escolher e chamava de repente o *garçon* com um gesto livre para impressioná-la e impressionar a si mesmo. E ao mesmo tempo o mundo existia ao redor de nós sem ameaça. Sobretudo todos esses pensamentos eram também a mentira. Apoiada no balcão, ela queria alguma coisa com mais veemência do que sempre quisera – e não tinha coragem; é só isso. Mas também era doce falhar – inclinou-se para a frente, apoiou o rosto na coluna, sorriu porque era estranho e excitante sorrir sozinha no escuro – no fundo confundia a vaidade de sentir novos desejos com o gosto de possuir as coisas que eles representavam e misturavam a tudo o longínquo desespero da ignorância. No entanto estava perfeito viver junto daquele instante como se ambos formassem alguma coisa que deveria ser olhada por alguém estranho ao momento e a ela – tomava por um segundo a forma do estranho e achava perfeito viver naquele momento. Foi dormir, fazia um frio aconchegado. Continuava a experimentar no sono o melhor. Gostava sobretudo quando chovia e ela sentia o quente da cama e a vidraça brilhando; procurava não adormecer para viver do sono enquanto piscava com conforto, com malícia doce e arfante – tão bom era, tão mais sensual do que mover-se, do que respirar, mesmo do que respirar, do que amar um homem. Guardava tal esperança no que poderia sonhar. Não era sequer preciso pensar a respeito, ir dormir sucedia-se sozinho, macio como quedas macias, como o interior do corpo vivendo sem consciência, sem finalidade.

– Com um trabalho constante uma mulher que tem cabeça consegue afastar o marido, não viver o tempo todo com ele, ah se consegue, dizia a mãe vindo bordar junto das duas.

– Como "afastar"? indagava Virgínia confusa.

– Ah, minha filha, todas as mulheres sabem que um homem incomoda muito.

Virgínia surpreendia-se mudamente.

– Não acho direito me meter muito na vida das filhas. Parece que só Daniel quis casar: a moça é muito boa, um pouco calada, mas parece combinar com ele, pelo menos é esta a minha impressão, e vocês sabem, qualquer pessoa pode errar. Mesmo a gente deve ficar contente com o que acontece. Penso até que vocês fazem bem em não casar – ela parava o bordado, ficava olhando para a frente com as pálpebras apertadas. – No fundo as coisas são inconvenientes, dizia com sagacidade, piscava um pouco os olhos e esse, sentia ela confusamente, era o ponto mais alto que atingira no entendimento daquilo que a rodeava.

Ouvindo-a, os olhos de Esmeralda faiscavam no rosto endurecido. Já agora devia culpar a mãe. Virgínia perguntou-lhe, na meia intimidade que vagava entre ambas.

– Quando eu era pequena ouvia insinuações sobre alguma coisa que lhe aconteceu... um rapaz, não sei bem... Paizinho falou nisso de novo quando eu fiz aquela bobagem de contar o seu outro namoro no jardim.

Esmeralda corava, o rosto se perturbava num sorriso delicado.

– Uma tolice – procurava parecer despreocupada. Você sabe como "ele" é, de uma tolice faz um mundo e invoca Deus. Eu quisera que não fosse uma tolice, fosse um pecado sério e agora pelo menos estaria livre – concluiu com uma violência amortecida como se este fosse um pensamento velho que ela resolvesse entregar por cansaço.

– Mas livre você pode começar a ser agora ou quando quiser.

– Não sei, disse com o rosto apertado e vermelho.

– Por que não?

– Por que sim? arremedou com raiva. Você pensa que é simples a gente acabar com tudo o que tem, ficar sem casa, sem nada... só para ser livre? – parou um instante, o rosto suspenso, compreendendo vagamente que errava contra si própria... – Só para ser livre? repetiu ouvindo com crescente desespero o som de sua voz. Para que falar nessas coisas? vá para o diabo! gritou irada. – Num fino prazer um pouco surpreendido sentiu o próprio coração duro de vida, o corpo renascido respirando numa mornidão vibrante, em legítima cólera; um impulso agudo de movimento subiu-lhe pelas pernas, espalhou-se quente e doloroso pelo peito, equilibrou-se no rosto, conteve-se e depois libertou-se pelos olhos subitamente brilhantes e ternos. Sua figura apagou-se de leve numa sombra de incerteza e melancolia. Assim, então ela vivia de si mesma apenas, de si mesma... da própria solidão... de sua raiva... assim... Não, o que houve? ela se confundia.

Virgínia encolheu os ombros.

– Ou vale a pena ou não vale, disse sem prazer. Mas também ela sentia que não poderia lutar, mesmo que se decidisse na luta o seu caminho. Alguma coisa acima de lutar dirigia-se lentamente e atingia um fim. Ela sentia, eram apenas duas mulheres. Permaneceu quieta um instante olhando pela janela o ar claro e exasperado das duas horas. Quando voltou a cabeça, Esmeralda observava-a. Olhou-a também, pensou em como a outra estava bonita e calma com seus olhos pensativos, largos, todo o corpo abandonado e pálido, aquela força cansada.

– Você aprendeu pouco na cidade, Virgínia, disse-lhe Esmeralda de novo.

– Sim...

De novo calaram sem espera, sem susto. A sala era grande e profunda, a mesa alongava-se escura com um pequeno bordado da mãe no centro.

– Encontrei tudo tão mudado..., disse Virgínia como num suspiro.

Esmeralda olhou devagar em torno. Virgínia levantou-se, foi até a janela.

– Vou dormir, disse Esmeralda e Virgínia não se voltou.

Esmeralda empurrou a porta do quarto, aspirou distraída o seu perfume abafado. Na peça sombria o lençol alvo da cama surgia fresco, bordado, surpreendente. Sentou-se com cuidado e leveza no seu bordo espiando na penumbra. Um longo xale de lã envolvia-lhe os ombros redondos e o busto, dava-lhe um ar friorento. Ergueu-se de súbito, caminhou até a janela, abriu-a, a claridade entrou. Não, para ela Granja Quieta não mudara. Poderia fechar os olhos e enxergar a dura violência dos troncos nus, a doçura dos leves cachos de acácia ao vento; tantas vezes já procurara com o ar aquela mesma paragem recortada pelos vidros da janela, limpos por ela mesma, por ela mesma – como murros de confissão e redenção no peito, por ela mesma! – tantas vezes divisara a paisagem alargada até o infinito quando o olhar se libertava além das cortinas pesadas que ela mesma, ela mesma bordara. Inclinou-se um instante como para provar-se mais uma vez a realidade – sim, depois do jardim desvendava-se o campo. Apertando com uma das mãos o grosso cordão da cortina concentrava-se com altivez e de costas para o interior do casarão vigiava-o atenta, friamente. Na cozinha longínqua o gato selvagem que ela mesma, ela mesma domesticara, comia a carne moída enquanto a negra falava sozinha e lavava as louças. Os quartos vazios de hóspedes; há um dia ainda percorrera-os com atenção, verificara que tudo estava silencioso e em ordem. O corredor alongando--se cheio de sombras, a escadaria profunda, os tapetes estendendo-se até os aposentos. Suspirou. Não, ela via tudo como vira há longos anos. No jardim movia-se a figura de Virgínia – Esmeralda debruçou-se ligeiramente, acompanhou-a com o olhar. Era um corpo simples, alto e bem nutrido, o de Virgínia; ela abaixava-se apanhando alguma coisa no chão e olhando-a de perto, os cabelos caindo nos olhos, enquanto mesmo de longe sentia-se aquele estranho defeito no rosto, uma inconsistência atenta, um pouco vesga. Com interesse Esmeralda observava-a, com certa benevolência, o que nunca pudera experimentar por Daniel. Mas Virgínia nada trouxera da cidade. Ela, Esmeralda, poderia viver melhor e maior que Daniel, Virgínia, o pai ou a mãe, ela, ela que possuía uma força excepcional e amarga, uma concentração de vida que lhe dera aquela paciência inacessível através dos anos. Ela era realmente maior que todos eles e não se precipitara para a vida e para a cidade porque tivera medo. Seu medo era tão orgulhoso como sua força. Moveu-se quase rápida, imobilizou-se. Virgínia lá fora sentara-se sobre a pedra do jardim olhando as pernas claras com insistência. Esmeralda teve um movimento brusco e firme com a mão e o cordão da cortina rebentou, caiu com um pequeno ruído alegre no assoalho escuro. Olhou-o um pouco, perplexa, dura, má. De súbito suspirou fechando rapidamente os olhos; mais calma apanhou o cordão franjado, abriu a gaveta de linhas e agulhas e sentou-se para consertá-lo. Continha-se porém no seu último grau de força. E nessa noite ainda ela se perdeu. Olhava-se ao espelho; era ainda bem bonita com suas virgens rugas de esperança. No rosto imóvel o amarelado era doce como o de um fruto que quase se decompõe; seus movimentos mantinham-se vivos a uma altura tensa que somente um desespero e uma ameaça diários conseguiriam criar. A vinda de Virgínia introduzira no casarão um pouco da vida invisível da caridade; sem sentir Esmeralda brilhava com mais aspereza no seu quarto; aguardava com novas reservas. E como se tivesse se excedido nesse novo hausto de perigo não pôde impedir o ímpeto do próprio corpo e saltou sobre o abismo, envelheceu como se já tivesse amado. Nessa mesma noite jantara com um apetite apreensivo e rira agitada mostrando os dentes alvos e pontiagudos. Virgínia aprovara-a. Daniel inesperadamente também fora amável, a mãe reclinava-se no encosto da cadeira com bem-estar, enquanto ela lhes explicava com um espírito penetrante e irônico pequenos fatos sem importância. Eles riam benevolentes, bebiam pequenos goles de um vinho velho que o pai trouxera de Brejo Alto. E embora não fosse isso jamais o que ela poderia esperar – não, por Deus! – ganhou em vida quase violenta, viveu horas de glória sombria, pesada de promessas. Os olhos radiantes brilhavam umidamente para o próprio corpo, tão para si mesma, os movimentos fáceis e ásperos – o que lhe sucedia? ela se entregava. Despediram-se, foi dormir tão cansada que o corpo tombou amortecido no grande leito macio. Perguntava-se lentamente quase sem motivo: por que afinal? por quê? Como sufocasse, o rosto febril, tirou as roupas e pela primeira vez deitou-se nua. Adormeceu com um prazer de criança, despertando em rápidos e vagos momentos quase assustada, o coração batendo sem ritmo, o ser intumescido. Encolhia-se então sob os lençóis num frio que parecia vir das próprias entranhas, sob o tilintar furioso de uma lembrança indecifrável. Ao soar dos seres e das coisas que Deus abrisse seu coração, que lhe permitisse enxergar dentro de si e, o medo expulso, pudesse enfim dizer à morte, vivi. Ah, ah, gemia ela quase desperta. O luar esbranquiçava a vidraça descida, cortava o aposento em sombra profunda e azul claridade. Quase inconsciente ela passava os dedos pelo bordado fino da fronha que ela mesma, ela mesma, ela mesma trabalhara. Ah, ah, gemia fixando como doída o ar gelado e imóvel do quarto. Adormecia dolorosa, afundava no gosto de dormir com a boca seca de sono. Acordou mais tarde na manhã seguinte – subitamente uma mulher velha e quieta. Auscultava-se enquanto se vestia, machucando-se por hábito com as mesmas palavras da véspera mas sem doer. Deslizara para uma escura calma feita de solidão e ausência de martírio. Desceu para o café. Seus seios pareciam modestos sob a blusa que ainda ontem os apertara com angústia. Suas pernas eram tranquilas no andar, seu coração se distendera. Dormir demais? indagava-se ela sem compreender. Tentava em vão abrir mais os olhos de pálpebras inchadas e amortecidas. Com horror ela já vivera a sua vida.

Sentou-se entanguida para o café na mesa deserta. Todos já se haviam retirado. Interrompendo-se com dificuldade – a cancela rangia, alguém atravessava o jardim. Virgínia entrou na sala de rosto claro e brilhante. Trazia nos braços enormes ramos secos para o fogo.

– Quebrei tudo... me arranhei, veja! quase gritou ela rindo, ferindo o cansaço da outra.

– Você está alegre, disse Esmeralda.

Sim, estava alegre. Riu suspirando; a alegria dava um ar infamiliar e desgracioso ao seu rosto longo. Enquanto depositava os ramos num canto da sala parecia-lhe que nessa noite dormira verdadeiramente na Granja. Haviam rido tanto, Esmeralda, mesmo Daniel ouvira sorrindo, a mãe mastigava piscando os olhos de amor por Esmeralda. E depois o vinho... tomava-o e lembrava-se do jantar de Irene – como fora feliz então, pensava tonta. Despedira-se ao pé da escada mas seu desejo era sair e começar a andar até esgotar o poder do vinho. Deitara-se insone, clara e leve sobre a cama como se nunca tivesse dormido, como se nunca fosse dormir. Nossa família pode ser tão feliz! pensava. O mundo rodava dentro de seu peito suavemente e ela não poderia dizer se era doce alegria ou tristeza macia o que já agora circulava em seu sangue com o vinho. Haviam rido tanto... mesmo Daniel ouvira sorrindo..., repetia a cena, uma, duas, múltiplas vezes. Mesmo Daniel sorria, mesmo ele sorria. Revolvia-se na cama. Ah, como já vivera..., enterrava a cabeça no travesseiro com um absurdo sentimento de felicidade e perturbação, sorrindo sem surpresa. Mais um instante porém e a sensação desfazia-se, em seu lugar permanecia uma escuridão expectante dentro do travesseiro como se ela esperasse recordar de um momento para outro alguma coisa insólita e fugidia. Ergueu a fronte, o grande corpo apoiado nos cotovelos, atenta como um cão que pressentisse um estranho. Tombou de novo a cabeça cansada e longamente em nada pensava. Quando reabria os olhos percebia que na realidade estivera pensando, pensando e repensando com obstinação, de leve e sem ruído, nesta cena estranha: um homem caminhando e encontrando outro homem, ambos parando na escuridão, olhando-se tranquilos e despedindo-se junto do muro branco e alto; os homens encontrando-se, trocando um olhar, despedindo-se junto do muro branco; os homens encontrando-se... Um tom decorria subjacente e com ele ela acentuava pequenos sentidos sem palavras, pontilhando-se com ênfase ou dúvida e isso afinal era a sua atitude e a "sua maneira de ser". Sentia-se quase sempre bem. Água corria trêmula no interior da casa, vibrando no ar. Aos poucos longínquo e seco o desespero veio do próprio bem-estar imóvel e do vazio da noite sem futuro, ela parecia sentir que jamais poderia misturá-la aos dias seguintes, mesmo a novas insônias. Abria-se uma clareira inútil, ela parava no meio da viagem sem querer, talvez para sempre. Mas a noite era longa como uma vida que vacila. Adormeceu porque alguma coisa jamais seria alcançada de olhos abertos. Sonhou que estava deitada no campo, a pele sob o vento sentindo um prazer prolongado, alto rosado, profundamente difuso, um gosto vagaroso no corpo sem força como se vivesse exatamente o instante que se formava e fenecia, que se formava... fenecia, que se formava... fenecia, inspirando e expirando, marcando o tempo com o pulsar claro, cheio e fresco do coração. No sonho possuía com largueza o que, estando acordada, seria uma sensação esgarçada e imponderável, tendo que vencer tantas impossibilidades que surgiria apenas em pressentimento, em algum esquecimento, num silêncio, quase o ar ao seu redor. O que ela sonhava tão grande na noite, seria durante o dia apenas o palpitar de uma formiga no campo. Dormia, a cabeça afundada no travesseiro; e de seu abandono de lábios pálidos emergia um rosto de menina, os traços vagos e agudos como o som de um pequeno clarim na distância límpida.

De madrugada abriu os olhos como se o acordar estivesse se formando lentamente dentro dela sem o seu conhecimento e então desabrochasse maduro, perfeito e incompreensível. Viu ao seu redor o quarto nascendo das trevas em silêncio. Soprava uma fria brisa. Afastou os lençóis com as pernas, sem impaciência, num movimento tão cheio e equilibrado que esgotava o motivo de ser dos membros. O aposento flutuava na meia-luz e as sombras geladas aprofundavam seus contornos, distanciavam as paredes brancas velando-as numa confusão que prometia um nevoento abismo atrás de si. Caminhou descalça para a janela, ergueu os vidros e uma frescura repousada tocou em todo seu corpo como se não houvesse a curta e grossa camisa. Embaixo, no vago e adormecido jardim, cada talo emergia de um halo de fumaça fria e esbranquiçada. Ela atentava no silêncio da manhã como se escutasse dentro de si a ressurreição de um símbolo.

– Você saiu cedo, murmurou Esmeralda aproximando a cafeteira com um suspiro.

– Pois nem tomei café! dizia Virgínia com uma voz perfurante e desagradável.

– Fale mais baixo, pelo amor de Deus! – Esmeralda franzia as sobrancelhas e o rosto como se a tivessem arranhado. Aos poucos foi desfazendo as rugas, alisou a face numa expressão cansada, reabriu os olhos devagar. – Pois eu já perdi a coragem de passear por esses pântanos, disse derramando absorta o café na xícara de Virgínia.

E depois tudo fora mais fácil. Daniel estava deitado no chão e a árvore em cima era o ser mais próximo, dominando o céu. Virgínia sentara-se sobre uma pedra e com um galho seco perseguia as formigas. Ele espirrou e o espirro cortou o ar em todas as direções em pequenas setas que brilharam sob o sol e se quebraram num ruído delicado. Virgínia procurou com os olhos o que sentia fulgurar sem interrupção ao redor, cantando em algum ponto. Era um fio trêmulo da água da bica escorrendo para a terra. Virou de costas, tentou esquecer. Mas sabia que o fulgor prosseguia e a certeza incômoda e viva parecia ferir seus olhos. Levantou-se para fechar a torneira. Quando voltou, Daniel tinha o rosto quieto na sombra, os músculos distendidos, talvez pensando profundamente. Mas ele nada dizia e ela também silenciou apertando os lábios porque ambos haviam combinado em criança não se precipitarem jamais. Depois, como decorressem longos momentos vazios, quase chegou o instante em que não faria mal começar a falar. Escolheu e murmurou pequenas coisas fáceis, perguntas rápidas, de sobrancelhas franzidas e ar indiferente; a resposta vinha seca e pronta. E de súbito quase errou porque afastou-se excessivamente da praia para o mar perguntando-lhe:

– E a velha Cecília? você tem visto?

Ele olhou-a rapidamente com uma surpresa quase áspera, num sorriso angustiado ela o fitou de modo que ele compreendesse que a lembrança era possível, Daniel; era possível, era deles próprios, a pergunta não significava simplesmente "como vai a velha Cecília", pense bem, Daniel... Ele hesitou um instante, balançou a cabeça entendendo, quase sorrindo. Virgínia respirou com esperança, lembrou-se ela mesma da visita que haviam feito a Cecília numa tarde que se perdera na memória. Minha casa! esta é a casa!... dizia a mulher com voz estridente, a veneziana batia seca três vezes rápidas e o ar ficava tão fresco, era tão bom e animado viver-de-repente, o ar tinha uma estranha acuidade gelada e pura, eles se sentiam frios e estimulantes, bem curiosos, capazes de fazer com ironia e finíssima inteligência alguém notar pequenos assuntos excêntricos e por todos despercebidos – mal continham alguma coisa com equilíbrio, fulgor e riso. Ela própria usava uma blusa grossa e escura de lã. Eles queriam entender-se bem com a velha, procuravam pontos de contato, falavam apenas de coisas das quais todos três gostariam e a mulher com um prazer excitado balançava muitas vezes a cabeça, ouvindo, assentindo enquanto eles falavam, ela ria, deixando ver os dentes quebrados – mas por Deus, depressa, depressa de uma mãe, de uma filha, de uma irmã, de alguém que nascera e ia morrer. A cortina voava até o meio da sala pobre, apressava a vida num ritmo de largueza e prazer, Virgínia sentira o desejo de viajar, uma vontade aguda, quase alegre e perfurante, já desesperada. Mas obscuramente precisava não se afastar de Daniel por um sonho solitário e levou-se a pensar em como a viagem era algo com estágios e dias, com tempo, com muitas observações e não uma só sensação, um só voo e uma só satisfação em resposta a um só desejo.

– A pobre da Cecília deve ir bem, disse Daniel num vago sorriso.

– E Rute? perguntou Virgínia depressa sem olhar, torcendo os lábios com indiferença.

– Está com a mãe, disse Daniel com simplicidade.

– Ela não quer filhos? indagou Virgínia prendendo uma formiga infeliz e alucinada sob o galho seco.

Ele estava silencioso e ela sem fitá-lo sentiu que ele se tornara mais mudo ainda. Corou, não insistiu, pensava: mas eu não queria entrar na tua intimidade..., horrorizada, ferida, com uma ponta de ódio ardendo. Mas ele disse de repente:

– Quando eu pergunto isso a ela, ri e me diz só isto: você ainda não quer – ele esperou um pouco e depois continuou com uma certa surpresa que parecia estar se renovando naquele momento – é só isso o que ela responde, não consigo tirar mais nada.

Virgínia assentiu várias vezes com a cabeça:

– Sei, sei.

Daniel olhou-a com interesse:

– O quê?

Mas o que exatamente ela compreendera perdeu-se num instante, ela buscou com atenção, só soube dizer alçando os ombros:

– Não sei, acho que as mulheres quando não são rivais se compreendem.

O amor não é tudo o que resulta em filhos, dissera Vicente um dia com brutalidade num começo de briga de que ela esquecera o motivo, tão aflita e triste ficava por esquecê-las. Mas por que Rute não quereria filhos? escapara-lhe inteiramente o motivo de que ainda há instantes se apoderara. Reviu Rute – esta sabia guardar um segredo. Não parecia ter nenhuma necessidade de contar a sua vida. E isso como que ofendia as pessoas. Ela era lisa e fresca e pareceria muito com uma imagem santa se não fosse a inteligência de seus olhos imperceptivelmente atentos, guardando para si mesma as impressões. Dava bom-dia como um cartão-postal, sorrindo cheia de uma vida fria. Era isso? Revia Rute e pensou estranhamente que ela era calma e boa – sim, essa fora a sensação no Grande Hotel, na cidade, lá onde a noiva de Daniel, seus pais e suas duas irmãs passavam uma temporada e onde Daniel a conhecera. Mas escondera a sensação de si própria e então pensava mentindo-se: ela fará da vida de Daniel algo com hora de almoço, de jantar, de sono, de regularização sexual, sadia, limpa e quase nobre, como num sanatório. Daniel levara Virgínia a fim de apresentá-la aos pais da moça. No vasto quarto de hotel eles haviam se reunido para uma grande visita perplexa, sem ter o que dizer. Rute usava um vestido de seda cinza-pérola, o rosto sem pintura, pálido e tranquilo. Sim, desde então havia alguma coisa nela que Daniel não compreenderia. E que ela jamais lhe apresentaria – sorrindo, olhando-o, amando-o, a cabeça erguida sem nenhum apoio. Como não se confessara desde então o que via? pensava Virgínia; talvez por avareza. Conversara com a futura sogra de Daniel, uma mulherzinha baixa, apertada numa cinta, os seios justos sufocando o pescoço; os cabelos grisalhos penteados por cabeleireiro. Entre sorrisos e olhares assustados e quase pensativos, iam revelando a família. Rute sempre fora uma criança limpa, cuidadosa e estudiosa que não se tinha coragem de acariciar e agradar. E de repente ela escolhera um rapaz e teria de morar longe! parecia ter sido isso o que ela sempre tramara contra a família – olhava-a de longe sua mãe indefesa enquanto a filha servia chá sorrindo ao que o pai e Daniel diziam – mas ao mesmo tempo como lamentar-se, dizia a mãe ainda seguindo-a com os olhos, como se lamentar se ela também parecia ter tramado contra Daniel? Com surpresa e quase desprezo pela sua decisão tão pouco feminina – a mãe parecia temer pelo seu futuro como mulher – com surpresa e quase desprezo, com alegria e emoção ouviram-na decidir morar seis meses na Granja com o marido e seis meses com os pais e aquelas irmãs que ela parecia amar com domínio, severidade e ternura. As irmãs, vestidas de moças ricas, aborreciam-se sob os cabelos frisados suportando com olhos quase cômicos a visita de Virgínia e do "noivo"; de que matéria rápida elas eram feitas. – Olhou para Daniel, a sombra flutuante do galho obscurecia e clareava seu rosto, ela adivinhou sem surpresa que ele se apaixonara por Rute. Amor não é tudo o que resulta em filhos! A frase voltou-lhe de novo sem sentido, importuna e cansativa. E então não só a frase como o próprio mover-se, os próprios sentimentos, o silêncio sorridente de Rute, a dificuldade, a paz, tudo misturando-se na mesma matéria lenta e grossa e ela respirou o ar, a existência pura, com um suspiro vencido, quase colérico.

– Por que você não me interrompeu? disse ele.

– Mas... Como?... o que dizia ele?! Nada perguntara... De súbito entendeu, não olhou, contendo o rosto duro e tenso.

– Por que você não me interrompeu... você devia saber que era por uma espécie de desespero. Eu estou tão perdido – ele apertava os olhos, o rosto calmo, as mãos sob a nuca; os dentes opacos engastados em gengivas quase brancas, porque ele parecia sorrir – eu estou tão perdido. Porque você me deixou errar...

A falta de pudor, essa brutalidade em confessar-se. Achou-o truculento e voluptuoso, esse homem a quem só sucedia o que ele podia compreender. Para isso é que eu vim, para defrontar um animal, ela quase o odiou, oh aquela gente de Irene tinha razão em rir dele, olhou-o com crueza sentindo o próprio rosto vermelho de perturbação. Como ele estava velho, a face queimada, as rugas... olhou-o desesperada, apertou os dentes: mas não, se ele envelhecer que é que *eu* faço? ele não pode envelhecer, não pode, não pode.

– Por que você me deixou errar? repetiu ele de repente, sua voz monótona assustou-a.

Desespero? não, ela não o sabia. Juro, Daniel, juro, como é que essa tola e egoísta que eu sou adivinharia – reviu-se no apartamento nada fazendo, olhando pela janela, desejando vilmente alguns homens, esperando, odiou-se profundamente surpreendida de ter esquecido que Daniel era o mais importante. Mas ao mesmo tempo como esquecer que desde pequenos... ela querendo chamá-lo e não podendo, ele não ouvindo... o chapéu... Ele nunca saberia como fora difícil dar-lhe uma palavra para pedir socorro ou ajudá-lo, como ele era sozinho desde sempre. O coração doendo, ela disse:

– Você erra com uma força que não se pode deter... Acho mesmo que errar com essa violência é mais bonito do que acertar, Daniel, é como ser um herói... – Sim, ela dissera afinal. Como se ouvisse a si própria, repetiu com doçura e tranquilidade – Você é um herói.

Ele nada disse, ele sabia, fechava os olhos suportando a própria vida. Ela se lembrou de quando ele dizia: não quero ser um rapaz. Olhou-o com delicadeza. Ele era um homem. Os meninos e as meninas deveriam tanto mudar de nome quando cresciam. Se alguém se chamava Daniel, agora, deveria ter sido Círil um dia. Virgínia – ela inclinou-se para o próprio interior pensativa, enquanto Daniel parecia adormecer sob a árvore – Virgínia era um apelido cheio de paz atenta como de um recanto atrás do muro, lá onde cresciam finas ervas como cabelos e onde ninguém existia para ouvir o vento. Mas depois de perder aquela figura perfeita, magra, tão pequena e delicada como o maquinismo de um relógio, depois de perder a transparência e ganhar uma cor, ela poderia se chamar Maria Madalena ou Hermínia ou mesmo qualquer outro nome menos Virgínia, de tão fresca e sombria antiguidade. Sim, e também poderia ter sido em pequena tranquilidade Sibila, Sibila, Sibila. Virgínia... Suspirou com um movimento de cabeça. Como que não suportava o passado de Virgínia e de Daniel. Sentada sobre as pernas, olhou-o – houvera um tempo em que a ele parecera essencial possuir um ímã. Certas pessoas às quais parecia ter sido dado o destino de viver de novo a vida. Ele moveu-se, adivinhou a presença da irmã, ela agitou as mãos, os dois se pareciam tanto naquele momento, eles sempre haviam sido iguais. Um longo caminho levara-os até aquele instante. Eles se sentiram tão sinceros que se olharam rapidamente com apreensão. Ele cerrou os olhos; ela fixou o ar distante, tão dolorosa era a respiração tensa, tão irmãos eles se sentiam, tão dispostos a olhar o mundo juntos, com interesse e zombaria como numa viagem enfim, com pequenas notícias e silêncios absortos, sim, fazendo de tudo uma brincadeira, de tudo, tão impossível era a viagem, tão cheios de amor para sempre, para sempre... E que seria sepulto em segundos sob o decorrer dos instantes maior que a eternidade. Oh, dai-lhe um instante de verdadeira vida, o belo rosto alargado em cor e esperança! Ela encostou-se à árvore com os olhos esgazeados. Urgia dizer alguma coisa com cólera, com alegria, que a violência rebentasse o ar em fulgor, revoltar-se, compreender-se!, que surgisse um cavalo correndo pela campina, que um pássaro gritasse. Como se uma pedra começasse a falar, ele disse e ela o ouviu de coração surpreso – fora um pressentimento? – batendo oco já num começo de tranquilidade, ele disse calmo, sempre de olhos fechados, num tom tão vulgar:

– Que demônio faz com que eu queira me parecer comigo mesmo.

Nunca ele diria "nós". Ela ficou olhando para o chão, a vara dura e quebradiça deixava-lhe nas mãos cinzentos pedaços de madeira podre. O sol abria-se esbranquiçado sobre o jardim, as formigas corriam sem ruído, quase sem tocar com as finas pernas o chão resistente. Um vento baixo e insinuante soprava as folhas secas ao redor da árvore. Ela disse, a vara arranhando de leve o chão:

– Se você soubesse como a vida pode ser delicada.

Ambos permaneceram de rosto inexpressivo e suspenso numa tranquilidade indecisa e atenta. As leves patas de um passarinho pisaram alguma folha que se mexeu, as sombras amansavam e aprofundavam o velho jardim. Ela penetrou num bom silêncio até que Daniel perguntou, encostando-lhe de súbito uma ponta gelada no coração:

– E você?

– Eu sou amante de Vicente, ouviu-se responder.

– Feliz?

– Você sabe, sempre o mesmo, eu não poderia ser mais feliz do que sou, eu não poderia ser mais infeliz do que sou.

Ele balançou a cabeça assentindo. E como ela não pudesse suportar nem um instante mais, ergueu-se com um pequeno grito lancinante:

– Vamos andar!?

Ele disse:

– Não, eu vou entrar – levantou-se e caminhou para longe dela e como no dia do afogado, de novo ela não saberia como chamá-lo, como gritar que não a deixasse nesse momento sozinha – sentou-se no pequeno espaço de relva sob a árvore com os olhos abertos, o coração batendo calmo, seco, sem sangue. Sim, talvez fosse melhor assim. Da terra suja vinha um cheiro de poeira, um hálito que não nascia do que era sempre vivo mas do que parecia continuamente morrer. Fazia um silêncio extremamente agradável, cinzento e frio sob o sol fraco. Mas as árvores rumorejavam verdes, escuras e folhudas. Fechou os olhos deixando-se como vacilar. O dia longo como uma flecha sem direção. Aos poucos, sob as pálpebras abaixadas, alguma coisa ia correndo para a frente como uma lebre, mas vagarosa, ia correndo e perdendo-se como uma lebre ferida perdendo sangue e correndo até fracamente chegar ao fim do sangue. Poderia dizer reconhecendo – é isto, é isto, com segurança. Como era doce ir correndo e perdendo-se em fraqueza, mas doía e assustava; podia-se recear de fora para dentro o quarto escuro porém era horrível ser o quarto escuro e ela era o próprio quarto escuro. Era tão doce porque não se entendia; no meio de tudo suspirou e esse suspiro fora uma sensação de que os instantes prosseguiam. Quando possuía um relógio não suspirava; olhava-o; mas ele se quebrara. Só que ela se sentia cansada, encostada à árvore, as mulheres se cansavam mais facilmente que os homens, cansada como se de uma ferida invisível corresse sangue ininterruptamente como o ar, como o pensamento, como as coisas existentes sem trégua, a lebre correndo. Como perturbava a leveza. Ela era tão feliz. Viver uma vez era sempre, sempre. Só que não se orgulhava e isso valia como estar solitária, sem compartilhar-se com o mundo – era preciso orgulhar-se, estabelecer a vitória e a piedade. Como era incompleto viver! gritou-se agudamente num clarim que se partiu de súbito. Escorregou pela árvore, deitou-se sobre a relva rala, cobriu os olhos com o antebraço nu. Como era incompleto viver. Contra que lutava? Porque no mais fundo de seu ser, sob o antebraço escurecendo-a, sentia uma leve tensão, olhos abertos vigiando contra. Era isso o destino – parecia notar

– porque sem isso estaria liberta para se deixar penetrar por tantas possibilidades... ela, que se conservava no bom senso com uma obstinação que estranhamente não parecia nascer de um desejo profundo mas de como um capricho nervoso, de um pressentimento. Olhos abertos vigiando e uma leve tensão impedindo... o quê? atrás desses olhos talvez nada houvesse de caro e vivo a resguardar tão dedicadamente, talvez apenas o vazio ligando-se ao infinito, sentia ela confusa quase num cochilo – ligando a própria profundeza ao infinito sem consciência sequer, sem êxtase, apenas uma coisa vivendo sem ser vista nem sentida, seca como uma verdade ignorada. Como era horrível, puro e inapelável viver. Havia alguma coisa silenciosa e inexprimível sob o antebraço escurecendo. Sobre cada dia ela se equilibrava nas pontas dos pés, sobre cada frágil dia que de um instante para outro poderia se partir e cair em escuridão. Mas ela milagrosamente o atravessava e exausta de alegria e cansaço chegava ao dormir para o dia seguinte surpreendida recomeçar. Era essa a realidade de sua vida, pensava tão longinquamente que a ideia se perdia no seu corpo como uma sensação e já agora ela dormia. Era esse o acontecimento secreto e diário, o que permanecia sob o antebraço, mesmo que ela se fechasse numa cela e aí restasse todas as suas horas, era essa a realidade de sua vida: diariamente escapar. E exausta de viver, rejubilar-se na escuridão.

Levantou-se, tirou os sapatos, jogou-os atrás da árvore, saiu andando, andou, andou, andou. Atravessou a campina além da Granja, andou, andou. Penetrou na estrada estreita e longa e seu olhar habituou-se às sombras verdes, à terra socada e barrenta. Caminhava já distraída, os pés descalços rangendo na poeira morna do fim de tarde. Andou, andou. Ergueu uma vez os olhos e então eles se abriram e encheram-se de doce surpresa úmida... Porque da penumbra em que se achavam brotavam para o verde-água de uma enorme campina de braços abertos e da confusão triste dos ramos entrelaçados na estrada, eles agora pairavam em extensas linhas de luz, longas, tranquilas, quase frias... alegres. Era um planalto de terra livre e verde, aberto além do que o seu olhar poderia conter. Da estrada baixa onde parava, Virgínia via no começo do barranco uma ou outra erva alta tremular ao vento de encontro ao céu, quase confundindo-se com sua luminosidade sem cor. E eram tão finos aqueles traços verticais e pálidos e tão rápido e leve o seu ritmo sob o vento que por instantes seus olhos apertados pela luz deixavam de enxergá-los, sentindo-os apenas como um delicado frêmito no ar. Como pudera esquecer o planalto, como pudera esquecer..., censurava-se ela balançando a cabeça. Abandonou o cipó que seus dedos torturavam e esperou com os olhos vagos, ansiosos. Aos poucos fez-se silêncio sobre o rumor de seus últimos passos e ergueu-se uma quietude sussurrada. Não sabia o que fazia de pé à espera e hesitou. Não conhecia também aquele mole quebranto no coração, quedas macias e sucessivas até um calmo desfalecimento como o da tarde. Assim ficou contando com estranheza os segundos pelo suave pulsar das artérias em algum ponto do corpo. Até que devagar mas depois num só instante compreendeu, devia subir. Recolheu-se um momento intimidada com a descoberta que não se ligava ao dia inteiro, que não se unia a desejos antigos e que surgia livre como uma inspiração. Hesitou, fazia-se tão tarde. Mas num impulso leve galgou o prado e seu corpo adiantava-se à frente de seu pensamento. Uma só cor dourada e pálida cobria sem peso a relva. Sim... em alguma parte uma corça abria e fechava suavemente as pálpebras lambendo um recém--nascido sorridente e ainda cansado, seus cabelos estremeciam finamente como erva frágil enquanto com os sentidos entreabertos ela com dificuldade e atenção conquistava a terra. Nenhuma árvore, nenhuma rocha, a nudez até o horizonte de montanhas apagadas; seu coração batia superficialmente e ela mal respirava como se para viver lhe bastasse olhar.

Foi então que experimentou até o fim aquilo que um pressentimento já a tornara inquieta à beira do planalto. Com uma alegria contida, rutilante e fina sentiu quase ignorante que, mas sim, mas sim, de certo modo lá estava ela na campina... compreende? perguntava-se confusa, o olho escuro espiando em socorro as montanhas esbranquiçadas. Com os lábios entreabertos, secos pelo vento que soprava sem cessar continuou sua dura e humilde glória com pés mais leves, o corpo aguçado em movimentos. Imaginou sorrindo que atrás de si, enquanto subia e jamais alcançava, olhos estarrecidos de muitos homens seguiam-na como a uma visão escapada... sim, sim, assim tornava-se cada vez mais fácil avançar o grande corpo branco... sorriu sonsa para trás e então, como se tivesse realmente acreditado no que imaginara, viu que estava sozinha. Mas um homem, um homem implorou espantada... que a compreendesse naquele instante no prado, que a surpreendesse quase com dor. Mas ninguém a via e o vento soprava quase frio. Sentia-se tão bonita, franziu as sobrancelhas, aproveitar, aproveitar para ser vista, amada, amar! Nada a usaria porém, a beleza parecia por si mesma tão perdida, restava de qualquer modo íntegra e pensativa como uma flor de natureza inconquistável; ninguém, ninguém a via – o silêncio e a solidão chegavam-lhe de longe num sopro límpido. O instante leve fugiria sem tocar na lembrança de nenhum homem da terra e ela jamais poderia entregá-lo a alguém porque ele escaparia aos gestos e ao olhar. Só ela própria o guardaria como um ponto violento, uma estrela quente e branca no centro do corpo. E seriam inúteis outros olhos humanos porque só ela mesma poderia compreender que a realidade, sob o último sol, na longa campina verde, na realidade mais profunda como que ela movia para a luz distante um ser finalmente nu, as pernas apagando-se à raiz do corpo, os seios avançando altos, translúcidos, frios – esse era o puro ímpeto no entanto falso. Só ela própria compreenderia. E porque criava em si mesma, daí vinha a graça com que pisava naquele instante. Tentou rir sozinha pois desejava ouvir-se e nesse momento talvez pudesse ainda inventar um novo riso. Sua ligeira gargalhada assustou-a com estranha malícia, tremeu no ar como botões de rosa que se entreabrissem em silêncio, a singularidade do ar frio sobre a carne do rosto. Voltou-se para trás, o vento cobriu-lhe a face com os cabelos ásperos, ela viu que a estrada se distanciara num frio vermelho para sempre perdido, o coração assustou-se atento, prudente. As montanhas adiante eram ainda irreais e ela jamais as alcançaria. Solta no prado teve então um medo vagaroso e sério misturado ao acontecimento alegre, medo de galgar a linha do prazer e subitamente afundar no largo, profundo, escuro como o mar... e em cima desse mar flutuava o frio prazer, que se aguçava em agulhas de gelo e que se quebraria como um brilho que se apaga – então cerrou os lábios que a custo deixavam de sorrir, secos e límpidos. Abaixou os olhos um instante. Quando os ergueu quis olhar o prado com solenidade e tristeza para impedir o excesso de plenitude tão difícil de suportar e assim olhou-o porque estava solene e triste.

A volta foi penosa, sem impulso e sem êxtase. Tinha a impressão de que rastejava na poeira, a noite caía, ela parava com os pés doídos, desesperada. Sentava-se um pouco à beira do caminho, as nuvens escureciam, os galhos balançavam em calmo murmúrio; apertava os olhos temendo começar a chorar. Sentia sede, viu uma pequena água correndo perto mas o líquido estava cansado e morno, dava-lhe na boca sedenta uma impressão grossa em vez de picá-la com estremecimentos frios. Tudo começava a negar-se, tudo guardava suas qualidades de ser, a noite se fechava. Parecia-lhe cada vez mais impossível alcançar a Granja, alçava o corpo pesado e suado e nada via senão o caminho dando voltas cerrando-se como um fim que ela procurava alcançar esperançosa mas que não era um fim, que era aberto em novo caminho já escuro, lento e cambaleante como pesadelo. A escuridão descia azulada sobre as montanhas; na península os pirilampos existiam num instante incolor de voo, o canto agudo e afoito de um pássaro atravessava com um voo oblíquo a distância. Errei o caminho? perguntava extremamente perturbada... Arrh, dizia surdamente, avançando inexprimível e solta, arrh! Os pés descalços ardiam e o dedo menor sangrava negro de poeira. Tropeçava de desânimo e susto, parava às vezes um instante, só para escutar – nada se ouvia, os grilos soavam trêmulos, duros, incessantes, a penumbra tonta, tão vaga, parecia um erro de visão ela passava a mão nos olhos mas de novo encontrava o ar cinzento e frio, cheio dos novos rumores da mata, as árvores rangendo. Intimamente fora ela quem ousara levar-se além do que poderia, novamente fora ela quem criara o momento de dor, temia-se surpreendida pela frieza com que se conduzia a viver, e como se arrependia, como se arrependia! não ousar, não ousar, ter menos coragem e menos força ainda do que tinha, isso, isso! Pensava baixo dando-se ânimo, os olhos abertos com dificuldades na meia escuridão da noite, o corpo adiantando-se trôpego numa velocidade que falhava a cada instante. Parecia-lhe que a todo momento nascia uma pausa em que ela fugia para trás, para trás, tendo que percorrer novamente a estrada percorrida. Galhos invisíveis prendiam-se à sua roupa, os espinhos estraçalhavam o tecido, riscavam sua pele com aguda violência e o sangue brotava como gotas de suor. Ela não gemia, não, ela não gemia, dizia com cólera e ímpeto como a um animal de carga que hesita nos passos: ah! ah!, sua voz saía rouca e intensa, ela se animava, quase corria, nunca, nunca o corpo existira tanto, jamais pesara-lhe tanto viver – o espírito respirava um sopro frágil e hesitante, arrebatada ela aspirava o frio com violência mas não o conduzia além da superfície do ser, sufocada. Eu prometo, eu prometo não ir mais para Vicente, meu Deus! Levada por um velado pressentimento, gastando a sensação nova como a memória do passado se desenrola, ela pensava no pecado e dizia-se perturbada: mais tarde, mais tarde pensarei melhor, mais tarde, prometo cessar tudo, não voltar para a cidade, sim era isso o que estavam querendo, eles, "eles" queriam que ela não voltasse para a cidade ficar aqui. Lembrou-se de que em pequena passava pelo cemitério de Brejo Alto, onde se erguiam grossas árvores de frutas, pesadas calmas, e ela dizia-se ferida como um instrumento que liberta um som, ela se dizia: não coma essas frutas, não coma! dizia-se como se algo tivesse lhe inspirado antes: coma, roube, coma – e ela só sabia dizer assustada: não coma as frutas!, distraía-se pensando, distraía-se andando... Lá! lá estava o fim da estrada! era só correr e alcançar o campo, depois a cancela... o portão... o lar. Começou a murmurar palavras baixas numa reza profunda, falando para si mesma intensa, enlouquecida, magoando-se com palavras duras de purificação enquanto os olhos brilhando com extraordinária fixidez ela alcançava aos poucos a campina... a cancela rangia. Estava nos terrenos da Granja, começou a correr enquanto lágrimas alucinadas escorriam-lhe dos olhos e ela soluçava sem mesmo tentar se compreender, correndo para a frente, entregue à corrente da vida.

Ainda chorando, tateando, buscava os sapatos atrás da árvore. Apanhou-os com terra nas unhas, sentou-se na pedra grande do jardim erguendo a saia e assoando o nariz com a combinação de algodão. Olhou a construção velha meio encoberta pela árvore junto da qual sentara: fraca luz brilhava amarelada e sombria nas altas janelas, nada se ouvia, os ruídos nasciam e perdiam-se mesmo dentro do casarão. Este lhe parecia quieto, sobrenatural, distante – como se ela tivesse morrido e tentasse se lembrar, como se ele pudesse desvanecer-se daqui a instantes e o chão restasse liso, vazio, escuro. Quem saberia se a realidade não era a morte – como se toda a sua vida tivesse sido um pesadelo e ela acordasse enfim morta. Mas a momentos vinha uma espécie de zumbido calmo do centro da casa como de ruídos, movimentos e conversas triturados num mesmo som. Era sua casa, sua casa – ela possuía um lugar que não era a mata nem a estrada escura, nem cansaço e lágrimas, que não era sequer a alegria, que não era o medo alucinado e sem rumo, um lugar que lhe pertencia sem que ninguém o tivesse dito jamais, um lugar onde as pessoas admitiam sem surpresa que ela entrasse, dormisse e comesse, um lugar onde ninguém lhe perguntava se ela tivera medo mas onde a recebiam continuando a comer sob a lâmpada, um lugar onde nos instantes mais graves as pessoas poderiam acordar e talvez sofrer também, um lugar para onde se corria assustada depois do arrebatamento, para onde se voltava após a experiência do riso, depois de ter tentado ultrapassar o limite do mundo possível – era sua, sua casa. Enxugou os olhos, procurou com as mãos trêmulas e tão fracas limpar a terra dos pés, calçou os sapatos, ergueu-se. De pé sobre os saltos altos encontrou-se numa sensação ligeiramente familiar, experimentou alguma segurança, passou as mãos sujas pelo rosto tentando apagar a expressão das lágrimas, levantou a saia, novamente assoando o nariz intumescido. Aproximando-se do casarão queria ter um pensamento que agradecesse a vaga salvação que sentia no peito, estacou olhando as paredes brancas e velhas imersas na sombra e no silêncio, as janelas piscando iluminadas. Ia morar na Granja, pensou então num início e pareceu-lhe que talvez tivesse vivido toda a sua vida em busca desse pensamento, assim como alguns viviam inclinados através da confusão para o amor, para a glória ou para si mesmos. Sorriu mordendo os lábios com vergonha e orgulho de já estar rindo – viver toda a vida na Granja – por um instante ela própria fremindo no seu sorriso com uma alegria sem mescla, por um rápido instante. Passou depressa para a escada sem olhar a família já disposta à mesa:

– Volto daqui a um minuto...

Lavou o rosto, os pés, as mãos, passou iodo nos arranhões do corpo. Umedeceu os cabelos, penteou-os procurando alisá-los, ainda a instantes uma espécie de pequeno soluço como reminiscência. Olhou-se ao espelho – sob a luz obscura e tonta o rosto parecia grande, fresco, desabrochado e brilhante, os olhos escuros eram úmidos e intensos, ela lembrava uma monstruosa flor aberta n'água – desceu as escadas sentindo-se extraordinariamente jovem e trêmula. Eles comiam, ninguém lhe perguntou nada; afinal mal descera a noite e ela voltara a tempo. Serviu-se de feijão, ervilhas, carne, arroz e bolo de milho, começou a comer devagar, a comer minuciosamente tudo, culpada e feliz, contendo algum soluço. O campo negro parecia-lhe impotente, ela lembrava a instantes o prazer quase doido que sentira no prado, mas recordava com náusea e susto, com ódio e fuga, como uma coisa que fizera tanto, tanto mal, como a um vício, ela que fora expulsa do prazer ela que fora expulsa do paraíso. A mãe disse:

– Batatas?

Ela estendeu o prato com docilidade e recebeu batatas. A mãe olhou-a com aprovação e rispidez:

– Quando você era menina apanhou muitas vezes de seu pai para comer batata.

Virgínia riu sentindo os olhos brilharem molhados e vacilantes à frente de sua própria visão.

– Você está gripada, perguntou a velha.

– Não sei, mamãe...

– Tome algum xarope antes de dormir... Esmeralda tem no quarto – olhou para Esmeralda com delicadeza e vagar, esta seria sempre a filha preferida.

– Passe pelo meu quarto antes de dormir, disse Esmeralda.

Parecia cansada e mole.

– E você que é que tem? perguntou Virgínia.

– Nada... respondeu a outra. Já acordei assim. Até dormi bem de noite.

– Mas o que é que você sente?

– Não sei, já disse! irritou-se Esmeralda, me deixe em paz.

O pai comia, os óculos na testa, fixando o prato. Daniel cortava a carne, punha-a na boca e inclinava-se para o jornal dobrado.

– Não sei como você pode ler com uma luz assim, disse Virgínia – cada pessoa ela queria tocar com uma palavra.

Ele ergueu rapidamente a cabeça, importunado, distraído. Disse: sim..., voltou à leitura, o rosto baixo, mastigando.

– Paizinho quer mais milho? perguntou ela corando. Porque se lembrou logo de como ele não suportava ser constrangido, que ele era o chefe na mesa, quem convidava e obrigava a comer. O velho nada respondeu, não estendeu o prato. Sem saber como prosseguir, ela disse mais uma vez, obscuramente oferecendo-se para filha, perturbada em estar insistindo porém sem saber que rumo seguir:

– E arroz?

– Ninguém precisa me mandar comer, disse ele afinal, eu sei sozinho o que me convém. concluiu resistente.

Surpreendida, no entanto isso era o pai – ela olhou timidamente sua família... paizinho, paizinho, assim como você é, não morra nunca... Como era tola, disse para si própria um pouco subitamente, aprumou-se e pôs-se a comer com decisão. No fim do jantar alguma coisa parecia decrescer como névoas desaparecendo e a realidade surgia quase semelhante à realidade anterior ao passeio. A cena já fora vista, era a do jantar diário – sentiu-se mais sossegada, mais indiferente. Lembrava-se da caminhada pela noite, sentia-a dentro de si como um ponto ainda doído e mole, como um lugar inexplicável para onde se podia voltar; afastava logo o pensamento com um gesto mas já refletia: quem sabe se não exagerei, se não estava adoentada. Porém de repente a força da eletricidade começou a diminuir rapidamente, a lâmpada quase se apagava e na meia penumbra cheia do vento eles todos estacaram com o garfo na mão, os olhos atentos para cima. O jantar interrompido. Depois, de um só ímpeto, a luz reacendeu com força uma claridade brilhante espalhou-se sobre a longa mesa e sobre os rostos... a realidade emergiu inteira, alguma coisa se findava – a família reiniciava o jantar. Contrita, com raiva de si mesma, Virgínia não podia deixar de notar como estava calma e sem emoção. Mas ficaria para sempre na Granja! pensou com ardor e dureza, magoando-se. Era estranho que ela os amasse tanto, que não suportasse a dor de imaginá-los mortos e no entanto quisesse, sim, ela queria partir. Depois eles se ergueram, os velhos subiram, Daniel saiu, Esmeralda e ela sentaram-se nas cadeiras de balanço da saleta sem falar. Essa peça que ficava no fundo da sala de jantar recebia um pouco de claridade desta e aquietava-se quase na sombra; era o aposento mais quente do casarão, o menor e o mais confortável. Virgínia viu Esmeralda fechar os olhos e encolher-se apertando as pontas do xale escuro no peito. Ela própria começou a se balançar docemente, as mãos sobre os braços curvos da cadeira, os olhos fitos no teto inconscientemente atentos ao movimento de vaivém. Amava e compreendia cada vez mais as pessoas e cada vez mais no entanto percebia que devia isolar-se delas. Mas precisava ficar, ficar... Esmeralda pareceu-lhe tão velha... como não o notara antes? as largas pálpebras cerradas num abandono que perturbava, as pernas encolhidas sobre a cadeira, toda ela aninhada como se tivesse frio e febre, tão murcha, tão menor do que realmente era. Mas se a chamasse ouviria uma exclamação irritada. Sim, ficar, assistir o fim daquelas vidas com as quais ela nascera, reconstruir a infância esquecida com a ajuda da memória do lugar, morar na Granja onde tivera os seus maiores instantes, reconquistar, reconquistar. Balançava-se depressa, depressa, de leve. Mas com a obstinação de um mundo que avisa com os olhos impotentes sobre o perigo, ela sentia sem mesmo compreender que o lugar onde se foi feliz não é o lugar onde se pode viver. Fechava os olhos enquanto se balançava rápido e suave e intimamente era preciso continuar, profundamente ela se embalava com ânsia e doçura, profundamente era preciso continuar naquele inefável aperfeiçoamento que nunca iria a um ponto mais alto mas que estava na própria continuação dos instantes. Qual seria a compreensão íntima dessa lenta sucessão sem esperança? por que não vivia de uma só vez...? Ela se acalentava em busca – obscuramente o que sempre se mantinha exatamente igual a si mesmo, através dos instantes já era imponderavelmente outro – de um modo confuso daí vinha sua mais contida esperança. Profundamente escondida e discreta ela se balançava – e aquele era o sentido de se viver aos segundos inspirando e expirando; não se respirava logo tudo o que se tinha a respirar, não se vivia de uma só vez, o tempo era lento, estranho ao corpo, vivia-se do tempo. E seria um instante igual ao instante perdido que traria um fim. Era isso o que ela experimentava extraordinariamente enleada, de olhos abertos e pensativos; sem sentir frio sob a blusa rasgada pelos espinhos dizia-se surpreendida e agoniada como diante de uma náusea, sob uma inquieta alegria abafada, num cansaço com estremecimentos de intensa exaustão: mas que é que eu tenho? meu Deus, pois vou embora, sim! Também sofria e perguntava-se já docemente, submissa a si própria: mas por quê? por que afinal desejo ir? Que história uniforme era a sua, sentia ela agora sem palavras. Que vivia de acordo com alguma coisa; a difusão fora o que de mais sério ela experimentara – crisântemos, crisântemos, ela os desejara sempre. Parecia-lhe ter recobrado um sentido perdido e dizia-se apreensiva e balançava-se depressa e de leve enganando-se: e agora? agora? Ir embora, sofrer e ser sozinha; como tocar em tudo o mais? Esmeralda adormecera encolhida, a face morta; uma longínqua expressão inexplicável flutuava em algum traço indefinível de seu rosto como no fundo indistinto de um poço. E agora? e agora? Toda a Granja adormecida e obscura parecia embalar-se com a cadeira sobre o campo.

entou-se no trem fumegante com o chapéu marrom agora enfeitado de vermelho – procurou na bolsa o maço de cigarros abandonado desde que entrara em Brejo Alto. Sentia-se alegre, como fria e fresca por dentro do corpo. De novo só, começava a experimentar "as coisas", a permiti-las. Pensava em Vicente, com um suspiro perturbado tirava um cigarro e acendia-o. O que sucedera afinal? era essa a súbita pergunta que desejava secreta mas firmemente atingir uma certa resposta impossível de definir; ela suspirava intolerante diante de sua importância que no entanto fazia-a possuir melhor o próprio estado em que se achava. O que sucedera? ignorava o que buscava saber com essa pergunta. Fumava. A vaga noção do que sempre quisera parecia ter se debatido constantemente dentro dela sem jamais tomar forma. Adivinhava no entanto, por um misterioso assentimento à própria mentira, que tendo vivido tão continuamente, com paciência e perseverança como num trabalho diário, adivinhava que devia ter se escapado afinal no meio dos gestos perdidos o verdadeiro – embora jamais pudesse conhecê-lo. E que ela se resolvera em algum minuto indistinto de sua vida, em algum olhar ou uma curta sensação, um movimento de corpo ou um pensamento apenas curioso e despercebido, quem saberia jamais. Uma cadeia de instantes confusos e indecifráveis parecia ter servido de ritual a uma consumação. E o que seria delicado demais para cumprir-se através da claridade dos fatos, usara a defesa espessa de toda uma existência diária. Ela própria, contra si mesma, talvez tivesse concordado secretamente com o sacrifício da massa de sua vida, cumulando-se de mentiras, de falso amor, de ambições e prazeres – assim como protegeria a fuga silenciosa de alguém prendendo a atenção de todos com tumulto e confusão. Sentia-se plena e um pouco cansada, fumava, mas seus olhos brilhavam calmos e inexpressivos. Antes desse instante indeterminável ela fora imperceptivelmente mais forte como se fosse sustentada por um turvo impulso de rumo ignorado; agora era apenas uma mulher fraca e atenta, sim, iniciando ocultamente uma velhice que alguém chamaria de maturidade. Teve alguma palavra mais clara que quase a aproximou de seu verdadeiro pensamento e então, sem se compreender, olhou-se ao vidro da janela, examinando-se. Seu próprio rosto perdera a importância. Sentou-se melhor ajeitando-se. Fumava e pensava inexplicável, sem se alcançar. E na verdade como pressentir jamais o que sucedia sem interrupção dentro do mais ser de seu corpo?... As sensações sempre a haviam sustentado com uma leve força contínua e fora assim que ela chegara ao momento presente. Mesmo nesse instante, se parasse profundamente, poderia ainda descobrir primitivas impressões decorrendo como ruídos delicados puras palavras soando, o mar entregando espuma na praia deserta, talvez em memória, talvez em pressentimento, o próprio ser, através da astúcia de sua distração, murmurando essencial, desintegrando-se compondo-se erguendo-se: lavar, colocar ao sol, o úmido perde a umidade, a pele nova brilhando macia na sombra, lavar, colocar ao sol o úmido perde a umidade, a pele nova brilhando macia na sombra, lavar, colocar ao sol, o úmido perde a umidade, a pele se aclara, lavar, pôr ao sol, deixar perder a umidade, lavar... Embaciada pelo cigarro ela se recusava ir adiante. Talvez se referisse a alguma coisa séria e funda que a preocupasse; ou que talvez não a preocupasse, que apenas prosseguisse com sua vida natural como o coração que agora lateja apenas continua o momento passado. O sentido dessa escória de sensações era obscuro e cumpria-se com perfeito mistério; seu desenrolar não lhe dava prazer, não lhe dava cansaço, não a deixava feliz ou infeliz, era a própria pessoa vivendo e ela olhava pela janela do trem calculando quanto demoraria a chegar à próxima estação, desejando enfim erguer-se e agitar um pouco as pernas cansadas pela imobilidade. Ah, o lustre. Ela esquecera de olhar o lustre. Pareceu-lhe que o haviam guardado ou então que não tivera tempo de procurá-lo com os olhos. Sobretudo também não vira muitas outras coisas. Pensou que o perdera para sempre. E sem se entender, sentindo um certo vazio no coração, pareceu-lhe ainda que na verdade perdera uma de *suas coisas*. Que pena, disse surpreendida. Que pena, repetiu-se com arrependimento. O lustre... Olhava pela janela e no vidro descido e escuro via em mistura com o reflexo dos bancos e das pessoas o lustre. Sorriu contrita e tímida. O lustre implume. Como um grande e trêmulo cálice d'água. Prendendo em si a luminosa transparência alucinada o lustre pela primeira vez todo aceso na sua pálida e frígida orgia – imóvel na noite que corria com o trem atrás do vidro. O lustre. O lustre. Sem se compreender, apagando minuciosamente o cigarro com o duro salto do sapato, como se através dele estivesse sentindo o calor da cinza no calcanhar, a confusa impressão volta. De que ela afinal vivera, mesmo intata pelos acontecimentos, de que tivera algum instante cheio de sentido – a pura sensação ia e voltava com uma ponta de maravilha e na verdade ela jamais saberia pensar o que experimentava. Como sem motivo, lembrou-se de que em pequena brincava de tentar não se mover, como todas as crianças que já o esqueceram; ficava quieta, suportando; os instantes latejavam no corpo tenso, mais um, mais um, mais um. E de súbito o movimento era irresistível, alguma coisa impossível de se conter como um nascimento, e ela o executava elétrico, brusco e curto. Confusamente havia em tudo o que ela conhecia esse mesmo momento de realização indomável. E quem sabia, o gesto incontrolado secretamente escapava em todas as vidas. Sem saber por quê, pensou na avó morta. Sempre observara nos velhos algo que não se podia resumir, que não era exatamente ausência de desejo, ou satisfação, nem experiência, ah, nunca experiência – algo que só o viver imponderável de todos os instantes incompreensíveis do sono e da vigília parecia conceder. Tão estranhas e imperceptíveis eram a força e a fecundidade do ritmo. Nada parecia escapar à sucessão contínua, a um íntimo movimento esférico, inspirando, expirando, inspirando, expirando, morte e ressurreição, morte e ressurreição. Afinal tudo era como era, pensou quase claramente, quase alegre – e isso significava a sua mais profunda sensação de existência como se as coisas fossem feitas da impossibilidade de não o serem. Pareceu de súbito compreender, sem se explicar no entanto, por que nos últimos tempos sua inquietação crescera como um corpo de menina que pressente sufocada a puberdade.

Levantou-se, caminhou com o barulho das rodas, os movimentos inclinados contra a direção do trem; de algum modo achava divertido o esforço que fazia e talvez por isso sorriu como se completasse algum desígnio; penetrou no carro-restaurante, pediu café ajeitando o chapéu empoeirado, assumindo vagamente uma atitude de pessoa alta, grande e bem-disposta. Sentia uma clara paz aberta como um campo ignorado e tranquilo; aos poucos esqueceu-se de si própria e passou a observar com dócil interesse as coisas do trem, uma mulher mastigando. Raras fagulhas atravessavam com rápida violência as janelas, aquele já-já-já das rodas que parecia um rumor interno. Entardecia, o trem corria pelos campos já sem cor. O restaurante estava quase vazio, sobre as toalhas manchadas as moscas pousavam, tudo era áspero e seco de poeira. Foi com um sobressalto que notou o próprio abandono. Perscrutou-se com ligeira ansiedade. Alguma coisa imperceptível já se transformara no entanto. Com alguma inquietação ela se escutava, o ser acordado, profundamente intranquilo. Atentava de leve; desvanecera-se a naturalidade das coisas a seu redor, como o último laivo de morno prazer sonolento ao lavar o rosto, agora a própria existência era sacudida, dura e várias vezes quebrada. Ela mesma sentia-se intimamente sem conforto, as entranhas despertas como se tivesse os sapatos molhados ou a roupa suada presa às costas – num desgosto desassossegado afastou-se do encosto do banco. Compreendia numa decepção sem força e estupefata, já um começo de profundo cansaço fulgurando nos olhos, compreendia que não chegara a nenhuma posse, que a partida para a cidade não era simbólica. E a sensação que experimentara há poucos minutos? buscava ela esperançosa. Mas não, não – e ela não estava à altura de compreender seus pensamentos – na verdade o que havia de intocado, desperto e confuso nela mesma ainda tinha forças para fazer nascer um tempo de espera mais longo que o da infância até os seus dias, de tal modo ela não chegara a nenhum ponto, dissolvida vivendo – isso assustava-a cansada e desesperada do próprio fluir instável e isso era algo horrivelmente inegável, e isso no entanto a aliviava de um modo estranho, como a sensação a cada manhã de não ter morrido à noite. Com um despercebido movimento de desânimo perguntava-se confusamente se esqueceria para sempre o que sentira afinal de tão firme e sereno e cuja espécie já agora ela não podia precisar com nitidez, num começo de esquecimento. Não, não esqueceria, agarrava-se ela a si mesma sem saber, apenas como usá-lo? como viver disso? jamais poderia gastá-lo e isso era também algo inegável, o trem carregava-a para a frente como perdendo-a de si própria, as rodas resfolegavam, o rapaz do restaurante inclinava o corpo segundo o movimento do vagão, equilibrando-se, desequilibrando-se, o café, era quente, sim, certamente a primeira vez no mundo que num vagão-restaurante alguém conseguia tomar café quente, o que era uma coisa de se sacudir a cabeça de leve, surpresa, como ela fazia agora agitando a fita vermelha do chapéu marrom.

om a mala pousada no chão ela esperou um instante na esquina. Sim, agora tomar um táxi, procurar Miguel, pedir o dinheiro da venda dos móveis, sim, sim. Mas suspirou imóvel e atenta. O rosto empoeirado sob o chapéu ligeiramente deslocado da cabeça parecia obscuro e oprimido por um vago temor. O que sucedia! por que desfalecia todo o seu passado e começava horrivelmente um tempo novo? De súbito começou a transpirar, o estômago encolheu-se numa só onda de enjoo, ela respirava terrivelmente opressa e arquejante – o que lhe sucedia? ou o que ia suceder? Num esforço em que o peito parecia suportar um viscoso peso, com um mal-estar inexcedível, atravessou pálida a rua e o carro dobrou a esquina, ela recuou um passo, o carro hesitou, ela avançou e o carro veio em luz, ela o percebeu com um choque de calor sobre o corpo e uma queda sem dor enquanto o coração olhava surpreso para nenhum lugar e um grito de homem vinha de alguma direção – era velozmente o mesmo dia há três anos quando estacara para a frente impedindo-se por um triz de pisar num gatinho rígido e morto e o coração retrocedera enquanto, com os olhos, por um instante profundamente cerrados de asco, todo o seu corpo dizia para dentro de si mesmo num escuro e cavo momento, bem no oco sonoro de uma igreja silenciosa: arrh! em funda náusea vivificadora o coração retrocedendo branco e sólido numa queda seca, arrh! E como pensasse escura em Vicente viu Adriano, Vicente, Miguel, Daniel – Daniel, Daniel! numa corrida clara e vertiginosa pelas ruas da cidade como um vento de cabelos soltos, entrou um instante na Granja, balançou-se rápido, rápido na cadeira e com absoluta estranheza olhou-se branca e de olhos escuros num espelho – longos corredores formavam-se no seu interior, longos corredores cansados, difíceis e escuros, portas sucessivas cerravam-se sem ruído com espanto e cuidado enquanto um momento de cólera de Daniel era pensado por ela e os instantes claramente se sucediam – ela e Daniel mastigaram o fim da fruta que escorria pelo queixo e olhavam-se de olhos brilhantes e inteligentes, quase um gostando do que o outro comia, fazia frio, o nariz vermelho e penoso no pátio da Granja; ela dirigiu um estremecimento a Daniel. Ela que nunca perdera tempo – confuso, surdo, rápido, claro, dissonante, o ruído que vem da orquestra afinando-se e se afinando para o concerto e um movimento de bem-estar procurando conforto, o coração insólito. O que sucedia era tão simples que ela não sabia donde entender. Na gelada penumbra corredores negros, estreitos, vazios e úmidos, uma substância dormente e silenciosa: e de súbito! de súbito! de súbito! a borboleta branca volitando nos corredores sombrios, perdendo-se no fim da escuridão. Ela desejava obscuramente interromper-se, ela desejava obscuramente interromper-se. A rua fumegava fria e sonolenta, seu próprio coração surpreendia-se, a cabeça pesada, pesada de graça atordoante – enquanto as ruas de Brejo Alto se encaminhavam velozes e vacilantes no seu cheiro de maçã, serragem, importação e exportação, aquela falta do mar. E de súbito arrebatada pelo próprio espírito. Era um momento extremamente íntimo e estranho – ela reconhecia tudo isto, quantas vezes, quantas vezes o ensaiara sem saber; e agora, extraordinariamente quieta, purificada das próprias fontes de energia, entregando mesmo as possibilidades futuras – ah, não ter então reconhecido aquela espécie de gesto, quase uma posição do pensamento, a cabeça inclinada para um lado, assim, assim... não lhe ter dado importância então... como se assustaria se o tivesse compreendido – mas agora não estava assustada, o impulso era inferior à qualidade mais secreta do ser, na gelada penumbra nascendo uma nova exatidão; não! não! não era uma sensação decadente! mas desejando obscuramente, obscuramente interromper-se, a dificuldade, a dificuldade que vinha do céu, que vinha. O primeiro acontecimento real, o único fato que serviria de começo à sua vida, livre como jogar um cálice de cristal pela janela, o movimento irresistível que não se poderia mais conter. Também procurara ensaiar quando buscava perceber o cheiro nas construções ensaiara o cheiro na meia penumbra, cal, madeira, ferro frio poeira assentada espreitando.... como pudera esquecer: sim.... O campo vazio de ervas ao vento sem ela, inteiramente sem ela, sem ela, sem nenhuma sensação só o vento, a irrealidade se aproximando em cores iridescentes, em velocidade alta, leve, penetrante. Névoas se esgarçando e descobrindo formas firmes um som mudo rebentando da intimidade adivinhada das coisas o silêncio comprimindo partículas de terra em escuridão e negras formigas lentas e altas caminhando sobre grossos grãos de terra, o vento correndo alto adiante, um cubo límpido pairando no ar e a luz correndo paralela a todos os pontos, era presente, assim fora, assim seria, e o vento, o vento, ela que fora tão constante.

As pessoas então reuniram-se ao redor da mulher enquanto o carro fugia.

– Mas eu vi mesmo como o automóvel chegou nesse instante, mas nesse instante, e passou por cima dela!

– Esses *chauffeurs* são malucos, meu filho um dia ia sendo atropelado mas felizmente...

– Ele disse que nesse instante, mas nesse mesmo instante...

– Ninguém chama a assistência?

– Por que é que o senhor não chama então? que mania de...

– Afastem-se que eu vou ver o pulso dessa mulher, sou estudante de medicina...

– Não chamo porque não sou daqui, o senhor...

– Ah, ele é estudante de medicina, ele disse que vai ver o pulso dessa mulher...

– O *chauffeur* é que foi sabido e deu o fora, não é que ele...

– Chamem a assistência, ninguém se move... eu não sou daqui, não tenho prática dessas coisas! chamem a assistência!

– Mas eu sou estudante de medicina e até uma criança pode ver que esta mulher está morta! chamem a polícia se quiserem, isso sim!

– Coitada, mas não custa chamar a assistência, quem sabe se...

– Aí vem o guarda...

– Ele disse que era estudante de medicina e que até uma criança podia ver...

– Olha só, olha só! gritou espantada e vitoriosa uma mulher gorda, não é que estou vendo que conheço esta... essa...

já ia agora dizer um nome que os mortos já não merecem! bateu ela com a mão na boca.

– Mas o quê? como? perguntavam várias pessoas interessadas.

– Deus me perdoe, mas essa mulher andou com coisas para o lado de meu marido – e'stá'í o castigo! Meu marido é porteiro do edifício onde ela morava e esta... esta... começou a receber meu homem no quarto! imagine! nem cara tem! Avisei o marido para parar com a história e por pouco não vou eu mesma esganar esta... Mas olha só, logo quem eu vou ver morrer... sufocava abafada a pobre mulher.

– Mas a senhora tem certeza? perguntou baixo e interessada uma velha de preto sacudindo a dura rosa do chapéu.

– Se tenho! gritou a mulher abrindo os braços.

Algumas pessoas riam, outras murmuravam algo sobre a inoportunidade da conversa.

– Coitada, mas se ela está morta como disse este senhor não há assistência que salve uma mulher morta, chamem alguém no necrotério, eu não sou daqui, não conheço...

– Já que ninguém se move eu chamo, eu chamo! Mas não precisa empurrar, madame, agora, não tem pressa, hem? Eu chamo... Ah, nem precisa, pronto está aqui o guarda!

Uma claridade esgazeada e trêmula vacilou no seu peito, ele a viu deitada no chão com os lábios brancos e tranquilos, o rolo dos cabelos desfeito, o chapéu de palha marrom amassado. Então era mesmo ela.

– E o senhor quem é? gritava-lhe o guarda assumindo suas funções e vendo-o de pé, pálido, calmo, pequeno. Ele hesitou um instante. Depois vagarosamente fitou o guarda e com delicadeza respondeu:

– Sou...

– Não me diga, não me diga, eu sei! Espere... espere. Ah, como não, do Edifício S. Tomás! Pois então eu não havia de conhecer?! Já lhe multei por contramão há muito tempo, hem? riu o guarda lembrando – todas as rugas de seu rosto contraíam-se simpáticas e inocentes.

Ele também riu, passou o lenço nos lábios delicadamente.

– Ela está morta então? perguntou.

– Está sim e o diabo do *chauffeur* me escapuliu. Já mandei telefonar pedindo ambulância pro necrotério. Pois muito prazer, viu, muito prazer em vê-lo de novo!

Assim, ela recebia homens no seu quarto. E assim ela recebia homens no seu quarto! Prostituta, suspirou ele. A morte inacabara para sempre o que se podia saber a seu respeito. A impossibilidade e o mistério cansaram com força seu coração. Adriano sentou num banco do jardim, mal se apoiava ao seu encosto. Os olhos entrefechados olhavam para a distância, ele respirava dificilmente com surpresa e cólera. Com o lenço alisou devagar a testa dura e fria. E de súbito não saberia se era gelado êxtase ou de sofrimento intolerável – porque nesse único instante para sempre ele a ganhara e a perdia – de súbito, numa primeira experiência de vergonha, ele sentiu dentro de si um movimento horrivelmente livre e doloroso, um vago ímpeto de grito ou choro, alguma coisa mortal abrindo no seu peito uma clareira violenta que talvez fosse um novo nascimento.

Rio, março 1943
Nápoles, novembro 1944

POSFÁCIO

O LIVRO *O LUSTRE* NOS DÁ UM VISLUMBRE INICIAL DO PODER DE CLARICE LISPECTOR

sfinge, feiticeira, monstro sagrado. O renascimento da fascinante Clarice Lispector foi um dos verdadeiros acontecimentos literários do século 21. Uma obsessão nacional em seu Brasil natal – seus romances são vendidos em máquinas automáticas no metrô deste país –, ela foi ignorada pelo mundo anglófono até que uma biografia esplêndida em 2009, *Why This World* [*Clarice,*], de Benjamin Moser, cartografou as correntes conflitantes de sua vida de fama, glamour, sofrimento indizível e, acima e apesar de tudo, produtividade sem entraves.

Seus romances e contos representam "o registro da vida inteira de uma mulher", talvez "em sua abrangência, o primeiro registro do gênero em qualquer país", escreve Moser na introdução ao volume de contos reunidos. "Uma mulher que não foi interrompida: que não começou a escrever tarde, que não parou por causa do casamento ou dos filhos nem sucumbiu às drogas ou ao suicídio."

Os últimos anos viram novas traduções das principais obras: os romances místicos e o verdadeiro marco, em minha opinião, seu esplendoroso e feroz *Complete Stories* [*Todos os contos*], traduzido por Katrina Dodson. Ninguém soa como Clarice – em inglês ou português. Ninguém pensa como ela. Não só ela parece dotada de mais sentidos do que os cinco conhecidos, como vira a sintaxe e a pontuação de acordo com sua vontade. Ela vira o dicionário de cabeça para baixo, soltando todas as palavras de suas definições, espalhando-as de volta como quer (junto com alguns cílios, farelos de torrada e moscas mortas) – e não é que a língua parece melhor?

Seu segundo romance, *O lustre*, lançado em 1946, foi recentemente traduzido para o inglês. O livro, ignorado na época de Clarice, destaca-se, diz o tradutor, "no conjunto de uma obra estranha e difícil, como talvez o seu livro mais estranho e mais difícil".

Clarice Lispector sempre ficou perplexa com a fama de difícil. "Quando escrevo para crianças, sou compreendida, mas quando escrevo para adultos, fico *difícil*?", protestou ela certa vez. É verdade que podemos compreender melhor seus livros como uma espécie de *Alice no País das Maravilhas* arrevesado – com o jogo de palavras gnômico, a obsessão pelas denominações e os castigos inexplicáveis. (Naturalmente o coelho branco em Clarice é "uma lebre ferida perdendo sangue e correndo fracamente até chegar ao fim do sangue".)

Mas *O lustre* impõe exigências singulares – é largo, escarpado e satisfatoriamente glacial. Temos monólogos íntimos e leituras barométricas dos flutuantes estados de espírito de uma jovem infeliz chamada Virgínia. Há poucas quebras de parágrafo; inexistem quebras de capítulo. Trama? Na página 8, o chapéu de um homem se prende em uma pedra no rio em que flutuava. Na página 36, uma folha se solta de uma árvore alta, paira no ar "durante enormes minutos" e cai no chão.

Clarice pode estar descrevendo a estrutura desconexa do próprio livro quando escreve sobre uma personagem: "A bebida impedia que os acontecimentos se ligassem uns aos outros por atalhos visíveis mas fazia com que eles se sucedessem aos pulos suaves, insensíveis, normalmente fatais."

Falei que este romance é encantador? Custoso, sim, e escrito e reescrito loucamente, mas uma realização vulnerável e comovente – com um resultado de parar o coração.

Lembro-me de que o crítico britânico Christopher Ricks certa vez disse que em todo livro longo existe outro curto, fugindo de suas responsabilidades. É um preconceito literário de que compartilho, mas em *O lustre* sinto outra coisa: não um livro mais curto e melhor à espreita, mas toda a obra de Clarice, em miniatura, aguardando seu momento. Muitos temas, indagações filosóficas e personagens que aqui aparecem retornam, aperfeiçoados à medida que Clarice refina seu estilo e os endurece na perfeição diamantina de seus últimos livros, que são narrados em aforismos recortados – "antiliteratura", como a própria Clarice os chamou.

Se as páginas de *O lustre* têm o grosso verniz de descrições, de uma torrente de adjetivos e repetições cíclicas é porque Clarice se flexiona, a caminho de seu poder. Está jogando, ela pratica. Estas páginas são repletas de exercícios para os dedos, arpejos de pensamento e percepção.

Vemos a agitação de seu interesse incessante por penetrar o véu da linguagem para ter acesso à existência em si. Ela tenta evocar isto retardando o ritmo da prosa em *O lustre*, fazendo o leitor sentir seu peso. Nos últimos livros, Clarice não teve medo de colocar a questão diretamente: "Que estou fazendo ao te escrever? estou tentando fotografar o perfume", escreve ela em *Água viva*.

Seus livros permanecem tranquilamente indiferentes a quaisquer imperativos da história – *A paixão segundo G.H.*, considerado por alguns sua obra-prima, retrata uma dona de casa que olha fixamente um armário por duzentas páginas. Com sua estrutura desordenada, eles contêm o drama e a surpresa.

Alguns exemplos famosos. De *A paixão segundo G.H.*: "Levantei-me enfim da mesa do café, essa mulher." Da abertura de seu conto "Tentação": "Ela estava com soluço. E como se não bastasse a claridade das duas horas, ela era ruiva." Do conto "Amor": "Junto dela havia uma senhora de azul, com um rosto."

Em cada um deles, a estranheza vem de uma cisão — de mulheres que se experimentam como sujeito e objeto. Esta fratura está em toda parte em Clarice e é explorada intensamente em *O lustre*. Virgínia, na realidade, pratica olhar tudo deste jeito específico: "Ela via coisas separadas dos lugares onde pousavam, soltas no espaço como numa assombração."

O lustre pode ser mais bem compreendido como uma ponte na obra de Clarice Lispector. Mesmo assim, transmite uma carga especial, um caráter inegável do gênio – semelhante ao que Virgínia sentiu ao encher as mãos de água, ao "carregar na palma da mão um pouco de rio".

– PARUL SEHGAL

Formada em Ciências Políticas pela McGill University, é professora da Columbia University e da City University of New York. O presente ensaio foi publicado originalmente na edição de 27 de março de 2018 do jornal *The New York Times.*

Tradução: RYTA VINAGRE.

Este livro, publicado em nova edição no quadro das comemorações do centenário de nascimento de Clarice Lispector, foi impresso com as fontes Didot e Akzidenz Grotesk.